JAN BÖTTCHER
DAS KAFF

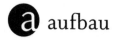

JAN BÖTTCHER

DAS KAFF

ROMAN

ISBN 978-3-351-03716-1

Aufbau ist eine Marke der Aufbau Verlag GmbH & Co. KG

1. Auflage 2018
© Aufbau Verlag GmbH & Co. KG, Berlin 2018
Einbandgestaltung zero-media.net, München
Satz LVD GmbH, Berlin
Druck und Binden CPI books GmbH, Leck, Germany
Printed in Germany

www.aufbau-verlag.de

Niemand, vermute ich, gesteht einem anderen Menschen wirklich wahre Existenz zu. Er mag einräumen, daß dieser Mensch lebendig ist, daß er fühlt und denkt wie er, aber es wird da immer ein namenloses Etwas des Unterschieds, eine materialisierte Benachteiligung bestehen.

> Fernando Pessoa: Das Buch der Unruhe des Hilfsbuchhalters Bernardo Soares

Der rechte Baumeister kommt aber nicht einfach an einer bestimmten Stelle an, schon gar nicht mit Blaupausen. Er zieht nämlich im Lande umher, ohne Freunde und Schmeichler.

> Reinhard Lettau: Schwierigkeiten beim Häuserbauen

Anbaden

Der ganze Wald hört mich kommen. Kiefern wippen im Wind, Buchen fallen sich über dem Weg in die Arme, man huldigt dem König der Rostgurken. Greg hat mir dieses Rad hingestellt, Dreigangnabe, sogar ein Drahtkorb vornedran. Meine Tonspur ist eine Kette, die mit allen Gliedern über den Kettenschutz schlurft.

Ich sehe natürlich, dass sich beide Reifen drehen, aber der Weg nimmt kein Ende. Vielleicht wird der Wald mitbewegt, eine Tapete auf Rollen, oder er hat schlichtweg seine Grundfläche erweitert. Längst müsste die kleine Holzhütte in Sicht kommen – stattdessen aufgetürmte Baumstämme, neonrot beziffert. Die Kurve. Erinnere ich mich an die Kurve? Dahinter blinkt die Sonne durch die Stämme. Einmal richtig in die Pedale treten, ja, jetzt bin ich mir sicher, jetzt nur noch abwärts. Vom Sattel gleiten, und das Fahrrad rollt ohne mich weiter, bis es über eine Baumwurzel springt, stolpert, stürzt. Mein Handtuch fällt aus dem Korb. Vor Glück, denke ich.

Die Sträucher am Ufer sind plattgetreten, ich kann einfach in die Ull hineingehen, schon werden meine Beine vom Wasser umspült wie Brückenpfeiler. Die Strömung ist die Strömung geblieben, hinreißend mitreißend. Der Fluss kommt von Süden, eine lange silberne Schnur.

In den Pappeln hocken Krähen, die Pappeln sind gewachsen, sehr sogar. Und dieses Schiffstau. Die Jungs haben ein Tau von Ufer zu Ufer gespannt, von Pappel zu Erle, sie haben das Westufer der Ull erobert, lautstark halten sie es besetzt. Ich höre ein Mädchen aufschreien, als zwei Jungs ihr nasses Haar über ihm ausschütteln, wie Hunde ihr Fell. Stark, denke ich, dass so etwas überliefert wird.

Drei, vier große Schritte und jetzt sind die jungen Hunde am Tau, machen sich hangelnd zu Affen, schwingen die Beine gegeneinander. Sie umklammern sich, treten, und raffen sich schließlich, als ihnen die Kräfte ausgehen, zu einem letzten Angriff auf, bei dem sie zwangsläufig beide abstürzen müssen.

Prustend strömen die Jungs an mir vorbei. Ich brauche ein paar Sekunden, um zu begreifen, dass es ihnen gar nicht um Sieg und Niederlage gegangen ist, sondern um die Blicke der Mädchen. Um meinen Blick vielleicht auch.

Und jetzt schließe ich die Augen, gehe bis in die Mitte des Flusses, wo ich kaum noch stehen kann. Tief einatmen, die Knie zwischen die Arme nehmen

und ab

ab auf die Ullfahrt,

lass dich schieben, mitnehmen, mitreißen von der Strömung, zieh den Kopf unter Wasser … ein Stein, Körperkiesel, der stromabwärts treibt … die Augen geschlossen, eine Vorwärtsrolle, den Kopf rausstrecken, japsen. Aaah!

Aufschreien über die Wucht dieses kleinen Flusses … So kräftig ist er, so schnell wird man, dass die Kurve nicht zu kriegen ist, zweihundert Meter vom Einstieg

schiebt die Ull alle Badenden

an Land.

Am Ufer wirkt die Gegenkraft, drängt mich zurück. Den tiefschwarz ausgetretenen Pfad entlang. Nach fünfzig Metern beginnt die Pappelreihe, alle Stämme wie Reihenhaustüren im gleichen Abstand. Links aber dichter Wald. Ich gehe schnell. Biege ins hohe Wiesengras ab, zwischen den Pappeln hindurch wieder in den Fluss. Sofort greift mir die Strömung unter die Arme.

Nimm mich einfach mit, du Ull, du. Bis in die Kurve. Ans Ufer. Den Trampelpfad zurück. Gleich nochmal hinein.

Gehen und baden, Badegänge. Nach dem vierten zittere ich, so stark erfrischt mich die Ull. Oder meine Haut ist dünner geworden. Der Bauch auf jeden Fall dicker. Ich esse zu viel Mist, rauche mehr, als ich mir vornehme zu rauchen. Aber nun sieh dir mal die fette Abendsonne an, was soll die sagen. Wenn ich den Rücken durchdrücke und den Kopf strecke, können meine Augen das Schiffstau über den Sonnenball schieben. Hoch bis in die Mitte, ein Gürtel, ein Sonnenäquator.

Auf dem Tau reißen sich die beiden Jungs um ein Handtuch. Vom Westufer winkt ein anderer mit einem Paar

Flipflops. Ich suche meine Latschen im Gras, dann auch das Handtuch. Kann – nicht – wahr – sein.

»Aber ganz schnell!«, rufe ich. Die Stimme brüchig. Ich habe mich schon aufgemacht in Richtung Tau, da lässt einer der Kerle los, der andere verliert das Gleichgewicht, stürzt rücklings ins Wasser. Mit meinem Handtuch.

Die Szene fährt mir in die Glieder. Erst mal abhauen, wenn einer laut wird. Haben wir das genauso gemacht? Wildfremde Leute belästigen, sind wir so weit gegangen? Ich steige ins Wasser und folge ihnen flussabwärts bis in die Kurve. Die beiden Jungen stehen bereits am Ufer, mir reicht das Wasser bis zur Hüfte.

»So, ist genug jetzt. Handtuch!«

»Krieg dich ein«, sagt der eine.

»Wo sind die Flipflops?«

»Eeeey Tobi, seine Flipflops sucht er«, ruft der andere.

Hinter mir strömen zwei weitere Jungs in die Kurve ein. Locker auf dem Rücken treibend fragt mich einer von ihnen, ob's Ärger gebe. Der Vierte hat die Hand in der Badehose:

»Geh nach Hause, Alter.«

Das ist des Rudelführers Wort. Ein Schlaks, tatsächlich größer als ich, aber Typ Hühnerbrust, blasshäutig und blaue Lippen.

»Frierst du?«, frage ich.

Besser, ich spiele nicht auf meine Kindheit an, sicher wollen sie die ersten Halbstarken an der Ull sein, die ersten auf dem gesamten Planeten, der sich jetzt dreht, unter mir wegdreht ... Meine Zehen krallen sich in den schlickigen Boden, der Schlaks hat damit begonnen, mich nass zu spritzen. »Ob ich was?«, ruft er dabei. »Hau ihm eine rein, Sasch.« »Du zuerst, Tobi.« »Sasch, come on.« »Geh nach Hause, Alter«, höre ich noch einmal, danach stoßen sie nur noch Laute aus. Affenlaute wie auf dem Tau.

Mit Sasch ist der Schlaks gemeint. Er bläht sich vor uns auf, dass die Rippen zählbar werden, von den letzten Sonnenstrahlen modelliert. Vielleicht vierzehn Jahre alt und eine Bundeswehrmarke um den Hals. Schlaks geht im Wasser auf mich zu, wir sehen uns an, aber er will auf mich herabblicken, kommt deshalb immer näher, bis auf zwei Handbreit, und jetzt bleibt er regungslos stehen. Ich habe mit meiner rechten Hand zugepackt, blitzschnell, seinen Oberarm knapp über dem Ellbogen, vier Finger auf dem Knochen und den Daumen auf dem Bizeps. Die Schraubzwinge.

Der Junge hält vor Schmerz die Luft an.

Er versucht gar nicht erst, mit seinem anderen Arm einen Nahkampf zu beginnen. Es ist seine Passivität, die den anderen Jungs Angst macht. Auch sein offenstehender Mund, ein stummer Schrei, alles ist leicht zu übersetzen. Zehn, fünfzehn Sekunden lang geschieht nichts.

»Einer holt die Flipflops, einer legt das Handtuch ans Ufer.«

Ich will klingen, als sei der Streit schon beigelegt. Sie beobachten mich genau, kurz muss ich die Augen schließen, mich konzentrieren.

»Was ist, soll ich ihm erst noch eine reinhaun?«

Guter Tonfall. Sie müssen spüren, dass es mir ernst ist. Einer zieht die Badelatschen aus dem Farnkraut, ein anderer schmeißt mein Handtuchknäuel ans Ufer, es soll abschätzig aussehen, aber es sind Gesten der Enttäuschung.

Dann lockere ich den Griff, der Schlaks macht ein paar lange Schritte, und ich frage mich, ob er den erlebten Schmerz vor den anderen Jungs in Worte fassen wird. Gleich nachher oder jemals. Ob er demnächst demontiert wird. Noch folgt ihm die Bande auf den Waldpfad.

Erst als sie zurück sind an der Einstiegsstelle, stapfe ich aus dem Wasser, wringe das Handtuch aus und schlüpfe in die Flipflops. Hau ihm eine rein, Sasch. Du zuerst, Tobi. So empfangt ihr mich, so wollt ihr, dass meine Rückkehr aussieht? Na, dann mal los. Ich bin gewappnet.

Gutachten

Im letzten Jahr war ich schon einmal hier. Sie hatten mich zu ihrer Abifeier eingeladen, als Überraschungsgast, Stargast, und ich hab den Quatsch mitgemacht, weil ich gern das Gesicht meiner alten Schulfreundin Jasmin sehen wollte. Sie tauchte gar nicht auf. Stattdessen fand ich mich mit Gregor Hartmann am Tresen wieder, ein Bier nach dem anderen stürzend. Die Verdrängungskräfte setzten ein und wurden immer stärker, in der Nacht meinte ich, mindestens drei Viertel der Anwesenden nie in meinem Leben gesehen zu haben.

Greg ist wirklich mal ein Schulfreund gewesen, aber wir können an diese Zeit nicht anknüpfen. Er ist damals nach dem ganzen Mist, den wir gemeinsam gebaut haben, auf dem Gymnasium geblieben, ich nicht, er ist später im Kaff geblieben, ich nicht, und beides stand auf dem abendlichen Jahrgangstreffen zwischen uns wie eine unüberwindbare Mauer. Immerhin teilte er mein Bedürfnis, nicht über die Vergangenheit zu reden, und erzählte mir von seinem geplanten Langzeiturlaub, drei bis vier Monate Kreta mit der ganzen Familie, bevor sein Sohn im Herbst eingeschult würde. Im Gegenzug redete ich von dem Angebot, just im kommenden Sommer eine Bauleitung hier in der Heimatstadt zu übernehmen.

So ist es gekommen, dass ich jetzt bei Gregor Hartmann wohne, in der Nähe des Kalkhafens. Ich finde nicht, dass er mir nach fünfundzwanzig Jahren irgendetwas schuldet, aber er wollte partout keine Miete nehmen, und so zahle ich für die drei Monate nicht mehr als die Grundkosten für Wasser und Strom.

Kalkhafen ist ein irreführender Titel, das Gebiet bestand schon zu Kriegszeiten zu zwei Dritteln aus Weideland und Brachen, nach dem Zustrom der Flüchtlinge aus dem Osten wurde es schnell als Baugebiet erschlossen. Gregs verklinkertes Reihenhaus ist Baujahr 1952, und es atmet noch die Enge der Nachkriegszeit. Im Parterre befinden sich Küche und Klo (beide winzig) und das ganzflächig mit taubenblauem Teppichboden ausgelegte Wohnzimmer, an der Wand der flachste Flachbildschirm. Dazu das Kämmerlein für meine Arbeit, die Baupläne lappen weit über den Rand der Schreibtischplatte. Oben ein Kinderzimmer, das elterliche Schlafzimmer, ein Bad. Greg und ich haben vergessen, über ein Gästezimmer zu sprechen. Es gibt keines. Am ersten Abend habe ich auf einer Yogamatte auf dem Flurboden geschlafen. Dann entdeckte ich den Stab, mit dem man die Dachluke an einer Öse aus der Decke ziehen kann, und mir gefiel auch, wie die Stiege in die Dachluke eingelassen ist, eine fantastische Tischlerarbeit.

Auf dem Dachboden lag (noch eingerollt) ein roter Läufer, unter der Schräge stand ein Stapelbett. Klar, es ist stickig dort oben, auch die Junisonne hat es sich gut zwischen Gregs Kisten eingerichtet, aber wenn man gegen 20 Uhr alle drei Fensterluken aufreißt, ist es ab Mitternacht auszuhalten. Und ich arbeite sowieso bis in die Nacht.

Was nicht heißt, dass ich ausschlafen kann. Es ist Samstagfrüh und der Briefkastenschlitz klappert. Ein Zeitungsbote schiebt jeden Morgen das Käseblatt ins Haus. Ich erinnere mich daran, dass Greg gefragt hat, ob er das Abo in seiner Abwesenheit kündigen soll, weiß aber nicht mehr, was ich ihm geantwortet habe. Wahrscheinlich stand mir der Mund offen, weil ich dachte, dass es das Käseblatt kraft meiner Ablehnung nicht mehr geben kann. Ich hätte der Stadtzeitung gegönnt unterzugehen, aber sie hat nicht bloß überlebt, sie ist unverändert, dasselbe Layout, derselbe Mangel an Anspruch, der einen schon als Jugendlicher eingeschläfert hat, Missgeschicke statt Katastrophen, Lackschäden statt Diktatur, dazu die Festlichkeiten im Landkreis und andere Wochenendtipps. Was das helle, harmlose Herz eben so verkraftet.

Kann ich eigentlich nicht lesen, konnte ich noch nie. Aber man ist ja gezwungen, Zeitungen durchzublättern, wenn man Kaffee trinkt. Der Geist verlangt danach, auch die Finger. Im Lokalteil heute ein langes Einzelhandelsporträt, über eine junge Hutmacherin, die ihr Handwerk in Schottland gelernt hat und deshalb meint, Kopfbedeckungen seien hierzulande unterbewertet. Gewagte These im Zeitalter der Burka-Hysterie. Auf der Deutschland-Seite, die wirklich *Deutschland* heißt, ein Interview mit einem Soziologen, der als wichtiger Zeitdiagnostiker präsentiert wird. Er sagt, wir verhandelten alles im digitalen Raum, um nicht analog handeln zu müssen. Gähn. Wir seien mit Information, Meinung und Widersprüchen gestopfte Gänse. Das Projekt Individualisierung habe immer schon darauf abgezielt, dass sich der Mensch von den

Mitmenschen abwendet. Das Gespräch liest sich, als hätten die Käseblattredakteure es nicht nur unzulässig gekürzt, sondern auch jede These vereinfacht.

Leserbriefe gibt es noch, aber höchstens zwei am Tag, die allermeisten Leser haben ihren bürgerlichen Namen abgelegt und füttern im Netz die Kommentarspalten. Hinten im Sportteil (immer noch so ausführlich) lese ich, dass in acht Tagen das Ortsderby steigt. Meine Rot-Weißen gegen die blaue Eintracht.

EinTracht Prügel, haben wir immer gerufen. Aber ins Stadion, warum nicht, schön auf dem Rad an der Ull entlang, könnte man machen. Jetzt klingelt aber erst mal mein Handy.

»Herr Schürtz.«

»Guten Morgen, Herr Ahrens.«

»Herr Schürtz, kommen Sie bitte auf die Baustelle.«

»Ich muss sowieso –«

»Baustelle, bitte. Ich bin selbst in fünf Minuten da.«

Es ist ja ein Zeichen von Stärke, wenn sich Menschen kurz fassen können, aber Hans-Peter Ahrens treibt die Kürze auf die Spitze, er kann nicht anders, als ständig den Supermarktleiter zu spielen, der seine Kassierer über die Telefonanlage ausruft und irgendwohin dirigiert. Er ist der geborene Gebieter. Soziale Kompetenz? Zero, null. Ich beeile mich trotzdem, warum auch nicht. Rasur, Aftershave, Zähne und Schuhe putzen, Ledertasche, los. Im Designeranzug auf Gregs Fahrrad – den Anblick gönne ich meinen neuen Nachbarn.

Das Hemd klebt mir am Rücken, als ich auf der Baustelle ankomme. Ahrens ist noch nicht da. Der Herr Investor taucht auch nach zehn Minuten nicht auf. Schließlich mache ich mir einen Spaß, schicke ihm eine SMS, ich würde mich ins Café Rose begeben, das nur zweihundert Meter entfernt liegt. »Bitte dort abholen«, schreibe ich wörtlich und freue mich sehr über den Satz, weil er Ahrens imitiert und gleichzeitig klingt, als könne ein verlorengegangenes Kleinkind selbst eine Forderung stellen. Sofort summt die Antwort:

»Nein!! Baustelle!«

Ha ha, Ahrens. Drei Ausrufezeichen. Grandios, wie er sein Denken sichtbar macht. Ich will überhaupt nicht ins Café Rose, was soll ich da, wo auf der Baustelle auch an diesem Samstag drei Handwerkertrupps arbeiten.

Was sagt der Tagesplaner? In Wohnung #3 nachsehen, ob die Trockenbauer die Nische in der Badezimmervorwand versetzt haben. Die Trockenbauer arbeiten so schlecht, dass ich mittlerweile jede ihrer Ausführungen einzeln prüfe. Mich kosten sie Nerven, Ahrens kosten sie Geld. Die Firma hat zwei Bautrupps, darunter einen rein albanischen, für den ich mit dem Leuchtstift Kreuze an die Wände malen muss, damit er nicht noch mehr Wand erneuert als nötig. Heute empfängt mich aber die deutschpolnische Gesellschaft, drei Männer stehen vor dem Badezimmer und diskutieren.

»Tagchen«, rufe ich in die Runde. »Allt schick?«

»Wir können hinten nicht weiter in Haus 4.«

»Aber meinen Plan habt ihr gefunden, ja?«

»Wir haben diesen hier, Chef.«

»Nicht der, Leute, ich hab euch das neu aufgezeichnet und noch gestern Abend hier drangepinnt. Da hängt er doch.«

»Ist gut. Nehm' wir den.«

»Besser is. Und warum könnt ihr in Haus 4 nicht weiter?«

»Kein Estrich.«

»Heute. Aber nächste Woche liegt da Estrich.«

»Da sind wir in Hamburg, Chef. Andere Baustelle, bessere Bezahlung.«

»Komm komm, Bezahlung. Jetzt erst mal die Nische hier in der Vorwand. Einfach mal Pläne lesen und Aufgabe umsetzen. Eine Nische, in der das Duschgel steht und nicht umkippt, okay?«

Ich drehe ab in Richtung Wohnungstür, rufe dabei Estrichleger Baschikowski an. Er quakt sofort los. Seine Zementsäcke seien vom letzten Gewitter aufgeweicht und er habe Wochenende und mit dem Zement könne er überhaupt nicht mehr arbeiten und warum der Materialkeller nicht dicht sei, wer ihm den Zement ersetze und wie da jetzt überhaupt noch Wasser etc.

Smartphone auf Abstand.

Mit Ahrens mache ich es ähnlich, denn unser aller Geldgeber hat das Treppenpodest erklommen und steht plötzlich vor mir, also strecke ich nickend die Hand aus und halte den Zeigefinger in die Luft, noch kein Handschlag möglich, heißt das, gleich, bin gleich bei Ihnen.

»Herr Baschi ... nun hören Sie mir doch, Herr Baschikowski, ja, ich verstehe Sie ja in allem, den Keller seh ich mir sofort an, dann geh ich weiterhin von Dienstag aus, schönes Wochenen ... ja, wiederhörn.«

Ich vermeide es, den Kopf zu schütteln. Ahrens nickt jovial. Er trägt sein Leinensakko mit den Hirschhornknöpfen, eine dunkelbraune Jeans, wirkt immer wie ein Außendienstler für Vintage und Landhausstil, es fehlt nur der süddeutsche Akzent.

»Passen Sie auf, Herr Schürtz, die Robinie.«

»Wie bitte?«

»Die Robinie. Die steht doch direkt vor der Terrasse vom Mittermeier. Das zweite Gutachten sagt …«

»Moment, welches zweite Gutachten?«

»Herr Mittermeier hat privat noch eins in Auftrag gegeben. Und da heißt es nun, der Baum ist krank und sollte weg.«

»Kann er auch. Ich war immer dafür, den wegzunehmen, da rennen Sie bei mir offene Ohren ein, Herr Ahrens.«

»Weiß ich ja. Aber dann dreht der Prinzipienreiter durch, der andere aus dem Untergeschoss.«

»Bartels.«

»Der will, na egal, wissen Sie, Herr Schürtz, die Frage ist eine andere.«

»Stellen Sie die Frage, Herr Ahrens.«

»Ich bin mit Mittermeier folgendermaßen verblieben: Wenn die Robinie *nicht* wegkommt, also wenn die Robinie vielmehr stehenbleibt und wir sein zweites Gutachten zerreißen, dass wir dann noch mal über seinen Protest wegen der Kellerparzellen nachdenken. Lange Rede: Zwei Quadratmeter reichen ihm hin.«

Mal stopp. Wo mir sowieso gerade der Mund zum Fischmaul wird. Was tue ich hier, *in the town where I was born,* in der Stadt, die ich nie wieder betreten wollte. Welche Art von Dienst? Ich leite ein Bauvorhaben für den Investor CMA (Christ Meckel Ahrens), zwei doppelgeschössige Townhouse-Riegel im Liebesgrund, mit insgesamt sechzehn teuren bis überteuerten Wohnungen, denen ein einziger Grundriss zugrunde liegt, je 124 auch familiengeeignete Quadratmeter, damit gar nicht erst Neid und Vergleichssucht aufkommen. Sogar die Fassaden sind identisch. Dazu guter Baugrund, etwas steinig wegen der Nähe zur alten Stadtmauer, aber tragfähig, auch das Grundwasser liegt tief genug. Ein Bau, der keinerlei Probleme aufwirft.

Es sei denn, man heißt Hans-Peter Arschloch und opfert jede Woche ein Stück Einheitlichkeit. Ich habe wirklich keine Ahnung, wo Ahrens die Liebe zu den Eigentümern hernimmt, warum er sie als Investor überhaupt auf der Baustelle duldet, ob er mich mit seinem Kuhhandel-Chaos noch austesten oder schon für dumm verkaufen will. Und hab ich gerade gedacht, die Hirschhornknöpfe an seinem Janker verlangten nach einem süddeutschen Akzent? Ganz falsch. Da ist sogar das dämliche Stadtwappen drauf! Jeder einzelne Knopf ist senkrecht unterteilt, links der Löwe mit dem Faustkeil und den goldenen Bommeln an der Mütze, rechts drei Fichten, die davon zeugen, dass man einst die Tiefebene urbar gemacht hat, ohne sie zu kultivieren. Also stellt das Stadtmarketing jetzt schon Janker her! Und ausgerechnet Ahrens, ein Investor, der die Grundstücke im Dutzend kauft und damit die chronisch leere Stadtkasse weniger saniert als plündert, trägt das Wappen zur Schau.

Sie machen das schon, ohne Worte. Und das wird stimmen, ich mache das. Vergrößerung des Kellers für Mittermeier, 2 qm, ist notiert. Aufgabenstellung: ein Motiv für den Eingriff zu finden, das alle anderen Eigentümer überzeugt. Mir gehen sofort die Kabelstränge durch den Kopf, der Verlauf der Lüftungsrohre, die Elektroleitungen, ich habe diese Baustelle in allen Dimensionen intus, kann sie in mir aufklappen wie eine Computergrafik. Ich muss auch daran denken, wie Mittermeier schon den Rohbau aufgehalten hat, indem er auf die Vergrößerung seiner Terrassentür drängte, damals hab ich ihn wenigstens verstanden, warum sollte sich ein Eigentümer im Parterre mit drei Metern Panorama gen Südwest begnügen, wenn Ahrens ihm vier Meter angeboten hat.

Aber die Kellerverschläge!? Was will Mittermeier auf seinen gewonnenen zwei Kellerquadratmetern lagern? Matratzen? Särge? Und warum dann das Baumgutachten? Nicht zu verstehen. Lässt sich Ahrens von Mittermeier korrumpieren, kennen die sich? *Dass wir dann nochmal über die Kellerparzellen nachdenken.* Wir! Vor allem du, Äitsch Pi Ahrens! Aber ich hätte es ja von Anfang an wissen müssen, dass man gerade den Chefs nicht entgegenkommen darf! Niemals hätte ich einen alten Kontakt in meiner Heimat als Unterkunft nutzen sollen, das war ja schon haargenau, was Ahrens sich von mir erhofft hat, deshalb schob er ja die schriftliche Zusage, mir ein Hotelzimmer zu zahlen, immer weiter hinaus, und ich hab sogar verhandeln müssen, dass sie die Bahntickets übernehmen, es ist …

Mein Name wird gerufen. Eine Stimme aus dem Parterre. Ahrens ist längst verschwunden. In einer Wohnungstür steht ein Handwerker, zwischen uns zwei Treppengeländer, die Stangen zerschneiden sein Gesicht. »Bin sofort bei Ihnen«, rufe ich hinab. Zunächst mal den Timer raus, Termine überblicken. Was soll heute noch. Was muss. Zwei Gespräche kann ich aufschieben, eines werde ich führen, weil es zu wichtig ist (mit dem Haustechniker über die Lüftungsanlage).

In dem Berliner Büro, für das ich viele Jahre lang gearbeitet habe, hing ein Comicstrip an der Wand. Ein Dompteur steckt seinen Kopf ins Löwenmaul und sagt: »Jeder kennt die Phasen, wo man bereit sein muss, sich zerreißen zu lassen.«

Derby

Am Himmel steht keine Wolke und auf der Fassade der Vereinskneipe steht jetzt Sportlerheim. Bevor ich den Eingang erreiche, kommt schon Gerwin auf mich zu. Er führt keinen Gehstock mit sich, sondern eine rote Krankenhauskrücke mit drei weißen Klebestreifen drauf.

Rot und weiß, klar, die Vereinsfarben.

Gerwin müsste jetzt um die siebzig sein.

»Micha Schürtz, haha, auch mal im Lande, wo steckst du denn jetzt.«

»In Berlin.«

»Und deine Haare hast du dagelassen.«

»Die sind schon lange ab.«

Er lacht, weil ihm meine Haare völlig egal sind. Während ich noch überlege, woran er mich überhaupt erkannt hat, sagt er: »Na, immer schön, wenn man wenigstens zum Derby ein paar alte Gesichter sieht.«

Mein altes Gesicht also. Ich muss ihm erst eine Hand, dann die andere auf die Schulter legen, damit er aufhört zu schnacken und ich mich an ihm vorbeischieben kann.

In der Vereinskneipe hängen zwei Großbildschirme, es läuft die Vorberichterstattung der Bundesliga, und ich bin unschlüssig, ob ich mir lieber Profifußball ansehen soll. Das Haus thront auf dem höchsten Punkt des Sportgeländes, die Blickachse ist toll: über die karminrote Tartanbahn vorbei an der blauen Hochsprungmatte durchs Tornetz aufs Fußballgrün.

Der Rasen hat sich gut gehalten. Ich bin alles andere als austrainiert, aber es juckt mich in den Füßen, und weil ich an der Tür herumlungere, wird mir ein Programmheft in die Hand gedrückt, acht Seiten, getackert.

Klar, von den Spielern kenne ich keinen einzigen mehr, aber als die Mannschaften auf den Platz kommen, merke ich, dass mir das Spiel nicht so egal ist, wie ich dachte. Ausgerechnet heute steigt das Derby, da hat Gerwin schon Recht, zu irgendeinem anderen Spiel wäre ich nicht hergekommen. Das Derby mit seiner Rivalität, die ich schon als Zehnjähriger zu spüren bekam. Derby heißt volle Kampfbereitschaft. Ich sehe mich grätschen und pflügen, als Manndecker, ich war mehrfach auf den Spielmacher der Blauen angesetzt. Alle meckerten pausenlos, die gelben Karten flogen nur so durch die Luft.

Ich kann jetzt auch die Tribüne sehen, die nicht mehr da ist. Gerade beim Derby ist sie immer prall gefüllt gewesen. Weiße Handläufe an den beiden Treppen, rote Tragebalken hielten das Dach. Vor zehn Jahren musste die Tribüne weichen, als neben dem Rasenplatz ein Kunstrasenplatz angelegt wurde.

Zweihundert Zuschauer, schätze ich, verteilen sich auch heute noch ums Feld. Ich bin gerade dabei, den Sportplatz zu umrunden, verenge aber in Höhe der Mittellinie die Augen. An der Balustrade zur Tartanbahn steht eine Bekannte, das heißt, mein Hirn sagt das, ich bin zu weit weg, habe aber einen Abdruck gespeichert von ihrer Körpergröße, Schulterhaltung, von dieser kleinen alten Frau. Sie trägt Strickjacke und einen Strohhut mit breiter Krempe, und sie hat einen Begleiter in meinem Alter, der links neben ihr steht, vielmehr hüpft er von einem Bein aufs andere. Einmal dreht sie den Kopf und da ist es klar, Helene Michelsen.

Ich stelle mich ihr zur Rechten, einen halben Meter entfernt, Blick aufs Spielfeld.

»Na, was treibt dich zum Fußball?«, frage ich.

Sie nimmt ihren Hut in die Hand.

»Du erkennst mich bestimmt nicht mehr.«

»Nur weil du jetzt Geld verdienst, Bursche?«

Sie sieht an mir herab, deshalb mache ich es auch. Schwarzes Oberhemd, Levi's, meine Budapester von Forzieri. Ich nehme meine Ray Ban Aviator vom Kopf, setze sie auf, Goldrand mit grünen Gläsern, mehr Distanz geht nicht. Sie fängt an zu glucksen.

»Jung, du siehst bald aus wie'n Zuhälter.«

Das Brüstungsrohr der Balustrade umfassend lasse ich meinen Körper einmal nach hinten fallen, bis die Arme ausgestreckt sind. Indem ich wieder vorschnelle, rücke ich näher an Helene Michelsen heran.

»Wir haben zusammen bei der Post gearbeitet, ich und seine Mutter«, sagt sie unterdessen zu ihrem Begleiter, und nach einer längeren Pause:

»Ach, wir haben viel Spaß gehabt bei seiner Mutter.«

Das meint sie ernst. Sie hat sogar Recht damit. Zu mir sagt sie, ohne auf das Spielfeld zu deuten:

»Die 92 ist mein Enkel.«

Ein blonder Junge, 92 könnte sein Geburtsjahr sein. Absolut albern, die hohen Rückennummern, wie beim Rugby oder Eishockey.

»Mein Gott, was haben wir fürn Spaß gehabt bei deiner Mutter!«

Helene redet vor sich hin, jedenfalls kann sie mir nichts ins Gesicht sagen. Ist mir aber auch egal. »Wie lange ist es jetzt her, dass sie …«, und ich höre den Bruch, jetzt meint sie nicht mehr den Spaß, sondern Sigrids Tod.

Ich muss tatsächlich erst mal rechnen. Sie setzt ihren Hut wieder auf, rückt ihn zurecht. Siebzehn Jahre. Als ich es aussprechen will, wendet sie sich schon wieder an ihren Begleiter:

»Ihr Kaffeeservice, das Delfinbesteck von seiner Mutter, so was hast du noch nicht gesehn!«

Der Mann neben ihr brummt zustimmend, wie einer, der lieber Fußball gucken will.

»Die silbernen Kuchengabeln mit den Delfinen«, sagt sie, »wo die Griffe so wellenförmig zulaufen, und dann steigt der Delfin aus dem Wasser und der Griff, das ist seine Flosse.«

»Mensch, ich kann gar nicht glauben, dass du dich so gern an all das erinnerst, Helene. Dir ging es doch damals gar nicht so gut.«

Sofort macht sie dicht. Sagt kein Wort mehr.

Eine lange Minute.

Wir starren parallel aufs Spielfeld.

»Deine Geschwister sind nicht so kiebig. Grüß mal die Julia.«

»Wie bitte?«

Als hätte ich sie nicht verstanden. Kiebig? Meint sie nachtragend? Meine Schwester von Helene Michelsen grüßen? Ich verstehe sie tatsächlich nicht. Es kostet sie Mühe, ihren Satz zu wiederholen, warum auch sollte eine alte Frau etwas zweimal sagen, das sie bereits laut genug ausgesprochen hat? Als ich auf sie hinabsehe, bewegt sich fast unmerklich ihre Hutkrempe. Sie schüttelt den Kopf.

»Ach, lass man«, sagt sie.

Ich verabschiede mich, indem ich zweimal schnell hintereinander mit der flachen Hand auf die Balustrade schlage, und nehme danach Abstand von den Zuschauern, stelle mich bis zur Halbzeit hinter das Gästetor. Ein Spieler hat gefoult, wird dafür von einem Dritten geschubst, »Merde«, höre ich, »Halt die Fresse«, »Alter, so nicht«, aber das sind alles nur Erinnerungen. Heute keinerlei Rudelbildung, im Gegenteil, man hilft einander auf und entschuldigt sich. Man ist spielstärker geworden, athletischer auch, als wir es jemals waren, und eben: fair.

Zur Halbzeit steht es 0:2.

Na gut, die Zeiten ändern sich, denke ich, einen Moment lang bin ich sehr generös, aber dann kommt mir doch die Galle hoch. Was ist nur aus diesem Verein geworden und wer ist eigentlich dafür verantwortlich? Ist das die Vorbildfunktion der Lalala-Mannschaft, diese zwanghaft integrative und doch völlig haltungslose Nivea-Nutella-Nationalmannschaft? Wo ist denn der Derbykitzel hin, das Drama, wo ist der Spielzerstörer – ich muss mir eingestehen, dass mir etwas fehlt. Dass ich mir selbst fehle. Dass ich genau an dieser Stelle des Spiels gern einsteigen und aufräumen würde.

In der zweiten Halbzeit wird das Spiel noch lausiger. Ich bilde mir ein, dass es gerade die Last der rauen Derbys aus der Vergangenheit ist, unter der Rot-Weiß nun vollends verkrampft. Das Kassenhäuschen steht nicht oben am Parkplatz, sondern neben den Umkleiden, erst jetzt komme ich daran vorbei. Mit Vereinsrabatt kostet es drei Euro Eintritt, aber Rabatt ist mir genauso peinlich wie der ganze Besuch, ich zahle vier Euro fünfzig. Nach vollendeter Platzrunde gibt es vor der Vereinskneipe Bratwurst, immerhin, seit Jahrzehnten anzufassen mit dem perforierten Streifen, den man am Rand von der Pappe reißt. Es läuft die 72. Spielminute, als ich mir beim Schütteln der Senfflasche das Oberhemd einsaue. Es läuft die 85. Spielminute, als sich auf dem Spielfeld doch noch einer von unseren Rot-Weißen verletzt (ohne gefoult worden zu sein), woraufhin sich aus dem Schatten des Plexiglashäuschens eine Gestalt löst.

Es ist kein Einwechselspieler. Der hüftkranke Gerwin hat die Krücke zur Seite gestellt und wankt, von Arztkoffer und Eisbehälter flankiert, zur Unfallstelle. Herrje, dieses Wanken, stärker ist es geworden, und doch sehe ich mich selbst verletzt daliegen und wie Gerwin mir Eiswürfel aufs Knie packen will, aber sie sind alle geschmolzen, da hat er mir bloß Eiswasser übers ganze Bein gekippt. Ein bisschen schlecht wird mir davon, an die alte Verletzung zu denken. Eine Innenbanddehnung, ich hab danach immer wieder Probleme mit dem Knie bekommen.

In der Nachspielzeit fällt noch das 0 : 3, Ein Tracht Prügel genießt den Jubel in vollen Zügen, die Spieler verknäulen sich auf der Hochsprungmatte. Ich atme tief aus und kehre dem Sportplatz den Rücken. Der Schlusspfiff, peinigend lang, schrillt hinüber bis zu den Fahrradständern.

Eierlikör

Am Dachboden erkennt man normalerweise keine Menschen, Dachböden sind fürs Gerümpel, aber dieser hier ist bis in die letzte Ecke aufgeräumt. Identische Pappkisten, in drei Reihen und beschriftet. Irgendwas ist schief gegangen bei Greg.

Auf einer Kiste steht *Küche*, auf einer anderen *Wandern*. Wenn ich Ordnung halten könnte, würd ich's genauso machen. Nach Themen, nicht chronologisch. Ich hätte gar keine andere Wahl. Die Frage ist, ob *Küche* überhaupt beim Suchen hilft. Eine Ecke ist voller Kisten mit *Kinderspielzeug*. Vermutlich das Spielzeug seines Sohnes. Oder aber Gregs eigene Zinn- und Plastiksoldaten, die amerikanischen Yankees, die Indianer, alles, womit wir vor Urzeiten die großen Schlachten nachgestellt haben.

Was fehlt, ist die Kiste mit dem *Mist*, den wir gemacht haben. Unsere abendlichen Anrufe bei den Lehrern, vor allem bei Lohse, dem Geschichtslehrer und Major der Reserve. Wir gaben ihm mitten in der Nacht Einberufungsbefehle: »De Russ steiht wedder vor Helmsteet«, »Major Lohse, rin ins Greuntüüch, de Elv steht auf sößdreeunsöbentig.«

Lohse sprach selbst gern Plattdeutsch im Unterricht, insofern lag es nahe, dass er uns irgendwann für den Telefonterror verdächtigte. Aber ernst wurde es erst, als wir das Schrotpulver herstellten und eines Nachts einen zwei

Meter tiefen Krater in die Wiese hinter seinem Haus sprengten. Dabei sollte das bloß eine Probe sein, bevor wir mit größeren Sprengladungen in menschenleeres Gebiet fuhren, an die Ullwiesen oder hinter den Kanal.

Mikko, Greg, ich. Das Trio Infernale. Drei Jungs, ein Chemiebaukasten. In der elften Klasse wurde die Herstellung von Kaliumnitrat wichtiger als alles andere, wir konnten einfach niemanden mehr ernst nehmen, am allerwenigsten die Lehrer. Aber ich hatte auch keine Aufmerksamkeit für meine Familie übrig, nicht für meinen Vater, der morgens vor mir aus dem Haus ging und abends vor mir heimkehrte. Nicht für die Schwelgerei meiner Mutter, die sich mit ihren Freundinnen jeden Nachmittag ein Stück Torte reinschob.

Es kommt mir vor wie ein schlechter Witz, dass Helene Michelsen am Fußballplatz zuallererst vom Delfinbesteck spricht. Was wird meine Mutter wohl damit gemacht haben? Was macht man mit einem Delfinbesteck, wenn man tot ist. Man vererbt es, Helene. Alles ist an meine Schwester gegangen. Ich könnte diese Dinge gar nicht lagern, ich habe in Berlin kein ausgebautes Dachgeschoss, ich hab da noch nicht mal einen trockenen Keller.

Wenn man durch die Dachluke hinabsteigt, rückwärts, die Füße voran, knackt und knallt die Stiege wie feuchtes Kirschholz im Lagerfeuer. Aus Gregs Schlafzimmer führt eine erhöhte Glastür, die man mit einem Hebel noch zusätzlich hochdrücken muss, auf die Veranda (hab schon ein Foto davon gemacht, verwundert, dass jemand auf der Wetterseite mit Türhebel baut).

Die Veranda ist ein windgeschützter Kasten, Fliesen und Backsteinwände speichern die Wärme des Tages. Vom Kalkbruchsee ist nur das äußerste Westufer zu sehen, kaum mehr als eine Pfütze. Dahinter der Umriss des Turmes von Sankt Martini. Seit vier Jahrzehnten wird in dieser Gegend kein Stein mehr gehauen; Steinbruch, Kiesgrube und Kalkhafen sind nur alte Adelstitel, die verborgen liegen unter den Wohnstätten und Sammelstraßen. Am Kalkhafen gibt es zwischen Schachtelhalm und Ginsterbusch zumindest noch ein Café. An den weniger schroffen Hängen des Kalkbruchsees, ich habe ihn einmal umrundet, wachsen jetzt auch Erlen und Birken.

Ich mische mir eine Apfelschorle, zünde mir eine Zigarette an und hieve den dicken Buchkatalog auf den Tisch, aus dem ich noch ein paar Türklinken für die Innentüren der Eigentümer heraussuchen muss. Das Smartphone stört in der Hosentasche. Nachricht eingegangen, von meinem Bruder:

»Man hat dich in der Innenstadt gesehen, Micha.«

Den kannst du haben. Ich halte meinem Handy den Mittelfinger hin. Dass man mich gesehen hat, heißt ja nicht, dass ich dich sehen will, Nuss. So lächerlich der Mittelfinger ohne ein Gegenüber ist, die Geste fühlt sich immer noch gut an. In der Pubertät haben wir uns oft geprügelt, dreieinhalb Jahre liegen zwischen Nuss und mir. Erst nachdem er von zu Hause ausgezogen war, verstanden wir uns etwas besser, aber auch immer nur, bis uns davon langweilig wurde. Dann nahm einer den anderen hoch oder log ihn an, und erntete dafür den Mittelfinger.

In unserem letzten Telefonat habe ich einen schwerwiegenden Fehler gemacht, hab ihm von der Bauleitung erzählt, und er fing an zu reden, so wie er immer gleich ins Reden gerät. Nuss feierte die Kleinstadt, den neuen Einzelhandel – ein Edelfleischer in der Kopernikusstraße, eine Kaffeerösterei beim Markt –, vor allem aber zählte er mir alle Neubauten auf, um zu sagen, was er persönlich davon hielt, wie viel der Quadratmeter seiner Ansicht nach kosten dürfte, wie viel er wirklich kostet, wie manche Lage überschätzt wird, »ich hab alles ganz gut im Blick«, sagte er, »wenn du Fragen hast, nur zu«, »die Stadt boomt so«, sagte er, »dass das Bauamt nicht mehr hinterher kommt, wusstest du das?«

Erst als ich aufgelegt hatte, wurde mir der Anlass für seinen Vortrag klar. Es ging nicht darum, dass er den Überblick behält, obwohl er zehn Kilometer vor den Toren der Stadt wohnt. Sein innerster Wunsch ist es, mir noch in meinem Fachgebiet überlegen zu sein. Mir zu zeigen: *Ach guck mal, Architekt hätte ich auch werden können.*

Ich sehe sein Haus vor mir, den Hausbau, als ich Nuss noch wegen der Steine beriet, die nicht karminrot sind, sondern einen Stich ins Silberne haben. Moderne Steine halt. Und dann hat er am Ende eines dieser Glanzdächer draufgegossen, eine dunkelrote Glasur, er hat ein völlig verheerendes Himbeerbonbonhaus daraus gemacht. Aus dem Geiz geborener Glanz – das Gegenteil von Glamour. Wer Geld hat, aber solch ein Dach bevorzugt, hat mit mir nicht über Grundstückspreise zu reden, da hört ganz einfach die Bruderschaft auf.

Wobei sein Haus von innen gelungen ist. Großzügige

Räume, eine Küche vom Feinsten, das ganze Parterre wird jetzt im Juni von Sonnenlicht geflutet. Im Innenausbau hätte ich hier und da etwas anders gelöst, aber die Schwachstellen sind marginal.

Was schreib ich ihm zurück? Und wann war ich eigentlich zuletzt bei ihnen draußen, vor acht Jahren? Muss zur gemeinsamen Taufe seiner Töchter gewesen sein. Da hat mir Nuss den einzigen Unort als seinen Arbeitsplatz präsentiert, eine fensterlose hundehüttengroße Abstellkammer – nur ein Stuhl am Computertisch, keinerlei Ablagefläche. »Ja, Micha, ich brauch nicht mehr so viel Platz, das ist mein neues Reich.«

Worüber er von dort aus regierte – ich hab mir damals nicht die Blöße gegeben, ihn danach zu fragen. Irgendwann war er mal Coach für die Azubis eines Softwaregiganten, aber da war mindestens eine seiner Töchter noch gar nicht geboren. Nuss hat so vieles angefangen und wieder abgebrochen, auch neben der Arbeit. Er war schon in der FDP, dann im Kirchenchor, später sogar im Schützenverein, aber nirgendwo will er irgendetwas lernen, das ist sein Grundproblem, auch verliert er schnell die Lust, wenn die Menschen seine Vorträge nicht über sich ergehen lassen.

Ich könnte ihm doch einfach schreiben: Ja, Bauleitung geht los. Mehr nicht. Oder ich schreibe ihm von meinem Kompagnon aus Berlin, der sich zu schade für den Job war. Kompagnon ist ein guter Einfall, ein Wort aus der Sprache des Erfolges, aus der einzigen Sprache, die Nuss versteht.

»Welcome! Auch wenn du nie wieder zurückkehren wolltest nach Shitty Littleton.«

Ach, Nuss. Noch eine? Da ist kein Gift mehr an den Pfeilen. Du musst doch nicht immer noch einen und noch einen aus dem Köcher ziehen. Musst doch nicht immer gleich meine Erwartung erfüllen. Musst doch keine Antwort von mir einfordern. Aber Rückkehr ist das falsche Wort, Rückkehr setzt den Willen voraus, zurückzukehren. Dieses Reihenhaus könnte sonstwo stehen. Doch, Nuss, ein Zufall. Häuser werden gebaut, ich habe einen Job angenommen. Kein Zufall ist, was außerhalb dieser alten Stadtmauern aus mir geworden ist, aber das kapierst du in diesem Leben nicht mehr.

Eine warme Windböe greift in die Veranda, zwei Sekunden lang. Geh nicht ins Haus, aber lass ab von den Gedanken an deinen Bruder, sagt der Wind. Es lohnt nicht. Und lass dich nicht so leicht provozieren. Mach die Augen zu. Du bist hier, auch wenn du nicht herwolltest. Siehst du den Baum? Nein, Augen zu. Das ist jetzt ein ferner Wind, auch eine größere Veranda, davor steht der Nussbaum, von dem dein Bruder als Kind heruntergefallen ist.

Sein linker Arm, sein rechtes Bein in Gips. Er sah aus wie eine Skulptur und hat sich danach immer ferngehalten von der Veranda. Nur du warst dabei, Micha, wenn Sigrid beim ersten Sonnenstrahl hinausging und nickte und befand, dass es warm genug war, sie sagte:

Och, man kann ganz gut draußen sitzen.

Hör den Satz in seinen norddeutschen Variationen, wie du ihn als Kind gehört hast. Das *Och* muss unschuldig klingen, das *ganzgut* zu einem Wort zusammenwachsen. Jetzt sprich ihn laut aus, mach schon, die Nachbarn müs-

sen denken, du hättest Besuch. *Och, man kann doch, ja, das geht.* Der Nussbaum genau so weit entfernt, dass zwei Äste bis auf die Veranda ragen, vielleicht noch April oder Fliederduft schon, und links die Buche, kann gut sein, dass ihr Maigrün gerade aus den samtenen Knospen platzt, eine Sektflasche geht hoch ...
Bisschen frisch, wenn der Wind
Och, man kann schon.
Hoooohh.
Ich stehe in der Verandatür, muss mich kurz am Türrahmen festhalten, angeknockt, schwummrig ist mir von der schieren Anzahl der Torten und Kuchen, alles wieder einmal ohne Geburtstag oder irgendeinen geringeren Anlass gebacken und aufgetragen. »Hi zusammen.« Betont locker hebe ich die Hand
Ist er schon wieder gewachsen!
Hat er noch immer seine ...
Was macht er da
Kommt er denn klar soweit
Wie heißt sie noch.
Von allen Seiten kam das, aber ich bin einfach drin stehengeblieben, um ihnen zu zeigen: Das Gerede macht mir nichts aus. Ich bin weder schüchtern, noch hab ich Angst. Nicht vor irgendwem. Nicht vor Sigrids Freundinnen, die im Reigen kamen, blumige Bluse, bebender Busen, gefettetes und gebräuntes Skihütten-Dekolleté, und jetzt kam auch die Sonne raus und sie begannen zu juchzen, zu trillern, mit den Singvögeln um die Wette: die Ouvertüre der Kuchengabelsaison auf unserer Veranda.
Meine Mutter auf dem nächsten Platz zur Tür, immer

auf dem Sprung in die Küche. Ihr Recht, einzuschenken und aufzutun. Ein Tablett in der Hand, *nu nimm man noch, nu zier dich nicht so,* ihre starken Oberarme, ihr nilpferdrunder, steinharter Rücken. Meine Mutter, die Packerin bei der Post, erst ganze Stelle, später halbtags. Drei volle Kaffeekannen in einer Hand, eine Tortenplatte in der anderen, und man sah das Gewicht nicht einmal, wenn sie es trug.

Als Grundschüler und bis zur achten Klasse wurde ich noch umgehauen von der Energie der Frauen, hin- und hergerissen von den ständig wechselnden Stimmen und Kräften. Das Ungesagte schien so viel zu bedeuten wie das Gesagte, und immer ragte ein Tablett hinein in die Sätze: Eierlikörtorte, Friesentorte, Champagnertorte (die eigentlich mit Aldi-Sekt und billigem Weißwein gemacht wurde), Kastenkuchen, Gugelhupf, Kekse und die aufgerissenen Augen oben drüber
Sooohoo, aaaah, oooh, hmmm –
Der Gerhard hat ja gesagt
Was du immer mit dem Gerhard
Der Gerhard hat sie nicht mehr alle.
Ein Johlen, aus den Vogelstimmen wurden die Laute ausgewachsener Säugetiere, minütlich schwoll der Chor an, sich selbst bestätigend und sich selbst begeisternd, das habt ihr geteilt, Helene Michelsen, da sind wir uns einig und sicher, ich bin am Fußballplatz auf dich zugegangen und du hast meine Erinnerung bestätigt. Das war der Klatsch. Als ich vierzehn, fünfzehn war, hörte das alles auf, interessant zu sein, und wenn ich noch manchmal bei

euch saß, dann genervt davon, dass der Redefluss doch in den immer gleichen Schleifen verlief, genervt generell vom Stillstand der Zeit. Immer schimpften alle Frauen auf ihre Chefs, alle machten trotzdem weiter, alle sagten, sie ließen sich den Humor nicht verbieten, hahaha, und die Lautstärke wurde weiter aufgedreht, bis der Sekt und der Eierlikör eure Stimmen belegten. Es gab ein Krokodil, das nach Luft schnappte, es gab eine quarzende Postbotin in Leopardenkostüm, ich hab die Namen alle vergessen, und es gab meine Mutter, sie war das Nilpferd, es gab dich, Helene Michelsen, die immer ein Stück Kuchen zu wenig genommen hat, während ich saß und aß, von irgendwas frustriert, das ich nicht erfassen konnte, ich aß so viel Kuchen, dass ihr die Anerkennung nicht zurückhalten konntet, *guck dir den an, Sigrids Kleiner, wie ein ausgehungerter Hund, der kann was wegstecken, aber wohin, wohin steckst du das nur, Junge, bei dem gesegneten Appetit, bist aber auch ein dünnes ...,*

bis mich Greg oder Mikko auf die Straße runterriefen, oder meine Freundin Jasmin, sie hatte im Zimmer gehockt aus Angst vor diesem lächerlich trunkenen und überzuckerten Zoo, bis sie die Haustür schmiss, da hielten sich alle Raubtiere die Pfoten vors Maul:

Was macht er jetzt?
Geht er hinterher,
Nu geh man hinterher, Micha
Kannst sie doch nicht
Ich halt's nicht mehr aus.
Sie hat doch nur ihr Jäckchen an
Wie heißt sie noch

Schas-min
Ja ja, Schasmin
Sei still, ich muss
Wartet doch auf dich
Geh man hinterher
Nu los
Arbeiten.

Frischluft

Das mittelalterliche Zollhaus stand seit Kriegsende ungenutzt am Ufer der Ull, bis Christ Meckel Ahrens es kauften, für sich ausbauten und dabei nach eigener Aussage »zwölf Runden mit den Denkmalschützern zu kämpfen« hatten. Sie sind siegreich aus dem Kampf hervorgegangen, heute huldigen ihnen die Kleinstädter, der Backsteinbau gilt nicht mehr als Liebhaberstück einer Investorenbande, sondern als absolutes Prestigeobjekt. An ausgewählten Sonntagen bekommen die Stadtführer sogar einen Schlüssel zum Zollhaus, stellen sich an die Fenster im ersten Stock und erzählen von der Treidelfahrt auf der Ull. Ahrens hat mir das gesagt und den Kopf dabei geschüttelt, verständlicherweise, die Ull ist seit zwei Generationen nicht mehr schiffbar und genauso lange hat sich hier niemand mehr für die Treidelei interessiert, aber das Stadtmarketing leuchtet halt jede Ecke aus, es kann erst ruhen, wenn auch der letzte Furz im Einweckglas ausgestellt worden ist.

Seit wir unseren Raum auf der Baustelle haben aufgeben müssen – er wird zum Ladenlokal ausgebaut –, finden die Arbeitstreffen hier im Zollhaus statt. Der völlig ergraute Riese, der im Windfang auf mich zukommt, das ist Meckel. Das M in der CMA-Investorengruppe. Mein ehemaliger Professor in Berlin hat mehrfach mit ihm zusammengearbeitet, und auch Meckel hat eine lange Uni-Laufbahn hinter sich, allerdings als Wirtschaftswissenschaftler. Er gibt mir zum wiederholten Mal die Hand, ohne mich dabei anzusehen, sein kraftloser Händedruck sagt: Ich kenne Ihren Namen nicht, und wenn ich ihn gleich im Meeting höre, werde ich ihn mir nicht merken, jedenfalls nicht über den Vormittag hinaus. Meckel hält sich für einen besseren Menschen, und das wird schon stimmen, schließlich trägt er eine Ehrennadel der Stadt am Revers. Er geht vor mir die Treppe hoch, oben ist der Besprechungsraum. Niemand ist hinter mir. Meine Entscheidung fällt auf den ersten beiden Treppenstufen, nachdem ich, was Meckel in beiden Händen waagerecht trägt, als Leitzordner erkannt habe. Waagerecht, denke ich, weil der Ordner zu voll ist und womöglich nicht alle Unterlagen darin abgeheftet sind. Es ist einfach ein lusthafter Reflex auf die Begrüßung, ein Reflex auch auf eine Erinnerung, ich fahre meine rechte Schuhspitze aus, um sie vor Meckels rechten, treppan steigenden Fuß zu stellen und eine winzige harte Berührung herbeizuführen, von der Meckel glauben muss, es sei die Treppenstufe. Ich habe schon als Kind auf Waldspaziergängen meinem Bruder das Bein gestellt, wenn eine große Baumwurzel über dem Weg lag.

Es geht blitzschnell, und Meckels Selbstsicherheit ist so groß, dass er sich zwar beim Stolpern des Leitzordners entledigen kann und die Hände ausstreckt, dabei aber mit dem Kinn und dem Mund in den Ordner hineinstürzt, und zwar so unglücklich, dass er sich die Oberlippe an der aluminierten Pappkante aufschneidet.

Eine Sekunde ist in eine andere Sekunde übergegangen und schon tropft Blut – auf die Papiere, auf die Treppe, aufs Hemd. Meckel schreit nicht auf, macht nur Mmmmh, sagt dann zweimal ruhig »Scheiße«. Ich sage, leicht verzögert, »Ach, du liebe Güte«. Eine Sekretärin eilt ihm zu Hilfe. Er lehnt entschieden ab, dass ein Notarzt gerufen wird, aber sie lässt sich nicht beirren: »Herr Meckel, das muss genäht werden.«

Er verschwindet auf die Toilette. Ich kann nicht sagen, ob ich das gewollt habe. Aber Spaß hat es gemacht. Weil die Typen, mit denen niemand etwas zu tun haben will, genau die Typen sind, mit denen ich es zielsicher und immer wieder zu tun bekomme. Ich träume schon von ihnen. Wie ich voll ausgerüstet und rucksackbepackt einen Gebirgspfad hinabsteige, um mich an einer einsamen Bucht zu entspannen, mir eine Einsiedelei zu bauen, und dann ist einer von der Sorte Meckel vor mir da, lautstark hält er das Ufer besetzt und wird überdies aggressiv wie ein Berliner Hausbesetzer. Schlägt mich mit dem Knüppel in die Flucht. Es ist ein alberner Traum, ich würd's doch genauso machen in seiner Position. Warum soll Meckel sich meinen Namen merken, wo er doch weiß, dass ich ihn nicht gefährden kann.

Das CMA-Trio habe ich natürlich schon geprüft, bevor ich die Bauleitung übernahm. Sie haben vor fünfzehn Jahren eine Reihe von weitsichtigen Entscheidungen getroffen, laut Online-Portfolio in London, Frankfurt und Hamburg. Entscheidungen, die ihnen irgendwann das Vermögen gaben, einen Bauboom wie hier in Shitty Littleton aktiv einzufädeln. CMA haben der klammen Kommune diverse Objekte abgekauft, darunter zwei halbe Straßenzüge, und ihr übriges Geld haben sie in Lobbyarbeit investiert, damit aus dem trockenen Nest ein saftiger Speckgürtel wird. Autobahnausbau, Pendlerzüge, Fahrradparkhaus, alles haben sie befördert. Heute hat sich die Anfahrtszeit in die Großstadt auf fünfundsiebzig Minuten reduziert, und das Kaff zieht Menschen aus der völlig überteuerten Metropole an. Die Preise auf dem Wohnungsmarkt haben angezogen, ohne dass CMA mit ihren Immobilien dafür Stimmung machen mussten. Seit etwa fünf Jahren läuft das Projekt Goldene Nase – alle sind sie rund um die Uhr vor Ort, Christ Meckel Ahrens, alle lokalen Projekte liegen jetzt nacheinander auf ihren Schreibtischen, und da ich weiß, mit welchen Baustoffen und Materialien wir den Häuserriegel am Liebesgrund hochziehen, kann ich die Gewinnmarge des Trios relativ gut einschätzen. Sie ist gigantisch. Und führt, das ist fast überflüssig zu erwähnen, zu weiteren Hauskäufen.

Von zwei Entscheidungsmöglichkeiten will ich an diesem Vormittag diejenige durchdrücken, mit der das Bauvorhaben schneller abgeschlossen werden kann. Es geht um Luft. Obwohl wir nichts dringender zum Leben brauchen als Luft, ist nur eine Viererrunde einberufen worden. Der nun kurzfristig verhinderte Meckel. Ahrens, der zehn Minuten zu spät kommt. Und Mattern, der Haustechniker, ein diplomierter Ingenieur.

Mattern hat schon vor einiger Zeit allen Eigentümern sein sogenanntes Raumbuch zugeschickt, darin eingezeichnet sämtliche Lichtauslässe, Steckdosen und auch Lüftungsluken. An diesem Vormittag reicht er zunächst Formblätter aus der Energieeinsparverordnung (EnEV) herum, wir halten die Blätter allesamt auf Abstand, um zu suggerieren: unnötig, Kopiermüll.

Aber das ist bereits seine Art des Kampfes, Mattern kämpft. Er hätte lieber vorher anständig mailen und telefonieren und mir helfen sollen, das Meinungsdickicht der Eigentümer zu lichten. Jetzt bleibt ihm nur noch Detailwut. Wir bauen hier Niedrigenergiewohnungen mit perfekter Dämmung und ohne Heizungsanlage. Mattern hält ein Impulsreferat zur KWL, das ist die kontrollierte Wohnungsbe- und entlüftung, die gemäß DIN 1946 Teil 6 (05.2009) nutzerunabhängig zu bauen sei, was einfach bedeutet, dass man heutzutage keine Fenster mehr aufreißen muss. Auch nicht aufreißen sollte. Es ist total offensichtlich, dass Mattern sich in die Fachsprache flüchtet. Glaubt er, dass Fachsprache das böse Ende verhindert? Spekuliert er darauf, dass wenigstens ich ihm nicht folgen kann? Was ich von der komplexen Lüftungsanlage verstehe, reicht allemal aus: In den Bädern und in der Küche wird schlechte Luft abgesaugt, ihre Wärme wird der kalten Außenluft übertragen, die neue warme Zuluft dringt durch Deckenventile in die Schlaf- und Wohnzimmer. Es nennt sich Wärmerückgewinnung, jeder weiß, was das ist, das halbe Land kennt sie, wenn nicht aus den Lüftungskreisläufen, so doch zumindest aus den Heizungssystemen. Nur Mattern fängt jetzt allen Ernstes an, uns die Hauptsätze der Thermodynamik zu erklären.

Da geht Ahrens mit einem »Schön, schön« dazwischen,

vollkommen typisch, es klingt gleich nach ultimativer Demütigung.

Wir sehen uns an. Mir fällt auch nichts Gescheites ein, warum soll ausgerechnet ich nach diesem Referat das Wort ergreifen? Wir wissen, dass die Lüftung mehr als 120 000 Euro teurer geworden ist als in der Kostenberechnung angenommen, alle kennen § 7 im Kaufvertrag, in dem steht, dass die Kosten für eine solche Preissteigerung auf die Eigentümer umgelegt werden können. Es erinnern sich auch alle an den Unmut der Eigentümer und an die zeitfressenden Gespräche darüber, ob sie den Wärmetauscher wieder ausbauen und die Luft dafür mit mehr Strom erwärmen wollten. Theoretisch immer noch denkbar, aber wir würden in ein Standardsystem eingreifen, die Nachrüstung wäre teuer. Auch die Konditionen bei der KfW-Bank müssten dann neu verhandelt werden. Nein, ein Umbau wäre absurd – die Eigentümer haben es eingesehen, Mattern weiß es auch.

Weil immer noch keiner spricht, fängt er jetzt an, seine Verdienste herauszustellen. Lange genug hat er den stolzen Todeskampf geführt, jetzt schlüpft er endlich ins Opferkostüm – er habe für eine Beruhigung gesorgt, für eine allgemeine Zustimmung zur Lüftungsanlage, aber das Eigentümervotum würde nun durch »den neuerlichen Planungsfehler von Herrn Schürtz aus den Angeln gehoben«.

»Die Lüftungstürme«, sage ich, »sind von den Entwurfsarchitekten eingezeichnet und veranschlagt worden, Ihr Büro hat die einfach vergessen zu übernehmen, Herr Mattern.«

»Wo soll denn Ihrer Ansicht nach die Zuluft herkommen, wenn ein Wandler im Keller steht?«

»Dass es Türme geben muss, klar. Aber ein Objekt, das nicht in der Auftragsliste auftaucht, kann ich nicht in Auftrag geben.«

»Gut, dafür sitzen wir ja heute zusammen«, will Ahrens unterbinden, »Herr Schürtz, die Planungsideen.«

Mattern fährt jetzt hoch: »Ein Bauleiter muss doch erkennen, dass da die Auslässe fehlen.«

Ahrens: »Herr Mattern, wir reden jetzt über die Umplanung. Konstruktiv, bitte. Oder wollen Sie die versicherungstechnischen Fragen vorziehen?«

Mattern: »Lasten Sie das etwa mir allein an?«

Ahrens: »Ich wollte das eigentlich am Ende in Ruhe besprechen. Aber ganz ehrlich, Herr Mattern, wem sonst?«

Puh, es ist raus. Wem sonst. Und dafür nun diese ganze Lüftungserzählung! Mattern steht auf, greift sich sein Jackett vom Kleiderständer, zitternd schon. Er flucht. Nein, nein, so nicht. Hier können sich nicht *alle* um die Verantwortung drücken, *alle*, *ständig* etc. Der Haustechniker hat fünf feste Mitarbeiter, und hinter dem, was Christ Meckel Ahrens versicherungstechnische Fragen nennen, steht nichts anderes als seine Insolvenz. Fährt er direkt ins Büro, um es dichtzumachen?

»Herr Schürtz, die Planungsideen.«

Da ist sie wieder, die Ordnung. Es wird gehackt. Die Hackordnung akzeptieren, die Nahrungskette. Mattern schleicht sich, ich sitze noch. Aber wechseln wir jetzt echt den Haustechniker, weil er vergessen hat, zwei Lüftungstürme zu beauftragen? Dann wird an Weihnachten noch keiner eingezogen sein.

»Herr Schürtz, legen Sie bitte los.«

Soll ich jetzt allein vor Ahrens präsentieren?

»Ja, Moment.«

Notebook auf, Powerpoint.

»Planung A: Die Bepflanzungsinsel der Partei Bartels schiebt sich etwas ins Garteninnere vor, die neuen Lüftungstürme verschwinden hinter dem Bewuchs, Flieder, Hortensien, sie stünden damit hier. Am äußersten südwestlichen Rand des Grundstückriegels No 3.«

Ich markiere den Ort mit dem Laserpointer.

»Nachteil: Planungsarbeit. Und Bartels verliert insgesamt fünfeinhalb Quadratmeter Nutzfläche. Vorteil: Die Lüftungsschläuche verlaufen größtenteils im Tiefgaragenbereich, kaum Erdarbeiten. Diese Planung favorisiere ich.«

»Plan B wäre?«

»Das Beet am Ende der Straße. Architektonisch keine Option, weil die Türme dann genau in der Sichtachse jedes Passanten stünden, der zu den Häusern einbiegt. Die Vorgärten 4 und 5 würden für die Lüftungsrohre vollflächig umgegraben.«

»Zeitfaktor?«

»Plan A zwei Wochen, Plan B mindestens vier bis fünf Wochen.«

»Haben wir noch irgendwelche Gegengeschenke an Partei Bartels zu verteilen?«

Er sieht mich hoffnungsfroh an.

»Wir könnten jetzt doch die Robinie wegnehmen und

sie von Mittermeier rüber auf die Grundstücksgrenze bei Bartels setzen, als Blickausgleich.«

»Überlebt die das?«

»Gegenfrage, Herr Ahrens: Ist das wichtig?«

Er lächelt.

»Das ist ganz gut mitgedacht«, sagt er leise, »da sehen Sie mal, was unsere jüngsten Umplanungen alles bewirken, Herr Schürtz. Sie wehren sich dagegen, Sie halten das alles für Kuhhandel. Aber wo Handel ist, ist Leben, und man kann besser auf Widrigkeiten reagieren.«

Über den Haustechniker fällt kein Wort mehr. Ahrens schließt lediglich den Aktendeckel, steht auf und sagt:

»Plan A mit Robinie.«

Himmelstreppe

Ich war nie scharf darauf, dass mein Name hier mit Verbindlichkeit in Verbindung gebracht wird, aber bei meiner Schwester muss ich mich doch dafür entschuldigen, dass wir uns erst nach zweieinhalb Wochen sehen. Immerhin ist sie die einzige in der Familie, die mir an Geburtstagen eine Postkarte schickt, und auch ich denke manchmal daran, dass sie älter wird, dann rufe ich an.

Sie weiß natürlich, dass hinter meiner Entschuldigung kein schlechtes Gewissen steht. »Was sind schon zweieinhalb Wochen, Micha«, sagt Jul und lacht gleich, stimmt, sie lacht ja so gern.

Wir bestellen am Tresen Cappuccino und setzen uns einander gegenüber, vor der Panoramascheibe die Fußgängerzone, das einkaufende Volk. Zum ersten Mal sehe ich ein paar graue Haare in Juls tiefbraunem Schopf, spreche sie aber nicht darauf an. Jul, die Immerinteressierte, Halstuch, Softshelljacke, und noch schmaler ist ihr Gesicht geworden, noch tiefer die Wangengrübchen. Sie schaut zur Decke, auf die jemand Kaffeebohnen gemalt hat, die eher wie Brötchen aussehen:

»Gibt's noch gar nicht so lange, die Rösterei, ist ein Tipp von Nuss.«

Ich nicke bloß.

»Weißt ja, Nuss und seine Seismographenkrankheit«, fügt sie an.

»Seine was?«

»Er führt doch Buch, Micha, dein Bruder führt eine richtige Chronik. Über die Stadtentwicklung, die Veränderungen in der Innenstadt.«

»Ach so, immer noch? Mir hat er mal Fotos vom Abriss der Stadiontribüne geschickt, aber das ist schon Jahre her.«

»Neulich war sogar ein Auszug aus seiner Chronik in der Zeitung. Das war ganz lehrreich. Wann das letzte Stehcafé verschwunden ist. Wann genau sich am Marktplatz die ersten beiden 1-Euro-Shops gegenüberstanden.«

»Solange man Nuss für irgendwas belohnt, wird er immer weitermachen.«

»Wie meinst du das?«

»Er macht das doch nicht aus Interesse. Nuss hat einfach zu wenig zu tun. Oder willst du mir erzählen, dass er unter den Veränderungen leidet?«

Jul nimmt einen Schluck Kaffee.

»Schon gut, Micha, nicht gleich aufregen.«

»Ich reg mich nicht auf.«

Aber war Nuss nicht der Erste, der Hurra geschrien hat, als die neue Familienfreundlichkeit überall in die Gastronomie eingekehrt ist? Mit Kinderstühlen und IKEA-Spielecke für seine Töchter und mit Currywurst-Pommes als Mittagstisch für alle Altersgruppen. Warum notiert ausgerechnet er sich die sterbenden Stehcafés, der alte Nichtraucher?

Jul hat mir eine Hand auf den Unterarm gelegt.

»Alles okay«, sage ich.

»Ihr seid euch so ähnlich, ihr beiden. Immer rabotti rabotti, bis zum Umfallen. Und dann wieder bist du das genaue Gegenteil von Nuss. Du kannst hier in den Zug steigen und zack – aus den Augen, aus dem Sinn.«

Unpassend. Aber die Melodik in ihrer Stimme. Sie kann so was sagen, ohne dass es nach Vorwurf klingt, und ich ziehe sogar zustimmend die Schultern hoch.

»Jetzt bleib ich erst mal eine Weile«, sage ich. Es ärgert mich, dass wir keine Struktur ins Gespräch kriegen. Warum quatschen wir überhaupt über unseren Bruder? Auf dem Weg in die Rösterei bin ich durch die Gasse gekommen, wo früher die Bäckerei Lüttgen stand, in der Sigrid immer ihre Windbeutel kaufte. Auch unpassend, aber ich erzähle das jetzt einfach mal.

»Die Bäckerei ist weg. Da bieten sie heute Selfie-Sticks an.«

Jul weiß, was Windbeutel waren. Aber nicht, was Selfie-Sticks sind.

»Self– was?«

»Vergiss es, egal.«

Eine wahnsinnige Rührung packt mich dabei. Weil meine Schwester überhaupt nicht fähig wäre, eine Unkenntnis zu überspielen. Weiß sie etwas nicht, fragt sie einfach nach. Sie gibt sich die Blöße. Architekten gehen schön aufs Klo und schauen auf dem Smartphone nach, was sie nicht kapiert haben. Oder sie haben die Macht, das Thema zu wechseln. Wie Ahrens. Zwei SMS sind schon wieder eingegangen, aber ich nehme mein Smartphone nicht zur Hand.

»Ist denn bei dir«, frage ich, »irgendwas Aufsehenerregendes passiert?«, wobei ich Aufsehenerregendes völlig albern überbetone, weil ja schon vorher klar ist, dass Jul dieses Unwort unmöglich mit Leben füllen wird.

»Ich hab den Job gewechselt.«

»Oha!«

»Jetzt bist du erleichtert, was? Ich bin nicht mehr im Lutherhaus.«

In diesem Moment halten drei Schüler vor der Scheibe an, einer richtet seinen Zeigefinger auf uns.

»Kennst du die?«, fragt meine Schwester.

»Nee. Sag mal, das gibt's doch nicht, Jul, wow! Wie lange hast du in dem Psychoheim gearbeitet?«

»Sechzehn Jahre.«

»Warte mal, klar kenn ich die. Das sind die Vögel, die mich beim Baden an der Ull gestört haben. Die haben immer noch nicht genug.«

Ich stehe auf und mache drei Schritte in Richtung Ladentür, da läuft die Bande schon davon.

»Mann, dass man die dann auch noch wiedersieht! Das ist einer der Gründe, warum ich keinen Bock auf dieses Nest habe.«

Jul runzelt die Stirn. Der profane Bruder, schon klar.

»Sechzehn Jahre«, wiederholt sie. »Und zuletzt hab ich sogar manchmal an dich gedacht. Ob du nicht doch Recht hast. Irgendwann verlangt die Seele nach Abweichung.«

»Hey, das sind ja ganz neue Worte.«

»Am Ende war der Kern einfach zu finden. Weißt du, das Lutherhaus will ja eine Treppe sein, eine vierstufige Treppe, die in die Freiheit führt, so steht es auch in unserer Satzung – die Bewohner sollen vom Landeskrankenhaus über das Lutherhaus in eine Wohngemeinschaft des

Lutherhauses und von dort in die eigene Wohnung ziehen. Viele haben aber Angst vor der eigenen Wohnung, Angst vor dem letzten Schritt, und dann drehen sie durch, nur um von der Treppe zu fallen und wieder von vorne beginnen zu dürfen.«

»Verstehe.«

»Die Treppe ist eigentlich ein Hamsterrad.«

»Verstehe.«

»Was verstehst du?«

»Dass dich das frustriert. Zu wenig Fluktuation, keine neuen Gesichter.«

Sie hat wässrige Augen, fängt fast an zu weinen.

»Fluktuation ist gut, das ist das Stichwort, Micha. Letzten Sommer kamen hier die ersten Flüchtenden an, da hab ich's im Lutherhaus nicht mehr ausgehalten. Klingt zynisch, Fluktuation. Ach was, warum nicht, deine Schwester darf auch mal zynisch klingen, oder?«

»Durchaus. Kein Problem für mich.«

Sie trinkt ihren Kaffee aus und erhebt sich.

»Hey«, sage ich, weil ich weiß, sie denkt, sie sei mindestens einen Schritt zu weit gegangen. Wann hat sie mir zuletzt was aus ihrem Leben erzählt. Sie wohnt mit ihrer Freundin auf dem Lande, sie liest wahrscheinlich fünfzig Bücher im Jahr, aber darüber, was sie wirklich bewegt, weiß ich nichts. Mein Eindruck war immer, dass ihr die kleinsten Fortschritte ihrer Heimbewohner genügten, ja, dass sie sogar glücklich gewesen war, wenn alle nur auf der Stelle traten.

»Ich muss Johanna von der Schule abholen«, sagt sie.

»Du musst ...«

»Nuss' große Tochter. Willst du mitkommen?«

Ich tue so, als würd ich drüber nachdenken.

»Nee, Tante, lass mal.«

Wir nehmen uns in den Arm, etwas fester als bei der Begrüßung, das liegt an mir. Ich spüre, wie mein Herz pumpt. Sechzehn Jahre hat sie gebraucht, um zu erkennen, dass sie sich im Hamsterrad befindet. Dass es keine vierstufige norddeutsche Treppe in die Freiheit gibt. Und heute endlich fragt sich Jul, ob ich nicht doch Recht habe. Damit, dass man in Bewegung bleiben muss.

Draußen dreht sie sich noch einmal um, und ich winke.

Verdienste

Am Sonntag steigt das letzte Heimspiel der Saison für die Rot-Weißen, am Stadion herrscht feierliche Stimmung: auf dem Parkplatz eine Hüpfburg, daneben der Bierwagen, ein großer Gasgrill direkt vor dem Vereinsheim. An den Türen zu den Umkleiden hängen Girlanden. Aus zwei Lautsprechern, die sie auf der Tartanbahn aufgestellt haben, knackt es. Man fummelt an einem Kabelmikro und einem Funkmikro herum.

Unter den Männern: Oleg. Hat der früher schon so ein Kreuz gehabt oder ist das nur der eng geschnittene Trainingsanzug? Oleg ist der beste Linksfuß der Bezirksklasse gewesen, pfeilgerade Pässe, großartige Standards, die Ecken noch stärker als die Freistöße. Jetzt geht er zu den Einwechselspielern, schnackt mit ihnen. Hat er mich die Steinstufen hinabgehen sehen, oder warum kickt er aus der Entfernung einen Ball in meine Richtung, den ich locker mit der Sohle stoppe.

»Micha, Alter, spielst du noch?«

»Kaum mal.«

Oleg kreuzt die weißen Linien der Laufbahnen, hebt die Hand, high five.

»Aber du, in voller Montur«, sage ich.

»Co-Trainer, 1. Herren.«

»Ach was. Und, zufrieden?«

»Total. Das war ne Aufbausaison, und wir stehen auf

Platz acht. Guck dir die Jungs an, die sind alle um die zwanzig.«

»Das sind doch die besten Jahre.«

»Nee, Micha, bei uns waren das vielleicht die besten Jahre. Diese Jungs entwickeln sich noch, die gehen ja nicht weg, zum Studieren oder so.«

Er winkt irgendwem, der in meinem Rücken steht.

»Sehen wir uns nach dem Spiel?«, fragt Oleg.

»Eher nicht, ich muss arbeiten.«

Von der Spitze zur Ferse löse ich die Fußsohle vom Ball, gebe ihn wieder frei. Oleg chippt ihn aufs Feld. Im gleichen Moment schmettert Musik los, Fanfarisches, zu laut für alle Zuschauer, die in der Nähe der Boxen stehen.

Der Schiedsrichter und die Linienrichter laufen voneweg, dahinter die Mannschaften, alle stellen sich in Reihe auf wie vor einem Länderspiel. Die Musik endet abrupt. Vor den Spielern geistert ein Würdenträger des Vereins herum, Präsident oder Geschäftsführer Fußball, graue Anzughose, weißes kurzärmliges Hemd, lichtes Haar, mittelgroß und leicht untersetzt. Er stellt sich nicht vor, er hat sich für das Funkmikro entschieden, ich höre zuerst nur den Wind, dann seine erstaunlich feste Stimme.

»... sind wir froh, die Saison so zu beenden, dass es heute auf dem Platz nicht um alles geht ...«

»... wir uns mit der Fußballabteilung wichtigeren Dingen widmen können ...«

»... einer, der immer da war, einer, der nicht wegzudenken ist, den wir schmerzlich vermissen werden, schmerzlich, meine Herren ...«

»… als er anfing, hier die ersten Muskeln zu kneten, da gab es den Berufsstand des Masseurs noch gar nicht …«

»… ihn geradezu überreden müssen, auf seine Hüfte zu hören …«

»… dankt dir der gesamte Verein, lieber Gerwin, für deinen unermüdlichen Einsatz über fünfunddreißig Jahre …«

Unter Beifall humpelt Gerwin Münstedt auf den Redner zu. Er geht an seiner rot-weißen Krücke, alles andere an ihm ist sandfarben, obendrauf ein weißes Jeans-Käppi. Beim Handschlag zieht er den Kopf noch tiefer als früher, und als er den Zuschauern winken will, schiebt er uns eigentlich von sich weg. Gerwins Unbeholfenheit toppt noch immer alle Verdienste, es kommen einem fast die Tränen.

Er nimmt zuerst ein Album mit Fotos aller Mannschaften entgegen, die er begleitet hat, dann überreicht der Trainer der Ersten Herrenmannschaft ein Trikot mit Unterschriften und einen rot-weißen Rosenstrauß, der in goldenes Zellophan eingewickelt ist. Das Sonnenlicht reflektiert auf der Folie, ein Flimmern und Blinken ist das, man kann gar nicht hinsehen.

Als ich die Augen wieder öffne, ist mein alter Betreuer und Masseur verschwunden. Verabschiedet.

Das Spiel ist bloß Begleitprogramm. Zur Pause führen die Rot-Weißen 1:0, ein tolles Fernschusstor, am Ende spielen sie aber nur 2:2, weil hinten ein abgefälschtes Ding reingeht. Gerwin ist natürlich nicht weg, sondern den ganzen

Nachmittag von Menschen umgeben, und als ich ihm endlich gegenüberstehe, habe ich das Gefühl, der letzte Händedrücker zu sein. Seine rechte Pranke. Sein Schielauge.

»Meinen Dank«, sage ich.

»Er nun wieder«, sagt Gerwin.

Es klingt viel zu cool für ihn, antrainiert. Natürlich soll die Formel bloß darüber hinwegtäuschen, dass ihm mein Name heute nicht einfällt. Wir haben uns gerade voneinander gelöst, als mir aufgeht, dass wir uns ja schon vor drei Wochen hier begegnet sind.

Er nun wieder. Passt schon.

Am Bierstand gibt es nur Plastikbecher, allein die Spieler tauchen mit Bügelflaschen auf, irgendjemand hat in der Kabine eine Kiste ausgegeben. Die Spieler erkennt man auch daran, dass sie nach Anstrengung und Dusche diese Hitzköpfe haben, knallrote.

Oleg springt die Steinstufen zum Vereinsheim hinauf. Stimmt doch, was er vor dem Spiel gesagt hat. Ich habe damals meine Fitness eingetauscht gegen Kneipenjob und Abendschule. Deshalb haben wir überhaupt nur ein Jahr zusammen gespielt und im zweiten kellnerte ich schon an fast allen Wochenenden in Berlin, lernte Liz kennen und hatte gar keine Lust mehr zu pendeln. Wie hat Oleg das vorhin gemeint, als er von den besten Jahren einer Generation sprach? Wollte er mir vorwerfen, dass ich weggegangen bin?

Mit dem Schlusspfiff haben sich fast alle Besucher um das Vereinsheim versammelt, auf der Hüpfburg kreischen die

Kids wie im Freibad, viele Mädchen sind dabei, der Verein hat mittlerweile einige Mädchenmannschaften. Ich hole mir ein Hefeweizen aus der Gaststätte, beiße in ein Schweinenackensteak im Brötchen, saftig, aber auch mit viel Fett dran.

Oh Mann.

»Oleg, sag mal, ist der Prinz nicht mehr da?«

Oleg hat die beiden Mikrofone in der Hand.

»Der Prinz liegt im Krankenhaus. Er lag sogar im Koma. Autounfall.«

»Ach du Scheiße. Wann das denn?«

»Vor drei Monaten schon. Geht aber langsam voran.«

»Ist er besoffen gefahren?«

Oleg legt das Kinn auf die Brust, macht große Augen.

»Micha, ist er schon mal nüchtern gefahren?«

»Na, zu den Auswärtsspielen schon.«

»Nachts, es ist nachts passiert.«

Ich nicke. Damit ist alles gesagt. Nur ein Unfall macht den Prinzen abkömmlich. Zwei Verabschiedungen an einem Tag, denke ich, das ist ein bisschen happig. Dabei hat der Prinz noch mehr Ur im Gestein als Gerwin. Er ist Platzwart gewesen, Zeugwart, dann auch Betreuer der Herrenmannschaft. Trinker war er immer. Ein Wahnsinn, dieses Assoziieren, ich sehe ein fettrandiges Steak und muss an den Prinzen denken. Und es macht mich ganz nervös, dass mir die Zeiten so durcheinandergeraten. Er nu wieder und wann das denn. Ist doch völlig egal, ob sein Unfall nun vor drei Wochen, drei Monaten oder drei Jahren passiert ist, was hätte ich denn davon mitgekriegt? Sowieso nichts. Jetzt ist mir auch die Sauferei wieder präsent. Was man selbst so weggesteckt hat mit neunzehn Jahren, wie das geschmeckt hat, das Pils.

»Micha, ich hab dich was gefragt.«

»Wie?«

»Schon zweimal. Du hast mich genau verstanden, Alter.«

»Nein, Oleg, echt nicht.«

»Ob du dir vorstellen kannst, eine Jugendmannschaft zu trainieren.«

»Wie meinsten das?«

»Wenn du jetzt wieder in der Stadt bist. Die Dreizehnjährigen, C-Jugend, da fehlt uns noch ein Trainer.«

Ich schneide eine Grimasse, versenke die Hände in den Jackettaschen, und meine Linke fängt gleich an, mit einer Visitenkarte zu spielen. Plötzlich spüre ich ein Gewicht auf meiner Schulter. Gerwin hat von hinten seine Krücke draufgelegt.

»Na, was sagt er zu unserer Idee?«

»Schwankt noch«, sagt Oleg.

»Schwanken darf nur ich, mit meiner Hüfte«, sagt Gerwin.

»Mann, ich muss hier Häuser bauen, Leute, wisst ihr das eigentlich?«

Gerwin ist der einzige, der nickt.

»Wir arbeiten auch«, sagt Oleg.

»Außerdem hab ich seit Monaten keinen Ball am Fuß gehabt.«

»Du lügst. Ich hab dir vorhin einen zugespielt. Aber denk nicht allzu lange drüber nach, wir müssen den Eltern Bescheid geben.«

Was soll ich sagen? Ich kenne euch doch gar nicht. Ihr kennt mich doch gar nicht mehr.

»Training geht dann los, warte mal«, Oleg zieht sein Smartphone, wischt drüber, hält mir die Kalender-App vors Gesicht: »Ende Juli, da sind noch Schulsommerferien, aber das ist kommuniziert.«

Gerwin lächelt mich an und nickt, während Oleg mit großer Geste jemanden heranwinkt.

»Wird das jetzt hier ne Demo?«, frage ich.

»Worum geht's bei euch?«

Es ist der Abschiedsredner.

Handschlag.

»Ich bin Stocki, grüß dich.«

»Michael Schürtz, ich bin als Architekt in der Stadt.«

»Wir brauchen doch einen Architekten für die C«, sagt Oleg, »und er überlegt noch.«

»Richtig, C-Jugend, das sind super Jungs«, sagt Stocki. Seine Stimme klingt etwas mechanisch, wie die eines Funktionärs. Das hindert ihn aber nicht daran, mich sofort zu duzen. »Ich würd das machen, wenn ich du wär. Super Jungs, ehrlich. Acht Euro die Trainingsstunde plus Spesen. Was spricht dagegen?«

Gewölbekeller

»Kommen Sie ruhig auch, da spricht der Bürgermeister.« Das ist Wortlaut Ahrens, so hat er mich gestern zwischen Tür und Angel zu einem Empfang eingeladen, der heute, an einem drückend schwülen Sommerabend, in der Altstadt gegeben wird. Das Käseblatt hat die Veranstaltung verschwiegen, sie ist also nicht öffentlich.

Im besten meiner drei Anzüge (Boss) passiere ich ein Eisentor und einen vom Gewicht des Vorderhauses und der Jahrhunderte schief- und plattgedrückten Torbogen. Dahinter befindet sich eines der mächtigen Stammhäuser der Stadt. Kleine quadratische Pflastersteine im Hof. An der Remise informiert eine Plexiglasplatte darüber, dass hier seit dem 17. Jahrhundert eine Ratsherrenfamilie residiert. Das Wohnhaus betreten wir nicht, mit einem Glas Sekt geht es links hinunter in den backsteinkühlen Gewölbekeller.

Fünfzig bis sechzig Gäste sind dort bereits zusammengekommen. Ich bin pünktlich auf die Minute, tausche den Sekt gegen ein Glas Rotwein und setze mich in die letzte Reihe, gerade als der korpulente Bürgermeister, dem im Stadtrecht noch ein Oberbürgermeister vorsteht, einen Säbel zieht, den er sich im Futteral umgeschnallt hat. Er sticht zweimal in die Luft und tupft sich danach bereits die Stirn ab. »Ich bin«, so Bürgermeister Noack, »ein Liebhaber militärischer Geschichte.«

Ohne erkennbaren Grund, dafür aber in freier Rede erinnert er an Napoleons Invasion in Norddeutschland und an die rettende Gegenwehr der Freikorps, insbesondere der Kronprinzen-Dragoner. Dabei stellt er sich einen Bleisoldaten nach dem anderen auf die Handfläche und eröffnet mit dem Publikum ein Quiz darüber, wer hier wohl dargestellt ist. Es dauert keine drei Minuten, da hat sich das herrschaftliche Tonnengewölbe zum Hobbykeller zusammengezogen und ich weiß nicht mehr, was ich machen soll – rauslaufen oder mich sofort betrinken. Offenbar hat Noack ein Reiterdenkmal in der Innenstadt restaurieren lassen, und diese Arbeit hat länger gedauert und ist teurer geworden als veranschlagt. Deshalb dankt er nun den edlen Spendern, er dankt den Bauträgern Ahrens und Meckel. Ach, Meckel ist auch hier. Sie stemmen sich aus ihren Stühlen, der Bürgermeister drückt ihnen je ein Silberpferdchen in die Hand, eine Miniatur des Reiterdenkmals. Ahrens hält das Ding hoch wie eine Siegertrophäe und dankt für das Vertrauen. Meckel legt dem Bürgermeister die Hand auf die Schulter. Ihre Gesichter sind fratzenhaft verzerrt, weil das Licht von unten kommt, fast alle Lampen sind ins Gewölbe hinaufgerichtet.

Der Bürgermeister stellt den Hauptredner vor, als einen Mann, »der uns durch seinen besonderen Zugriff immer wieder die Augen öffnet und dabei kein Blatt vor den Mund nimmt. Wäre das Stadtarchiv eine Muschel, er wäre derjenige, der die Perlen findet.« Was für ein schwachsinniger Satz, denke ich noch, aber da fällt auch schon mein Name, und ich stehe gleich auf. Für einen Augenblick habe ich keinen Zweifel daran, dass ich der versammelten Elite vom Stand der Baustelle erzählen muss. Es erhebt sich aber auch jemand ganz vorne, links neben Meckel, schüttelt dem Bürgermeister die Hand, dreht sich dem Publikum zu.

Mein Bruder.

Das kann nicht sein.

Ich nehme schnell wieder Platz, damit er mich nicht erkennt. Schwarzes Oberhemd zur schwarzen Jeans, tritt Nuss hinters Pult. Er bedankt sich für die einleitenden Worte und sagt:»»Meine Rede mag manchem in gekürzter Form bereits als Zeitungsartikel aus der Rubrik *Rückblicke* bekannt vorkommen.«

Ja, *Rückblicke* kenne ich, die gab es schon zu meiner Kindheit, in größter Regelmäßigkeit wurde dort irgendeine stadtgeschichtliche Schraube, die sich gelockert hatte, ins einheimische Gedächtnis zurückgedreht.

Nuss spricht über den »Kellervandalen«, der vor genau sechzig Jahren illegal in zahlreiche Gebäude der Stadt eingestiegen ist. Jeder, der hier aufgewachsen ist, ist mit dieser Figur vertraut. Der Kellervandale war ein Einbrecher, hatte aber nie besonders viel erbeutet. Höchstens mal hundert Mark. Als ihm die ganze Stadt auf den Fersen war, fing er an, die Inneneinrichtung der Häuser zu verwüsten. Nuss erzählt jetzt vom Kipppunkt (der fünfte Bruch, bei Radiogeräte Froese), hier hatte der Täter nur noch das allernötigste Werkzeug mitgenommen, um Türen und Fenster zu knacken, er ließ aber den Tresor unberührt und begnügte sich damit, alles zu zerstören.

Ich muss mir Wein nachfüllen lassen. Erst die Zinnsoldaten des Bürgermeisters, mit Ahrens und Meckel als Retter der Stadtgeschichte, und jetzt erzählt mir ausgerechnet mein eigener Bruder von der Wut, die schon immer das Kaff beherrschte. Private, geschäftliche und öffentliche Räume waren in den Winternächten 1956/57 betroffen. Im Landesmuseum zerschlug der Kellervandale die Glasvitrinen, in der alten Badehalle die Duschen und Wasserrohre, in der Gildebücherei riss er die Regale aus den Verankerungen.

Warum Nuss die Schäden so akribisch auflistet, weiß ich nicht. Er unterschätzt die Kenntnis der einen, er überschätzt das Interesse der anderen (wobei ich in beide Gruppen gehöre). Mir fällt es schwer, ihm zuzuhören, und mein Blick fällt immer wieder auf die breiten Schultern von Ahrens und Meckel, die unbewegt in Reihe eins sitzen. Die Sache im Zollhaus ist erst acht Tage her. Erstaunlich, dass Meckel schon wieder repräsentiert. Sind da überhaupt schon die Fäden gezogen? Den Dank hat er ja vorhin Ahrens überlassen, bestimmt lispelt er, oder er kann noch gar nicht wieder reden vor Schmerz.

Nuss ist mittlerweile tief ins Jahr 1957 eingetaucht. Er hat das öffentliche Echo analysiert, das die Taten des Vandalen hervorriefen. Die These: Mit den Schäden hätten damals auch die Angst und die Mutmaßungen in der Bevölkerung zugenommen. Er erzählt jetzt von den jungen englischen Soldaten, die hier stationiert gewesen waren, und die vor allem dadurch auffielen, dass sie betrunken durch die Innenstadt marodierten. In einem Leserbrief wurde der Kellervandale also für einen saufenden Engländer gehalten. In einem anderen hieß es, hier sei ein kommunistischer Saboteur am Werk, Russland arbeite ja auf den Tag der Invasion hin. Und dann gab es drittens noch einen prominenten Stadtrat, der von einem jüdischen Racheengel fabulierte.

Mein Bruder breitet die Arme aus wie ein Pastor, der seine Schäfchen beschützen will. Und wird jetzt tatsächlich moralisch. »Die Angstträume«, sagt er, »haben nicht immer Recht. Wir wissen alle, gewütet hatte ein zwanzigjähriger Gelegenheitsarbeiter namens Peter Dietrich, der sowohl von seiner Freundin als auch von der Bundeswehr abgewiesen worden war.«

Allerdings, Nuss, das wissen wir alle. Ich wüsste viel lieber, mit wie vielen Stichen Meckels Oberlippe genäht wurde. Ob die Lippe hängt. Hasenscharte, Lüftungsspalt? Ich würde zu gern heranzoomen, sehe schon die ganze Zeit, wie schwer sich Meckel mit dem Weintrinken tut, einmal kippt er den Kopf regelrecht nach hinten. Der lässt doch den Rotwein einlaufen, weil er den Mund nicht um das Glas schließen kann.

Aber gut, der Kellervandale. Der Typ, der uns noch sechzig Jahre danach alles gibt, was wir brauchen. Thrill und Entertainment. Er war so skrupellos, dass wir ihn fürchten. Und so armselig, dass man sich über ihn amüsiert. Peter Dietrich soll täglich Gewichte gestemmt haben. Hat Bäume bestiegen, so viele, bis er nicht mehr wusste, ob er noch Haus- oder schon Eichkatze war. Das Publikum lacht. Dietrich besaß einen Wortschatz von knapp über zweihundert Wörtern. Das Lachen wird heftiger, sie lachen den Kellervandalen aus, oder sie lachen sich die alte Angst von der Seele, was weiß ich.

Und dann hat Nuss doch noch eine Überraschung für mich parat: »Wir haben uns nicht zufällig in diesem Patrizierhaus versammelt«, sagt er. »Hier ist er an einem frühen Februarabend 1957 eingestiegen, hier oben im Hof hat er sich die Hand an der Fensterscheibe geschnitten. Sein zehnter Bruch, sein letzter.«

Ich bestelle gerade mein drittes Glas Rotwein. Dietrich konnte die Wunde nicht stillen. Die Verzweiflung über das eigene Blut. Ich sehe ihn vor mir. Und auch Meckel, wie er sich das Oberhemd vollsaut. Nuss zählt wieder auf, ich hasse Aufzählungen, überhaupt Listen, auch die Leistungsverzeichnisse auf dem Bau, aber jetzt tritt Nuss eine Reise durch dieses Haus an, das besonders gründlich verheert wurde, und da bin ich dabei. Den schwarzen Jaguar XK 120 in der Hofgarage angegriffen, Jugendstil-Möbel zerhackt, die Unterschränke in der Küche auch, den Kamin erweitert, Matratzen geschlitzt. Als die Polizei anrückte, lag der Kellervandale betrunken grölend zwischen schwimmenden Weinflaschen in diesem Gewölbe, das Wasser stand drei Zentimeter hoch und floss aus einer gespaltenen Badewanne und dem Waschbecken der Gästetoilette im Parterre die Steintreppen hinab. Vor meinen Augen tanzen die Flaschen, schwappt das Wasser von Wange zu Wange. »Er hat diesen prachtvollen Keller geflutet«, sagt Nuss.

Und dann ist plötzlich Schluss. Der heutige Hauseigentümer muss sich erheben. Applaus rauscht in den Ohren,

Häppchen wandern vorbei, Lachs, Käsewürfel auf Weintrauben. Zwischen zwei Hostessen dränge ich nach vorne. »Nuss, Mensch, ich war leider zu spät, hab nur die letzten zwei Minuten, aber hätte ich gewusst, bist du jetzt Historiker …«

Ahrens kommt von der Seite hinzu, er trägt wieder die Hirschhornknöpfe mit dem Stadtwappen. Ich sage zu ihm: »Mein Bruder Florian Schürtz.« Als gäbe das Punkte. Ahrens immerhin: »Ach was!« Meckel hebt das Weinglas: »Auf die Brüderschaft«. Endlich kann ich ihn ins Visier nehmen, aber ich sehe keinen Faden, keine körperliche Entstellung. Wo ist denn die Wulst, Meckel? Wahrscheinlich ist das Licht zu schwach. Zwei Typen vom Stadtmarketing gratulieren meinem Bruder. Sie sind zufrieden, man analysiert. Ich rücke an Meckel heran. »Drei Zentimeter stand das Wasser hoch«, sage ich, und ich zeige ihm zwischen Daumen und Mittelfinger, wie viel das ist. Er verzieht keine Miene, und er hat keine Narbe. Nicht die kleinste Unebenheit in seinem Gesicht. Es darf nicht wahr sein.

Meister

Heute fand die Aktion Robinie statt.

Ich wurde von Ahrens dazu verpflichtet, auf dem Bau zu erscheinen, und als ich ankam, debattierte der Fahrer des Teskopladers gerade mit zwei Fuzzis vom Umweltamt über den richtigen Anfahrtsweg. Das Amt hatte die Baumumsetzung ja bewilligt, aber überraschenderweise meinten sie jetzt, die Arbeiten durch Fachkommentatoren stören zu müssen. Kein Baum sei so aggressiv invasiv wie die Robinie. Sie sammele Stickstoff und würde hier alles verdrängen. Sie bilde Samenbanken aus. Na, dachte ich, Hauptsache, sie bildet keine Beamten aus wie euch.

Als sie von dannen schlichen, brach ich selbst einen Streit mit dem Fahrer vom Zaun, denn ich hatte einen Optimal 1400 bestellt, eine Ballenstechmaschine, an deren Teleskoparm sich vier große Rundschaufeln ins Wurzelreich hinabschieben. Damit hätte die Baumverpflanzung höchstens eine Stunde gedauert, doch der Fahrer war auf einem gewöhnlichen Radlader erschienen. Ich zeigte ihm Mail und Vertrag, damit er seinen Fehler einsah, und erst jetzt erklärte er: »Nee, mit diesem Lader hier hab ich schon zig Bäume verpflanzt.« Da wurde ich nur noch misstrauischer, blieb lieber vor Ort.

Die Robinie ist etwa sechs Meter hoch, der Arbeiter hob am Ende weit über zwei Meter Erde in der Tiefe aus, bis er mit einer Fräse das Wurzelgeflecht brach. Am Mittag kam Mittermeier hinzu, dann auch Bartels. Ich hatte die Eigentümer nicht von den Baumarbeiten unterrichtet, und warum sie auftauchten, kann nur Ahrens sagen. Mittermeier war sauer über den Mutterboden auf seinem Gartenstück, Bartels maulte, wie viel Platz und Blick und Himmel und Sonne (immer im Wechsel) er durch die beiden Lüftungstürme und den Baum verlöre.

Seine Wohnung sei nun weniger wert als die anderen Parterrewohnungen. *Weniger wert*, es gibt ja kaum zwei alarmierendere Worte für eine Bauleitung. Auf gar keinen Fall durfte Bartels jetzt auch noch eine Lagewertdiskussion anfangen! Ich also, auch mehrfach: Seine Wohnung würde in jedem Fall günstiger, weil das Grundstück nun kleiner sei, das Lüftungsturmareal würde ja nun auf die Hausgemeinschaft umgelegt etc.

Alles, was ich sagte, war absolut banal, bekam aber per Wiederholung ein Gewicht, das die besorgten Gedanken des Eigentümers innerhalb einer Stunde erdrückte. Im Grunde war es nun sogar mein Glück, dass der Arbeitseinsatz fast den ganzen Tag dauerte. Denn erst als das Erdreich um den versetzten Baum festgeklopft war und der Bagger stillstand, schwieg endlich auch Bartels und ergab sich in sein Schicksal.

Drei Stunden sind seitdem vergangen. Am Schreibtisch. Unter mir ein Bananenkarton mit den Stundenzetteln, die ich zu prüfen habe. Daneben liegt aufgeschlagen das Bautagebuch. Am Planungsaufwand bemessen, den ich mit der Baumumsetzung im Vorfeld hatte, war die eigentliche Aktion immer noch eine Kleinigkeit. Meine Sorge gilt nun schon wieder etwas anderem, denn die Innentüren sind allesamt in einem falschen Weißton geliefert worden. Glücklicherweise hat kein Einbau stattgefunden, aber für die neuen Türen rechnet die Tischlerei mit zehn Wochen Lieferfrist. Inakzeptabel. Wenn sie sich nicht auf einen früheren Termin einlassen, sind sie raus. Und weil das passieren kann, hole ich bereits neue Angebote zu den Türen ein.

Durchs Wohnzimmerfenster sehe ich zwei Frauen in Kittelschürzen dabei zu, wie sie ihre Blumen und Sträucher in den Vorgärten ausdünnen, dabei immer wieder innehalten und miteinander reden, die Gartenscheren in der Hand. Wie da Tätigkeit und innere Ruhe vereint sind, Zuwendung und Eigenregie – es ist ein harmonisches Bild, das ich kaum ernstnehmen kann, nur als Szene einer Feierabendsoap im Fernsehen, die mit meinem Leben nichts zu tun hat. Ahrens ist ausgeflippt, als er von den falschen Türen hörte. Und sogleich hat er die Blitze abgeleitet. »Ich bereue es zusehends, keinen Generalunternehmer beauftragt zu haben, der den Gewerken bei Unfähigkeit sofort den Hintern versohlt.« Ein direkter Angriff auf mich. Ich gebe mein Bestes, es ist nicht gut genug. Und damit hat er womöglich noch Recht. Warum drücke ich hier auf den Telefontasten herum, wo ich doch weiß, dass heute niemand mehr rangeht, wen will ich denn in diesem selbstzufriedenen Kaff nach 18 Uhr noch erreichen?

Ich werfe mein Handtuch in den Fahrradkorb, lege eine Flasche Bier und meine Zigaretten in die Handtuchwulst. Eine halbe Stunde später springe ich in den Fluss. Das letzte Licht über den Ullwiesen, Duft von gemähtem Gras. Immerhin, denke ich, die Sonnenuntergangsstunde ist derjenigen in Berlin weit überlegen.

Schon immer gibt es am Uferrand einen einzelnen, etwa zwei Meter hohen Felsblock, von dem keiner weiß, wie er hierher gelangt ist. Die Sitzkuppe ist stumpf und hat die Form eines Dreiecks, was in meiner Jugend zu merkwürdigen Konstellationen führte. Vorne ein Liebespaar mit Blick aufs Wasser, mit einem Wächter im Rücken, der Anstürmende mit den Füßen traktierte, damit sie nicht hinaufkamen.

An einem Felsvorsprung lässt sich die Flasche öffnen. Alles ist zu schaffen. Auch die Türen. Allerdings müssten die Trockenbauer sich mal langsam von ihrem Hundertwasser-Stil verabschieden und ein paar lotrechte Wände hochziehen. Die taugen nichts, in Berlin wären die längst vom Markt verschwunden, zwei von ihnen haben auf Arbeit getrunken und sind freigestellt worden, aber das sind ja immer bloß Bauernopfer. Sechzehn Wohnungen, also bitte, Micha, das ist kein chinesischer Großauftrag, du hast ein paar Baustellen auf der Baustelle, am Zeitplan vom März gemessen, bist du gerade mal drei Wochen in Verzug, aber du darfst Ahrens keine offene Flanke bieten, und dafür musst du dokumentieren, mehr nicht, aber dokumentieren musst du, sonst geht es dir am Ende wie dem Haustechniker Mattern. Und jetzt stürz dich mal ins Wasser, nicht in die Arbeit. Oder lass die Beine baumeln. Such dir einen passenden Sinnspruch. »Tu, was du kannst, und lass ruhig fließen, was nicht zu beschleunigen ist« (Epiktet: Über die Bauleitung). »Notfalls fahren Sie nach Polen,

Herr Schürtz, um Türen fertigen zu lassen.« (H. P. Ahrens: Das globalisierte Bauwesen).

Am Morgen erwache ich aus einem Traum, der meine jüngsten Erlebnisse miteinander kombiniert. Er beginnt als eine Kopie der Wirklichkeit, das gesamte Gespräch am Sportplatz ist noch einmal in mir abgeschnurrt. Olegs scheinbar harmlose Frage, ob ich Fußballtrainer werden will, Gerwins Krücke auf meiner Schulter, schließlich Stocki, der mir gut zurät, mich auf die Jugendlichen in seiner Abteilung einzulassen. Im Traum aber treten immer mehr Leute hinzu, alte Fußballer aus Jugendtagen, mein Bruder Nuss, die beiden Damen vom Vorabend in ihren Vorgartenkitteln, meine Mutter, nickend, der Prinz, betrunken und lachend, und plötzlich eine bassige Stimme: »Lebenslang Rot-Weiß«, ich drehe mich um, Meckel, der sich ein frisches Taschentuch auf die blutige Lippe drückt. »Schön, dass Sie auch dabei sind«, sage ich, und Meckel, mir zuzwinkernd: »Irgendjemand muss die Trikots ja bezahlen.« Dann umfasst der kräftige Oleg meine Hüfte, legt mich in der Luft quer und alle packen mich von unten an, ihre Handflächen bilden ein Tablett unter meinem Rücken, Sigrid ruft: »Eins, zwei, drei«, und sie spannen die Arme an, heben mich und schmeißen mich grölend in die Höhe, so wie man Trainer feiert, die eine Meisterschaft errungen oder einen Abstieg verhindert haben. Ich falle wieder in ihr Tuch aus Armen und hopp, hinauf! Bis mir das Auf und Ab in den Brustkorb fährt und ich davon erwache.

Neben meinem Sofabett liegt aufgeschlagen eine Sportseite des Käseblattes. Ich habe am Abend darin gelesen, ein deutlicher Link in den Traum. Eine Trainerentlassung in der Bundesliga beherrscht die Kommentarspalten. Es geht um Eigensinn, um den Vorwurf, der Trainer habe sein Ego über Wohl und Wehe des Sportvereins gestellt, über die innermenschlichen Werte des Unternehmens. Die Vereinsoberen wissen, dass wir Menschen das Ende einer Beziehung oft genug im Affekt beschließen und uns vormachen, wir hätten eine ganz bestimmte Situation nicht mehr ausgehalten. Deshalb bemühen sie sich, klarzustellen, dass »einiges zusammenkam«, und natürlich wird auch vom letzten Tropfen gesprochen, der das Fass etcetera.

Lese ich vom entlassenen Trainer, denke ich sofort an das Ende des Haustechnikers Mattern, und ich stelle mir vor, auf welche Art mich Ahrens wohl vor die Tür setzen würde, wenn ich ihm nur den geringsten Anlass dafür gäbe.

An diesem Morgen wäre ich gerne früher aufs Fahrrad gestiegen, aber das Bauamt ist mir per Telefon in die Tagesplanung gegrätscht, und so ist es beinahe neun Uhr, als ich an meiner Schule vorbeikomme, der berufsbildenden. Sie liegt auf der anderen Seite des Kalkbruchsees, gleich dahinter führt die Straße ins Industriegebiet hinab. Weil es in der Nacht gewittert hat und das Wasser im Tal schlecht abläuft, muss ich achtsam fahren: Pfützen vor mir, Transporter und Autos im Nacken. Ich bin der einzige Fahrradfahrer weit und breit.

Die Straße verengt sich, windet sich dabei, und mit den Kurven zerfließen Schrift und Bild, ROTECH lese ich als Abkürzung von ROTZFRECH, dann kommt links schon

ZOLLE, wo die Holländer ihre roten Käsewachshüllen hergestellt haben, man nannte sie nur die Goudanesen, Nuss hat da mal ein Praktikum gemacht. Ein Sattelschlepper rauscht vorbei, das Regenwasser sprüht ihm aus den Achsen. Ich lasse EISENDIETER hinter mir und erreiche die Spedition von RÖNTVED, dessen Trucks man auch mal auf der Autobahn begegnete. Erst ganz am Ende der gewundenen Straße, im Wendehammer, liegt die Bau- und Möbeltischlerei von Sancho Reinders.

Schon von der Einfahrt aus sehe ich, dass Sancho angebaut hat. Schräg hinter der alten Werkhalle, wo vor zehn Jahren noch eine dunkle Remise für den Holzzuschnitt stand (eine Art Servicepoint für die im Industriegebiet ansässigen Firmen, denn die Privatkunden gingen bereits in die billigeren Baumärkte), befindet sich jetzt eine zweite, etwas höhere Halle. Das Büro ist jetzt dort, hinter der Ostwand, und ich lege meine Stirn an die Scheibe, schirme sie vom Morgenlicht ab. Keiner da. Also herumstrolchen, bis der Chef persönlich – ich weiß nicht, von wo, war er am Maschendraht pinkeln? – auf mich zutritt.

»Sancho, da sag noch einer, es ändere sich nichts!«

»Oha, ein alter Gefährte im Anzug.«

»Mann, hast du abgenommen, Respekt.«

»Moin erst mal.«

Er reicht mir die Hand, wir stehen uns gegenüber, der Meister und sein Geselle. Er holt seinen Zollstock oben aus der Latzhose, klappt ihn aus, sagt:

»Zeig auf das Jahr, dann sag ich dir, wie du heißt.«

Ich spiele mit, drücke meine Daumenkuppe unter die Neunzig: »Sancho, ich hab hier fast drei Jahre –«

»Weiß ich, weiß ich alles, aber ich kann mich nur auf dem Zeitstrahl erinnern. Michael, du bist Micha.«

»Gut, das lass ich mal gelten.«

»Michael Schürtz. Hab ich dir schon unsere CNC-Fräse gezeigt?«

Sofort befinden wir uns auf dem Rundgang, den ich unbedingt vermeiden wollte. Sancho tut so, als könne ein alter Geselle nur zu Besuch kommen, weil er die Tischlerei ins Herz geschlossen hat und an jeder Staubmaus interessiert ist. Dabei muss ich um zehn Uhr wieder bei Ahrens auf der Baustelle sein. Einen sechsstelligen Kredit habe er laufen wegen der Fräse, sagt Sancho, aber:

»Was die kann, das hast du noch nicht gesehen.«

»Doch«, sage ich. »Ich kenn die Fräsen, hab in Berlin Innenausbauten mit einer machen lassen, Wendeltreppe, Handlauf, die unmöglichsten Dinge.«

»Wie, machen lassen?«

»Das hab ich dir schon vor Jahren erzählt, dass ich Architekt bin.«

»Gibt's so was! Ihr sollt tischlern, Leute! Was hab ich falsch gemacht, dass hier ein natürlicher Feind nach dem anderen rausgeht?«

»Dein Feind wollte dir eigentlich einen Auftrag verschaffen.«

»Weißt du, was das Problem ist? Alle habt ihr eure Gespinste im Kopf, aber keiner von den Lehrlingen kann die CNC-Fräse richtig bedienen. Das muss alles der alte Sancho machen.«

Kurz darauf sitzen wir im Büro, unter Neonlicht, obwohl der Juni schon genug Helligkeit spendet. Nur Rigips und Plexiglas trennen den Papierkram von der Werkhalle, fast ungedämpft kreist und kreischt die Säge. Ich ärgere mich darüber, dass ich gezwungen bin, derart laut zu sprechen. Als der Meister die Kaffeetassen abstellt, rolle ich sofort auf dem Schreibtischstuhl auf ihn zu:

»Sancho, ich mach die Bauleitung für die neuen Eigentumswohnungen am Liebesgrund.«

Wie mit dem gelben Textmarker sage ich das, und mit dem roten Textmarker ziehe ich nach:

»Es geht um Innentüren. Gut hundertdreißig Türen insgesamt. Und ein paar Schiebetüren.«

»Ich kann dir keine Dumpingpreise machen.«

»Nein?«

»Nein, wie denn.«

»Aber einen guten Preis.«

»Du weißt ja: Da ich weder schreiben noch lesen kann, so begreife ich nur die Regeln des Tischlerhandwerks.«

Ich muss darüber lachen, dass er sich immer noch so ausdrückt, wahrscheinlich ein abgewandeltes Zitat. Tatsächlich ist Sancho Analphabet. Das Spiel, das jetzt folgt, kennt jeder, der schon einmal mit ihm zu tun gehabt hat. Er stellt bloß die Fragen, das Gegenüber sagt die Antworten laut und schreibt sie gleichzeitig auf. »Wie hoch sind die Türen, wie breit, welches Holz, welche Lackierung, wann müssen wir fertig sein?« Ich reiche ihm das Blatt Papier, auf dem alle Angaben stehen, er leitet es mit einer Körperdrehung weiter ins Ablagefach. Dann lässt mich Sancho allein im Büro zurück.

In einer Sägepause ein Klingeln, es kommt aus dem hölzernen Uhrenkasten an der Wand, viertel vor zehn. Durchs Plexiglas sehe ich Sancho mit einem seiner Gesellen diskutieren, sieht aber nicht danach aus, als ginge es um mich und meine Türen. Ich werde immer nervöser, tippe schon an einer SMS an Ahrens herum, als mein alter Tischlermeister mit einem Frühstücksbrot zurückkommt und zum Knistern des Pergamentpapiers sagt:

»So, und jetzt zu uns. Hast du acht Wochen gesagt, Micha Schürtz? Wenn du das ernst meinst, dass die da in acht Wochen einziehen sollen, hättest du mich gar nicht erst besuchen sollen.«

»Ja, tut mir leid. Andererseits, man braucht sportliche Ziele, sonst läuft ja keiner los.« Das ist ein Zitat von einem Professor aus Berlin, zufällig genau jener, dem ich diesen Bauleiterjob zu verdanken habe. Aber was vom Dozentenpult aus höchst motivierend auf uns Studenten wirkte, sinkt aus meinem Munde kraftlos zu Boden.

Sägespäne wehen aus der Werkstatt herüber.

Sancho lässt sich Zeit. Weil er natürlich weiß, dass etwas nicht stimmen kann mit meinem Termin, dass ich Ärger hinter mir habe, eine Fehllieferung, er weiß, dass ich mich böse mit einer Bautischlerei gezofft habe, deren Namen ich ihm nicht nenne, das macht man nicht, er weiß das alles. Und dreht seine Stulle in der großen, rauen Hand, als suche er die einzig mögliche Stelle, in die er hineinbeißen kann.

»Weißt du, Micha, von wegen sportliche Ziele. Ich bin sehr krank gewesen. Ich war achtzehn Monate weg vom Fenster. Und das hängt mir nach. Ich weiß, dass ich käsig aussehe. Aber eines hat mich die Krankheit gelehrt: Ich muss nicht mehr alles machen.«

Ich verschränke die Arme hinterm Kopf und stoße mich mit dem Fuß vom Boden ab, damit der Stuhl rückwärts rollt. Sancho sagt:

»So isses halt. Muss mir nicht leidtun und dir nicht peinlich sein oder sonst was. Ich weiß, dass die Welt sich weiterdreht, und eher noch schneller als zuvor. Du musst da was rausholen bei deinen Türen. Wir tun hier immer, was wir können. Und mehr können wir nicht.«

»Das heißt, wir kommen nicht zusammen.«

»Wir können jederzeit ein Bier trinken, eines genehmige ich mir manchmal wieder.«

Ich ziehe meine Visitenkarte aus dem Jackett.

»Ja, gut, pass auf, Sancho, guck dir den Auftragszettel noch mal in Ruhe an, und dann meldest du dich, okay?«

»Micha.«

»Was denn noch!«

»Bei allem Stress, dir geht's doch gut in deinem edlen Zwirn.«

»Mir geht's … ja.«

»Siehst du, das freut mich.«

Crémant

Liz kommt zu Besuch. Ich habe versprochen, sie an der Bushaltestelle abzuholen, bereue es aber sofort. Von der obersten Treppenstufe schmeißt sie mir ihren Rollkoffer in die Arme, um im nächsten Moment eine Ohnmacht zu mimen und sich selbst nach vorne fallen zu lassen. Ich muss blitzschnell reagieren, den Koffer abstellen, Liz unter die Arme greifen, und als ich sie auf dem Bürgersteig abgesetzt habe, spricht sie in Rätseln.

»Hach, Micha, was mach ich nur, wir sind spät dran, die Linie 3 kommt uns schon entgegen.« Sie guckt auf die Uhr. »Wusst ich's doch, zwei Minuten Verspätung.«

Ich lasse sie agieren.

»Das war die Alte neben mir im Bus. Das kann man doch nicht aushalten, du doch nicht, Micha. Dieses Kleinstadtgerede!«

»Komm ich nicht drum rum, wenn ich Geld verdienen will.«

»Ach Micha, was' bloß mit dir los.«

»Was soll mit mir – ich hab noch keinen Ton gesagt! Hör mal, du kannst sofort wieder umdrehen, wenn du dich nur noch mit deinen linksliberalen Lutschern unterhalten willst. Ansonsten erzählst du vielleicht erst mal, wie's bei dir gelaufen ist.«

Sie winkt ab, freut sich aber darüber, dass ich gleich in Rage gerate. Liz hat am Theater in Bremen vorgespielt, gestern erst hat sie sich bei mir angekündigt, meine Baustelle läge doch auf ihrem Rückweg nach Berlin. Während ich ihren Rollkoffer über die Plattenwege des Kalkviertels ziehe, sieht sie mich von der Seite an, kopfschüttelnd, aber neugierig, schätze ich. Sie lobt, dass ich frisch rasiert bin, will dafür aber auch Komplimente hören. Liz trägt ihre schwarzen NB-Sneakers, eine enge knallrote Jeans, schwarze Rüschenbluse, Chanel N° 5, dazu ihre große rote Lederhandtasche über der Schulter. Sie ist nicht gut situiert, sie ist eine Schauspielerin, die wenig am Theater und umso mehr mit ihrer Eitelkeit beschäftigt ist. Auch ihr Elternhaus – kein Stück weniger kleinbürgerlich als mein eigenes. Und natürlich heißt sie Elisabeth.

»Gut siehst du aus«, sage ich.

Liz ist meine erste Freundin in Berlin gewesen, zwei aufregende Jahre lang. Damals ging ich noch nicht einmal zur Abendschule, zimmerte nur Podeste für Museumsausstellungen und kellnerte in einer Weinbar in der Rosenthaler Vorstadt, wo Liz eines Abends auftauchte und mich nach Dienstschluss in ihren Freundeskreis hineinzog. Sie waren ein Haufen extrovertierter Studenten, Theaterwissenschaftler, die nur wenige Seminare besuchten, weil sie viel lieber auf der Probebühne ihrer Fakultät abhingen. Fast alle waren an Schauspielschulen abgelehnt worden. Sie waren lustig, sie schrieben und spielten lustige Szenen. Mich ließen sie meinen Familienstress vergessen, und ich beneidete sie allabendlich um ihr gedankenloses Tun. Erst als es mit Liz vorbei ging, wurde ich auch misstrauisch gegen ihre Gesellschaft. Sie hielten sich bereits für die Off-Theaterszene Berlins, ich hielt sie dann doch eher für verwöhnte Waldorfschüler (West) und hysterische Befreiungskämpfer (Ost).

»Und, Bremen?«

»Nüscht Neuet unter der Sonne. Ich bin nicht deren Typ, mein weiches Gesicht …«

Wirklich nicht neu. Liz hadert seit Jahren damit, dass sie nicht altert. Sie ist einfach eine klassische Schönheit, volles wallendes Haar, Top-Figur. Und gerade deshalb sei sie in einem Zwischenreich gefangen, ihr Typ würde nur noch mit Zwanzigjährigen besetzt. Vielleicht ein Klischee, aber ganz ehrlich, ich interessiere mich weder genug für das Theater noch für Liz, um es zu beurteilen.

»Warum ist nur alles so klein in Deutschland?«

»Vielleicht weil du so groß bist, Lizzi.«

Ein typischer Zweizeiler zwischen uns. Ich habe mit ihr immer schon so kommuniziert wie mit meinem Bruder. Sie boxt mir auf den Oberarm und lacht dabei, sie kann auf ihre Kosten lachen, auf Kosten des Prekariats, dem sie noch immer angehört, nicht zuletzt das lernt man ja in der Hauptstadt. Ich muss an unsere Jahre denken, die Neunziger. Außer dass sie heute andere Klamotten trägt, hat sich für Liz wenig geändert. Ameisengleich krabbeln sie und ihre Freunde im Überlebenskampf um Miete und Dispo umeinander. Sie bewohnen die letzten Einzimmerwohnungen, in denen sie nicht bloß schlafen und Kaffee kochen, sondern auch diese jämmerlichen Raumteiler aus japanischem Papier aufstellen, sobald sie ihre Arbeit präsentieren und ihre Betten vor Kundenblicken schützen müssen.

»Eigentlich bin ich stolz drauf«, sagt sie dann.

Pause.

»Dass du uns mittlerweile linksliberale Lutscher nennst.«

Als hätte sie meine Gedanken erraten.

»Micha Schürtz, der Abschätzige. In Ewigkeit zufrieden mit dem Niveau seiner kleinen Schul- und Familienrevolte. Bloß nicht denken, nur klettern. Nach oben streben. Und denen, die sich's schwerer machen, immer gleich Versagen vorwerfen. So wie unsere Eltern früher bei uns, oder? Deshalb bist du ja wohl auch zurückgekehrt –«

»Schau, hier ist es«, sage ich.

»Ich denk –«

Wir stehen vor Gregs Reihenhaus.

Liz atmet tief durch.

»Ich denk, das ist ein Schulfreund von dir.«

»Ja, eben. Kein Studienfreund. Du bist echt … Liz, was hast du erwartet? Sichtbeton? Vier Meter hohe Decken und alte Eichendielen?«

Sie stöhnt.

»Komm rein jetzt, ich hab was vorbereitet.«

Den Crémant kaltgestellt, meine ich damit. Einen Caesars Salad gemacht. Danach frische Erdbeeren mit Sahne, aber die will Liz schon mit hochnehmen ans Bett, Schweinereien machen. Ich weiß, dass sie der Dachboden noch mehr abturnen würde als die Frontfassade, deshalb müssen wir das Ehebett entweihen (die Bettwäsche hab ich vorsätzlich in den Schrank gestopft).

Ich setze mich raus auf die Veranda, Liz zieht sich die Schuhe aus und lehnt sich, mir im Rücken stehend, gegen die warme Mauer. Es ist seit zwei Wochen der erste Tag, an dem man hier oben am Nachmittag nicht verglüht. Bloß zwanzig Grad und grauer Himmel.

»Woran denkst du?«

Ich denke daran, wie wir im Pferdestall Sex hatten, unseren allerersten, auf dem Reiterhof in Lübars, wo sie recherchieren wollte für ihre Rolle. Wie hieß das Stück noch, *Kiesgrube Kohlhaas*? Wo ich dann, enttäuscht vom Hauptdarsteller, nach der Premiere völlig durchgeknallt bin, um allen zu beweisen, dass ich die Rolle hundertmal überzeugender gespielt hätte.

»Sag ich nicht«, sage ich.

Ich denke daran, dass wir keine Familien haben. Dass auch Liz nicht einmal nahe dran war, eine zu gründen. An meinen Beruf denke ich, der mich immer schön verfügbar bleiben lässt. Nachtarbeit anhäufen und Wettbewerbe, Ausschreibungen. Für die eigene bauliche Vision jederzeit aufs Privatleben verzichten. Immer mehr Zeit im Büro verbringen, bis man das Draußen nur noch aus ironischer Distanz betrachten kann.

»Komm« sagt sie, »jeder darf einen besonders coolen Moment raushauen, eine Erinnerung.«

»Geht auch ein besonders furchtbarer?«

»Geht auch, Micha, wenn dir das guttut.«

»Gut ist, dass wir keine Erwartungen aneinander haben, dass es keine Verbindlichkeiten gibt, das ist mir ... – fang du lieber an.«

»Okay, ääh, das ist jetzt Impro, also ich nehme den Moment, als du mich in deine Kneipe eingeladen hast und ich da verliebt an deinem Tresen saß, ohne dass du ein einziges Wort mit mir geredet hast, immer schön Bier gezapft und ausgetragen, weil du mir eigentlich nur zeigen wolltest, wie sehr du im Osten angekommen und wie busy du bist?«

»War das besonders furchtbar? Okay, ich hol noch ne Flasche von dem Crémant. Oder gleich Rotwein?«

»Beides.«

Die Freunde aus ihrer Theaterrunde gehen mir nicht aus dem Sinn. Mit einigen trifft sich Liz immer noch, um gemeinsam die Zeit anzuhalten. Weil ja keiner von ihnen vorwärtskommen will. »Weißt du noch, also, ein furchtbarer Moment war«, rufe ich laut, während ich im Parterre mit Flaschen und Gläsern hantiere, »als ich mal zwanzig Euro für dein Tanzstück ausgegeben hab, dieses Stück, wo zwei Drittel aus schlechten Fernsehchoreographien zusammengestoppelt waren und im dritten Drittel warst du kurz vom Tonband zu hören, dazu dein Schattenriss mit Federboa. Wo ihr am Ende alle gegen die Wand gelaufen und dann davor liegengeblieben seid, weißt du noch?«

»Jaaha.«

»Du hast gesagt«, ich komme jetzt wieder die Treppe hinauf, »dass sei eine szenische Darstellung von Masturbation.«

Liz liegt auf dem Bett. Auf dem Rücken. Nackt.

»War das besonders furchtbar«, äfft sie mich nach, »oder fällt dir das nur ein, weil wir danach unseren besten Sex hatten?«

»Was? Ah, möglich, hast Recht.«

Kraftpfeile

Haustechniker Mattern betreut das Projekt noch bis zum Einzug aller Eigentümer. Die Last haben nicht Christ, Meckel oder Ahrens zu tragen – schließlich bin ich es, dem Mattern weiterhin die Schuld am Lüftungsturmdilemma gibt. Er, der früher fast gar nicht kommuniziert hat, entwickelt sich jetzt zum Texter, schreibt fast jeden Abend eine ausführliche, überkorrekte und doch nur peinigende Mail, in der immer schon die Verschwörung gegen ihn mitgedacht, manchmal sogar ausformuliert wird. Vor ein paar Tagen meinte Mattern festgestellt zu haben, dass der Brandschutz in den Schächten der Lüftungsanlage nicht gewährleistet sei, und ich hätte sofort einen Monatslohn darauf verwettet, dass er damit selbst nur heiße Luft produziert. So war es letztlich auch. Seitdem nenne ich ihn nur noch Bhatura, nach dem aufgeblasenen Brot der indischen Küche.

Heute dokumentiert er, dass die Lüftungstürme aufgestellt worden sind, die Anlage sei fast komplett verdrahtet, die letzten Formstücke seien aufgemessen und bestellt. Deren Lieferung erfolgt voraussichtlich bis 12. Juli (leider keine Lagerware), so dass der Einbau bis zum 16. Juli abgeschlossen sein sollte.

Ich überfliege die ermüdend lange Bhatura-Mail, vieles über die Handhabung der Lüftung, es gebe Stellregler in jeder Wohnung für die Zu- und Abluftmenge. Technische

Details, Mindestluftmenge, blabla, Norm-Luftwechselrate, hygienisch sinnvoller Luftwechsel, blablabla, erhöhter Luftaustausch, muss in diesen Fällen die Fensterlüftung zu Hilfe genommen werden, um höhere Lasten abzuführen (s. DIN 1946 Teil 6). Der letzte Satz knallt aber:
»Stufe 0 schaltet die Lüftung ab.«
Ich mache instinktiv den Mund zu. Pruste dann durch die Nase. Stufe 0, Affe tot. In Arbeit erstickt, das denke ich auch.

Die Worte schwimmen auf dem Bildschirm wie Müll auf dem Meer, aber es hilft nichts, ich muss da ein zweites Mal durch. »Kann raus«, habe ich schon eingetippt, die Mail soll weitergeschickt werden an die Eigentümer, nur krampft mein Finger noch auf der Maus, weil er fürchtet, dass Bhatura mir durch irgendeine schlaue Formulierung die Verantwortung für seine Dummheit übertragen könnte. Sicher wird er längst von einem Anwalt beraten. Zum ersten Mal bin ich so verunsichert, dass ich mich außerstande fühle, ihm grünes Licht zu geben, ich sichere nur meine Antwort und öffne mir ein Bier.

Keine fünf Minuten später (21:48 Uhr) ruft Ahrens an. Was nun mit meinem Kontakt sei. Womit? Ach so, wegen der Türen. Ein Anfängerfehler von mir. Ich hätte nicht von einem Kontakt reden sollen, niemals hätte ich sagen dürfen, dass ich die Sache regele. Der fälschlich beruhigte Ahrens ist eine Zeitbombe.

Nach dem unnützen Kniefall vor meinem alten Meister Sancho habe ich gleich drei Bautischlereien aus dem Landkreis kontaktiert. Telefonate, in denen sich der Architekt

Schürtz ausdrücklich vom Investor Ahrens distanzierte, denn so viel habe ich aus Krisen gelernt: Wer sich Hilfe von Handwerkern erhofft, darf das Missmanagement niemals auf andere Handwerker schieben, man muss immer die Chefs verantwortlich machen. Wir sind wehrlos und alles Böse kommt von oben. »Sieht gut aus mit den Türen«, sage ich zu Ahrens.

Es sind Tage des Stillstands. Das mache ich mir zum Vorwurf. Mindestens fünf von sechzehn Wohnungen werden zum Einzugstermin nicht fertig sein. Der Estrichleger ist krankgeschrieben, sein Gehilfe meldet sich gar nicht erst zurück. Liz ist eine Nacht geblieben und hat einen Wahnsinnskater hinterlassen. Und auch unsere Flowerpower-Trockenbauer sind, ohne abzuwägen, auf eine andere Baustelle abgewandert.

Das Dumme ist nur, dass mich das alles gar nicht schert. Ich könnte überall einen Haken dranmachen. Ahrens' Anruf hingegen stößt mich wieder auf Sancho, auf das unangenehme Treffen mit meinem Tischlermeister, das mir im Nachhinein vorkommt wie eine Fahrlässigkeit. Ich hätte mir einiges verkneifen sollen, seit ich hier bin. Zum Beispiel den Wohnort. Warum habe ich mich ausgerechnet bei Greg eingemietet, schlafe auf seinem Dachboden, mache eine seiner Schulkisten auf, warum zum Teufel fange ich an, in den alten Heften rumzublättern? In den Gemeinsamkeiten. Der Hass auf den alten Lohse, den Reservemajor. Nachdem ich mit Greg das Loch hinter Lohses Garten gesprengt habe, musste ich mit Greg die verdrängte Erde wieder zurückschaufeln, zur allgemeinen Belustigung.

Ich weiß, dass Hass hässlich macht, das war schon damals so, aber man darf auch fragen: Wer hat bloß Major Lohse zum Geschichtslehrer befördert und auf Kinder losgelassen? Ungeniert erzählte er uns von irgendwelchen NATO-Gefechtsübungen in der Börde, von der saftigen Kettenschrift der Panzer, von Regimentern und Bataillonen. Zu Mikko, Greg und mir sagte er, seiner militärischen Logik folgend:

»Sie stehen auf der Abschussliste, meine Herren.«

Schule! Lohse! Und seine Schaubilder, was für eine Farce! Man fühlte sich wie der Stift, den man in der Hand hatte und dessen einzige Funktion es war, aufzuschreiben, was andere schon gedacht hatten. Gleichungen waren noch auszuhalten, also dass Masse mal Geschwindigkeit gleich Impuls war, das verstand ich, selbst wenn es mich nicht vom Hocker riss. Aber wenn in Latein, Deutsch oder Geschichte diese Kausalitäten gepaukt wurden … als existiere zwischen A und B nur ein einziger Kraftpfeil →, während der Rest der Welt stumm blieb.

Das und das führt zu *dem und dem*.

Da machte mein Kopf zu, da konnte ich nicht mit. Die natürliche Selektion führte zur Evolution. Napoleons Körpergröße führte zum Eroberungsfeldzug. Lohses Körpergröße führt auch zu Eroberungsfeldzügen, sagte ich einmal. Alle wussten, dass sich unser Reservemajor vor immer wechselnden Frauen was zu beweisen hatte, er wurde sogar in der Straße der roten Laternen gesichtet. Und niemals würde sein Sturm und Drang in die → Klassik führen und zur Ruhe kommen.

Wir lachten ihn aus, aber ganz ehrlich, wer sollte diesen

Schaubildern vertrauen. Und wozu? Klar, meine Freundin Jasmin übertrug alles geistesabwesend in ihr Heft und lernte es auswendig für die nächste Klassenarbeit, ich aber versank in Zeichnungen, etwa *Das Endoplasmatische Retikulum dockt an die Enterprise an.* Das Retikulum kam bei mir häufig vor, es ernährte sich von Mitochondrien, und es sah aus wie ein Bündel gigantischer Regenwürmer, das jedes Gegenüber umschlang und zerquetschte. Lohse beugte sich über den Tisch und betrachtete mein Ungeheuer.

Womöglich hatte er mir auch eine Frage gestellt.

Ich sah zur Tafel.

Die Weimarer Republik führte ins ➔ Dritte Reich.

Na, dann war ja alles klar.

Ich hätte einfach den Mund halten sollen. Aber ich gab ihm zu verstehen, dass ein Fußballtraining tausendmal mehr mit dem Leben zu tun hatte als sein Unterricht. Und sogar der Kaffeeklatsch zu Hause war besser, wenn sich meine Mutter mit ihren besten Freundinnen traf und sich ihr Gerede verknäulte. »Deshalb«, sagte ich in meiner letzten Schulstunde zu Lohse, »zeichne ich das hier. Deshalb ständig das Retikulum. Ich male der norddeutschen Sprache ein Denkmal, damit sie aussieht, wie sie klingt: wie ein Haufen zappelnder Regenwürmer. Und nicht wie ein Tafelbild.«

Der Major stand schon die ganze Zeit wie erstarrt am Fenster, das Gesicht nach draußen gewendet, wo es nur Hagebuttensträucher zu sehen gab. Zuerst die anonymen Anrufe, dann die Sprengung hinter seinem Haus, und auch danach war dieser Michael Schürtz nicht in der Lage, seinem Unterricht zu folgen, ohne zu stören. Er hätte mir wahrscheinlich am liebsten Papier ins Maul gestopft.

»Letzte Chance«, sagte er.

Und danach war es wirklich mucksmäuschenstill im Klassenraum. Ich verstand immer noch nicht, was er von mir wollte, nur deshalb sah ich ein zweites Mal zur Tafel. Die Weimarer Republik führte ins Dritte Reich. Aha, ich hatte etwas übersehen, dieses Mal gab es statt A ➔ B auch noch eine Black Box in der Mitte. Man sollte also zwischen den fixen Begriffen ein paar weitere fixe Begriffe nennen, auf die sich unsere Elterngeneration geeinigt hatte. In der Box stand schon Wirtschaftskrise und Versailles.

»Ich kann mit Ihnen nicht über Hitler sprechen«, sagte ich.

»Raus«, sagte Lohse.

»Schreiben Sie Straßenbahnen, die führen überall hin«, sagte ich.

»Raus! Verschwinden Sie.«

»Er meint die Großstadtmoderne, den Modernisierungsdruck.« Jasmin versuchte mir zu Hilfe zu eilen, als ich schon auf dem Weg zur Tür war, aber es half nichts. Später dokumentierte Major Lohse es so, als hätte ich ihn mit Hitler verglichen. Und da war er dann doch empfindlich.

Ich hatte auf der Abschussliste gestanden. ➔ Ich wurde abgeschossen.

Danach konnte ich eine ganze Zeit lang nichts mit mir anfangen und hing zu Hause ab. Bis mich meine Mutter in eine Tischlerei schleppte, in der ein Lehrling gesucht wurde. So trat Sancho Reinders in mein Leben. Er war kein Engel, und doch konnte es nach Lohse für mich nur aufwärts gehen. Ich weiß nicht, ob Sancho der beste Lehrer war, den man nach einem Schulverweis haben konnte, aber sein Geknurre, seine Bildung, seine Könnerschaft haben mir etwas bedeutet, und dass er mit seiner Tischlerei jetzt fast dreißig Jahre durchgehalten hat, das bewundere ich. Punkt.

Nichts Punkt, alles immer nur Komma, es gibt zu viele Seiteneingänge in die alte Welt. Zum Beispiel sehe ich das teigige Gesicht seiner Schwester vor mir. Sancho wohnte damals mit seiner großen dicken Schwester zusammen, beide waren schon weit über dreißig. Er baute ihr alle Möbel, die sie wollte, auch für ihren Freundeskreis, und dafür ließ er sich jeden Abend von ihr vorlesen. Er selbst konnte ja weder schreiben noch lesen und wollte es auch verdammt noch mal nicht lernen, nur deshalb hatte er sich nach dem blöden Knappen des Don Quichote benannt.

Und weil es sein Lieblingsbuch war. Einmal hat er mir den Don Quichote ausgeliehen, aber ich bin gar nicht über die ersten Sätze hinausgekommen. Nicht weil mir das alles zu gestelzt daherkam, das auch, aber weil da gleich Sanchos Programm geschrieben stand, dass wir uns unserer Natur nicht widersetzen können. Bauer bleibt Bauer, dumm bleibt dumm, du kannst nicht aus deiner Haut, diese ganzen Sprüche, die er damals vom Stapel ließ. Dass man kein hübsches Buch schreiben und kein hübsches Leben führen kann, stand da, wenn die Herkunft eine hässliche ist.

An diese Grundaussage erinnere ich mich gut, denn ich war völlig entsetzt darüber. Sancho meinte, ich solle mir den Anfang des Buches nicht so zu Herzen nehmen, der Don Quichote sei ein lustiges Werk, und es wolle sagen, dass, wer kämpfen will, kämpfen muss, egal ob er gewinnt oder verliert. Wer gern spielt, der müsse das Spielen lieben, nicht den Ausgang des Spiels. Wer gern tischlert, der liebt die Arbeit mit dem Holz und nicht das Lob der Kunden usw.

So redete er dann, das konnte eine Viertelstunde und länger dauern, man kam gar nicht dazwischen. Dazu kaute Sancho, weil er das Rauchen aufgegeben hatte, auf einem gelben Lesebändchen herum, das ihm wie eine Echsenzunge aus dem Mund hing. Don Quichote, sagte er, das sei insgesamt ein Buch gegen den falschen Ehrgeiz. Verstand ich nicht. Ich hätte meine Ansprüche an das Leben damals noch gar nicht formulieren können, aber was sollte ich als sein Lehrling mit einem Buch gegen den Ehrgeiz anfangen?

Zwischen Schraubzwinge und Säge lagen seine Bücher und auch diese kleinen gelben Reclam-Bändchen herum, die ich aus der Schule kannte. Und ich weiß noch, einem der Gesellen ging Sanchos Zitatenschatz derart auf die Nerven, dass er kündigte.

Ich nahm die Sprüche in Kauf. Viel wichtiger als seine Märchenonkelei war für mich Sanchos tischlerische Meisterschaft. Das ist er nämlich vor allem gewesen: der mit Abstand beste Tischler, der mir in meinem Leben begegnet ist. Zupackend und widersinnig schnell mit den Händen, strichgenau im Schnitt an der Säge, auch sein Hammerschlag ist Legende. Er produzierte keinerlei Ausschuss. Er hat mich später vieles gelehrt. Auch dass es einen Weg zur eigenen Stärke gibt. Unsere Freiheit läge darin, den Weg zu suchen. Sancho machte morgens das Licht in der Werkhalle an und schloss abends die Tür ab; und dazwischen führte er alle Tätigkeiten aus, die man sich von einem Chef erhoffte.

Das geht mir alles nicht aus dem Kopf, während ich damit hadere, dass unsere Verhandlung in der Tischlerei so schiefgelaufen ist. Was soll Sancho von mir denken, der ich auf den Hof geritten komme und mal kurz ein Geschäft mit ihm abwickeln will. Ich mache ihm Komplimente, aber er hat nicht *schön abgenommen*, sondern eine schwere Krankheit überstanden.

Und habe ich wirklich gedacht, er könnte auf meinen Auftrag angewiesen sein?

Utopie

Die lauen Nächte. Wenn die Hitze in den Dachpfannen knackt, als würde jemand Spiegeleier daran aufschlagen. Die schwächeren Sterne, denke ich, könnte man für die Kleinstädte des Himmels halten, sie sind klar in der Mehrzahl und strukturieren den Raum für die gleißend hellen Metropolen. Das Licht, das sie senden, saugt sich nicht an uns fest.

Liz ist das Sternchen unter den Stars, ein Stadttheaterlicht. Und daneben, das ist Gerwins Stern, schwach, fast lichtlos, auf Abschiedstour. Oder Greg, dessen nichtssagende Grußpostkarte heute ankam und jetzt vor mir auf dem Tisch liegt. Das ist der Unterschied zu Berlin, der mich am meisten beunruhigt. In Berlin kommst du an neuen Bekanntschaften gar nicht vorbei, hier bin ich ständig denselben Gesichtern ausgesetzt. Auch die Artikel im Käseblatt kenne ich alle schon: Irgendjemand, der Orwell gelesen hat, sitzt im Redaktionskeller und klebt ein neues Datum auf alte Lokalpropaganda. Der Mehrwert liegt in der Wiederholung.

Ich frage mich, unter welchen Umständen man sich der Wiederholung aussetzt, obwohl es noch so viel Neues zu entdecken gibt, und dabei kreisen die Gedanken um meinen Anfang in Berlin. Nicht weil Berlin ein besonders heller Stern gewesen wäre, als ich ankam. Im Gegenteil. Übergroße graue Gebäude verkündeten Schwere statt Freiheit. Aber da waren auch überall die ehemaligen Grenzanlagen, durchlässige Zäune, dahinter beidseitig Brache und Unkraut. Von zu Hause wegzugehen hieß, eine Grenze zu überschreiten, und Berlin wirkte damals wie die Illustration meiner persönlichen Entscheidung. Ich war neunzehn und zwang mich regelrecht dazu, alle Brücken ins Kaff abzubrechen, also auch mit Sandra Schluss zu machen, wobei die Luftbrücke noch zwei Jahre lang Bestand hatte: 400 Mark monatlich von Papa, regelmäßige Westpakete der besorgten Sigrid. Meine erste Wohnung fand ich durch einen ostdeutschen Freund von Sancho Reinders, einen bildenden Künstler. Zuerst mal schliff ich die Dielen so amateurhaft ab, dass danach kalte Luft durch die schlecht versiegelten Fugen in die Wohnung drang. Aber der Mangel reihte sich nur zwischen anderen Mängeln ein. Kachelofen, Küchendusche, Einfachfenster, Außenklo. Dazu der üble Terpentingeruch, den der Künstler hinterlassen hatte. Kein Festnetztelefon. Alle jungen Menschen wohnen so, dachte ich, alle wollen die Neubauparadiese ihrer Eltern vergessen und ganz unten anfangen. Goldgräberstimmung im Wohnprovisorium Ostberlin. Eine polnische Bande fuhr gestohlene Autos auf den Hinterhof und tat so, als betreibe sie dort eine Werkstatt, schraubte aber eigentlich nur Kennzeichen um. Sie schliefen in Feldbetten eine Etage über mir, Strom zogen sie sich direkt aus dem Kasten im Hausflur. Ständig Motorenlärm oder Volksmusik aus offenen Fenstern. Man war nie allein. Mit jeder Liebe, und wenn sie nur eine Nacht hielt, stieg ich aufs Flachdach, um mich zu vergewissern, wo der Weg hinführte. Hinein, hinauf, über den Prenzlauer Berg hinweg, weiter und weiter, ins Morgenlicht, das sich in der magischen Kugel des Fernsehturms spiegelte.

Ich weiß noch, welche Lobeshymnen ich auf das rußschwarze Haus verfasste, in dem ich wohnte, ein Haus, das eher komplett abgerissen als jemals saniert werden würde. Wenn schon, denn schon, dachte ich. Von hier ließen sich der Bezirk und der Wandel der gesamten Stadt am besten beobachten. Dass ich auch mit meinen hundertzwanzig Mark Miete zur Vorhut gehörte, die gerade begann, die Arbeiter aus den zentralen Berliner Stadtvierteln zu vertreiben, so dass in den Reiseführern bald von den ehemaligen Arbeitervierteln die Rede sein würde, diese destruktive Seite des Umbruchs kam mir nicht in den Sinn. Zu Liz auf dem Dach: »Am Ende gehört uns der Turm und wir bauen die Kugel zum Penthouse um.« Ein erster Anflug von gestalterischem Bewusstsein, könnte man meinen. Aber das wäre gelogen.

Und jetzt, dreiundzwanzig Jahre später, hat sie mir ein kleines Architekturbüchlein mitgebracht, das mir schon einmal von anderer Seite in Berlin empfohlen wurde. Es hat aber mit Berlin nichts zu tun, und es ist auch kein Fachbuch, sondern die Autobiographie eines bekannten spanischen Architekten. Ich schlage das Büchlein an diesem Abend auf. Eine Sache gibt es, die man über den Spanier weiß, ein Gespräch über ihn würde wohl damit beginnen (und danach schnell versiegen): Er hat sich stets, bevor er einen Bau plante, für mindestens eine Woche am ›Ort der zukünftigen Idee‹ niedergelassen. Oft blieb er wesentlich länger. Entweder ist er in einer nahegelegenen Pension abgestiegen, oder er hat gar am Rand der Ruine gezeltet, die er durch seinen Neubau ersetzen wollte. Ohne diese Auseinandersetzung, schreibt der Architekt, hätte er nicht zeichnen können.

Für seine Vorsicht macht er eine Schlüsselerfahrung aus der Jugend verantwortlich. Seine geschiedenen Eltern, aber auch viele ihrer Bekannten, seien damals in den Wintermonaten oft auf die Kanarischen Inseln geflogen. Sie hatten dann immer von den Stränden und der Sonne geschwärmt, ohne dabei zu vergessen zu erwähnen, dass ein starker Wind über die Inseln wehte. Als Kind hatte der Architekt diesen Wind aber nicht wahrgenommen, ihn praktisch überhört, und stattdessen alle Urlaubsberichte ins Paradiesische verzerrt. Nur weil er sich auch in den Urlaub wünschte. Den Inselwind, schreibt er, gab es für ihn erst, seit er einmal selbst mit seinen Studienfreunden nach Teneriffa flog, um nach den Prüfungen zu entspannen.

»In der Kunst muss die Wirklichkeit über die Wunschhaftigkeit siegen«, lese ich. Die jeweils vorherrschenden Arten von Wind, Licht, Sand, Regen seien keine »weichen Faktoren« für die Architektur, sondern »harte Wirkkräfte« und deshalb elementare Voraussetzungen für den Bau. Wen wundert's, dass der Spanier – das zeigt auch der Abbildungsteil in der Mitte – eine Vorliebe für organische Gestaltungsformen hatte.

Ich merke, dass ich kein großer Fan von der Architektur dieses Menschen bin. Wieder lege ich das Büchlein aus der Hand, es ist in einem sehr dringlichen Stil verfasst, der mich berührt und zugleich abweist. Ich lasse viele Seiten aus, springe ans Ende des Buches. Vor vier Jahren ist der Spanier gestorben, die Memoiren sind seine letzte Veröffentlichung, und dieses allerletzte Kapitel des Büchleins scheint mir allerdings aus Verzweiflung und mit Wut auf den nahenden Tod geschrieben zu sein. Hier kehrt er auf die Kanarischen Inseln zurück. Er flucht auf ein angefangenes Feriendorf auf Fuerteventura, das nur für Geister je eröffnet worden sei. Straßen führten ins Nichts, Rohbauten stünden in Reihe, fertige Häuser seien überteuert angeboten worden und dann im Wert auf zwanzig Prozent des ursprünglichen Verkaufspreises gesunken. Nur jedes siebte fertige Haus hatte überhaupt einen Käufer gefunden, aber auch sie waren niemals eingezogen. Darüber hinaus klagten nun die Umweltschützer gegen die künstliche Aufschüttung des Strandes.

Von all dem erzählt der Architekt nur, weil er selbst für das scheiternde Großbauprojekt verantwortlich war. Dies sei sein größter beruflicher Fehler gewesen, er habe das reine Volumen der Aufgabe unterschätzt. Zu einer umfassenden Selbstkritik reicht es am Ende aber nicht, ganz im Gegenteil, er entschuldigt sich doppelt und dreifach. Zuerst mit seiner Kindheitserinnerung an den überhörten Wind, die ihm schon hätte einflüstern müssen, dass »auf diesen Inseln etwas unstimmig« sei. Dann auch mit seinem hohen Alter, er habe sich schon als halböffentliche Person betrachtet, im Vorruhestand gewähnt, und deshalb kein professionell funktionierendes Büro mehr hinter sich gehabt.

Um seinen Nachruhm zu sichern, hätte er dieses letzte

Kapitel besser gar nicht erst geschrieben. Da er es aber getan hat, verstehe ich nicht, wovor er in Deckung geht. Immerhin habe ich mir eine Kerze angezündet, um das Buch auszulesen, habe fast zwei Stunden lang am Leben dieses Mannes teilgenommen. Muss ich da nicht eine ehrliche Abrechnung erwarten können?

Aber Ehrlichkeit, hmm. Spannender ist schon, warum er ein Großprojekt zusagt, dem er von vornherein misstraut. Vielleicht weil beim Bauen sowieso nie alles zusammenpasst und man die Dinge nicht vorhersehen kann. Bauen ist wie eine Autobahnfahrt, man ist auf die anderen angewiesen. Bauen ist Mannschaftssport. Bauen ist, auf der Veranda zu sitzen und nicht weiterzukommen, stattdessen aber pseudophilosophische Seminarweisheiten in den Nachthimmel zu kritzeln. Eigentlich wollte ich mich um die offenen Fragen kümmern – wer macht die Türen, wann wird geliefert, zu welchen Bedingungen. Habe noch keinerlei Durchbruch erzielt. Jetzt mal Kerze auspusten, Micha. Die Flamme erlischt, Rauch steigt auf, plötzlich piept es. Irgendein Wecker in der Nachbarschaft. Jemand muss zur Nachtschicht. Ein Auto, das rückwärts fährt. Nein, der Signalton ist zu hoch, zu dünn. Auch jede Alarmanlage wäre lauter. Immer derselbe Ton im Abstand einer halben Sekunde. Ein Wecker, doch. Oder es hat jemanden erwischt. Ein Beatmungsgerät, wer weiß, wie Beatmungsgeräte reagieren, wenn jemand den Schlauch abzieht. Vielleicht ist ein Rentner mit Pflegestufe von der Treppe gefallen und hat sich mit letzter Kraft ans Notruftelefon geschleppt. Es ist dieser Tage auch einfach zu heiß für die Alten. Ich suche noch einmal nach den Lebensdaten des spanischen Architekten. Sein Geburtsort steht im Buch, der Todesort nicht. Will wohl seine Grabstelle geheim halten. Es piept. Ich beuge mich über die Veranda. Vielleicht hat sich eine der Damen mit ihrer Gartenschere ... Ich hab sogar meine Geschwister hier, wir könnten uns umeinander kümmern, wenn man mal von der Treppe fällt. Hier bleiben – hier sterben. Denkbar, aber unvorstellbar. Und kann das mal aufhören. In Berlin höre ich vom Balkon aus die Straßenbahn, in der Ferne die S-Bahn, manchmal Helikopter, oft Sirenen. Und hier halte ich schon so ein Piepen nicht aus. Weil es sich aus der Stille bohrt. Hey, Piepmatz! Hau doch mal drauf auf den Wecker. Zieh den Stecker! Nein, nicht den Stecker! Das Beatmungsgerät! Keine Missverständnisse jetzt. Piep piep piep, wir ham uns alle lieb. Kopfhörer raus, richtige Musik jetzt. *If I go, there will be trouble, if I stay it will be double.* Warum soll ausgerechnet ich, der Fremde. Hab ich mir schon letzte Woche runtergeladen, den alten Klassiker. Lärmt schön. *You got to let me know.* Warum Liz. Warum vermisse ich jetzt Liz. Das wäre doch eine Katastrophe, sie in diesem Haus. Mit ihr über diesen spanischen Architekten reden, warum? Und jetzt muss ich schon wieder an ihre Spinnerclique denken, die Schauspielfuzzis. Wie sie bei mir in der Kneipe saßen. Und meinten, dass die Welt viel einfacher sein müsste. Die ihre ganze Gedankenkraft in naive Utopien steckten. *Was wäre denn, wenn alle Arbeit gleich entlohnt würde ...* Ich hasse überhaupt nichts so sehr wie den Konjunktiv, aber ihr Satz fällt mir ein, weil ich nicht überleben könnte, wenn ich jetzt meine Berliner

Kontakte drangäbe, ein Architektur-Sabbatical einlege und stattdessen als Fußballtrainer anfange. Was hat der Herr Stocki gesagt, acht Euro pro Stunde plus Spesen? Acht Euro, was für ein Witz. Das Lied ist aus. Hörst du. Das Piepen ist leiser geworden. Man kann sagen, es hat seinen warnenden Charakter verloren. Doch es ist noch da. Leise wie eine Einbildung. Aber noch da. Das Fenster vielleicht vorher offen, jetzt auf Kipp gestellt. Von einem Angehörigen. Von einer Hilfskraft. Kein Blaulicht draußen. Was ist das, und warum will man das wissen.

Türschwelle

Um sechs Uhr vierzig am Montagmorgen klingelt mich das Smartphone aus dem Schlaf. Sancho Reinders. Er hat in Hamburg Bautischler aufgetan, die sofort beginnen könnten, für mich Türen zu bauen. »Ich würde meine Hand nicht für die ins Feuer legen, weil ich meine Hände ja brauche«, sagt er, »aber zweimal hab ich von denen schon gute Ware gesehen.«

Mit zum Torjubel geballten Fäusten laufe ich durch die Wohnung, fall auf die Knie und rufe noch aus dieser Position in Hamburg an. Danach gleich Mail geschrieben und unabhängig vom Kostenvoranschlag einen Termin gemacht. Ganz gleich, wie teuer es jetzt wird, den Eilzuschlag trägt sowieso die Versagerfirma, die erst mit der miserablen Lackierung und dann mit der Türenfarbe gepatzt hat.

Um den Türendeal zu vermelden, rufe ich auch mal wieder freiwillig bei Ahrens an. Gut, sagt er. Gut ist das höchste Lob, das er vergibt. Am Ende des Telefonats bestellt er mich auf die Baustelle. Jetzt sofort? »Jetzt gleich und sofort.«

Dieses Mal erscheint er überhaupt nicht. Schon seine Telefonstimme klang unwirklich, wie die automatisierte Ansage eines Dienstleisters, der Schikanen anbietet. Etwas in mir hat mit Ahrens und seinen Frechheiten abgeschlossen, ich merke es daran, dass ich innerlich halbwegs ruhig bleibe. Ein Düsenflugzeug zieht seinen Streifen über den blauen Himmel. Aus der Ferne winkt mir der alte Mittermeier zu. Auch so ein Spinner, der könnte gut Chemtrail-Experte sein. Hört gar nicht auf zu winken, ach so, winkt mich zu sich. Meine Uhr zeigt 08:09.

»Man sieht Sie ja kaum noch dieser Tage«, ruft er mir zu. »Das liegt an meiner Schnelligkeit«, antworte ich. Er dürfte noch überhaupt keinen Schlüssel besitzen, hat hier als Eigentümer im Grunde nichts verloren in seinen Cargohosen und mit der Basecap auf dem Kopf. Mittermeier legt die Wasserwaage auf die Rigipswand seines Windfangs. »Ja«, seufze ich, »die Planung ist die unwahrscheinlichste aller Ausführungen.« Wir sind uns einig, ein gesamter Winkel muss von oben nach unten neu verputzt werden.

Ich führe ein freundliches und bestimmtes Telefonat mit den Trockenbauern, natürlich in Mittermeiers Anwesenheit. Immer gut, so etwas live vor den Eigentümern zu machen, gerade vor einem Rentner, der so viel mit den Handwerkern quatscht, dass er sie jederzeit gegen mich ausspielen kann.

»Herr Schürtz ...«,

danach muss man allerdings ganz schnell das Smartphone einklappen und raus,

»darf ich Ihnen ...?«

so glücklich macht es den Alten, mein Telefonat mitangehört zu haben, dass er mir eine Thermoskanne entgegenstreckt.

»Meine Tochter hat Kaffee mitgebracht.«

»Kommen Sie, eine Tasse.«

Die zweite Stimme steht plötzlich hinter mir. Dunkelgrauer Hosenanzug, feuerrotes zurückgebundenes Haar, schimmernde Stirn.

»Ach«, frage ich sie direkt, »ziehen Sie hier ein?«

»Wenn Sie erlauben.«

Meine Intuition verblüfft mich selbst manchmal. Ich sehe den Alten an, mit dessen Änderungswünschen ich mich seit Wochen herumschlage. Wie edel, er tut das alles nur für seine Tochter! Sein Gesicht zeigt keinerlei Regung, seine Hand nur auf den Tisch und die Holzstühle mitten im Raum, und jetzt schenkt er schon Kaffee ein.

Mittermeiers Tochter duftet nach Creme und Parfüm, ihre Haarspitzen sind noch nass vom Duschen.

»Mmh«, raunzt der Alte in die Tasse, als sei der Kaffee zu heiß. Er kündigt damit aber einen seiner spontanen Einfälle an, »mmh, wo ich Sie grad mal da hab ...« Er geht quer durch den Raum auf die Südwand zu, will Terrain zurückgewinnen, niemand könnte den Eigentümer am Theater professioneller spielen als Mittermeier. Ob ich mir einmal gemeinsam mit ihm den Übergang zwischen Wohnzimmer und Außenbereich ansehen wolle. Er habe mit dem Fassadenputzer gesprochen und im Internetz (nicht Netz oder Internet) recherchiert, mit dem Ergebnis, sagt er, dass die geplante Schwelle für die Schiebetür nicht die beste Lösung sei.

Ich bleibe sitzen und wäge ruhig die Varianten ab. Kann man schwellenlos machen, muss man aber nicht, die Schwelle habe sich als Regen- und Schneeschutz auf meinen bisherigen Baustellen durchaus bewährt. Ich erläutere ihm den Unterschied zwischen einem Investorenbau und einer Baugruppe, wende mich dabei an Vater und Tochter:

»Wissen Sie, Sonderwünsche sind bei dieser Art des Bauens gar nicht üblich. Und wenn es sie zweitens doch gibt, müsste der bauleitende Architekt an den Sonderwunschkosten der Parteien verdienen, das ist aber auf dieser Baustelle überhaupt nicht der Fall. Sie verstehen vielleicht, dass sich meine Motivation, noch weitere Verzögerungen in den Gesamtablauf einzubauen, nach § 7 GMV in Grenzen hält.«

Es geht auf Mitte Juli zu, ein bisschen Offenheit kann nicht schaden. Kann der Alte meinen bisherigen Arbeitsaufwand richtig einschätzen, und vor allem, will er es? Ich sehe, wie er die Augen verengt. Der hat so viel Geld auf der Bank, denke ich, dem bist du scheißegal mit deiner Offenheit und deinem Vertrag. Gerade als Mittermeier zum Konter ansetzt, wende ich mich an seine Tochter, die den kleinen Finger beim Kaffeetrinken leicht abspreizt und noch mit übereinandergeschlagenen Beinen aufrecht dasitzt wie eine Balletttänzerin:

»Ich gratuliere Ihnen zu dieser Wohnung. Ganz ehrlich, ich würde sofort hier einziehen, wenn ich nicht in Berlin beruflich gebunden wäre. Das ist eine richtig schöne Wohnung.«

Sie bedankt sich mit einem Lächeln.

»Ich denke auch«, sagt sie, »wir gönnen der Schwelle erst einmal einen strengen Winter. Stört sie mehr als sie taugt, schmeißen wir sie raus.«

Das ist zwar architektonisch falsch, weil man ja nicht

nur die Schwelle allein wechseln dürfte, sie sagt es aber kräftig und sicher, sieht ihrem Vater dabei direkt in die Augen. Ein wunderbarer Moment. Er, der Ingenieur, der selbstgewisse Ranwinker, der nicht gelernt hat, das vorletzte Wort zu haben, zieht eine hilflose Schnute. Zwanzig Jahre lang habe ich Ahrens, Mittermeier und all diese Typen bewundert, aber ich merke, dass mein Bewunderungs-Akku fast leer ist. Und dass mir das Hundegesicht des Alten weitaus besser gefällt.

»Und was ist § 7 GMV?«, fragt die Tochter.

»Gesunder Menschenverstand.«

Sie lacht. Ja, so geht Bauleiter. Ich kann das. Ich bedanke mich herzlich für den Kaffee und stehe auf. Wenn Ahrens, Bhatura und diese Türen- und Trockenbaukanaillen nicht wären, wir würden den Einzug zum 1. August schaffen. Hätten ihn geschafft, muss man jetzt leider schon sagen.

Ausdauer

»Wo soll ich Sie denn hinschicken«, fragt die Rezeptionistin, »wir haben einundzwanzig Stationen.«

Die Glasscheibe teilt unsere Ratlosigkeit. Passend dazu tropft der Sommerregen aus meinen Haaren auf den Steinboden.

»Er hat getrunken und einen Unfall gehabt.«

Sie sieht mich an, als könne sie mir ebenso gut einen Vogel zeigen.

»Ist Ihr Prinz denn bei uns operiert worden?«

»Ja, sicher. Er lag sogar im Koma.«

»Aha, das hilft uns vielleicht weiter.«

Sie tackert irgendwas in ihre Tastatur und fragt mich dann nach seinem Jahrgang.

»Pfff, es ist ein Überraschungsbesuch. Ich kenne ihn aus dem Fußballverein.«

»Den Jahrgang!«

Jetzt schon echt ungeduldig.

»Späte vierziger Jahre, frühe Fünfziger, keine Ahnung.«

»Ich habe hier einen Herrn Drawehn, 1948. Sechs Wochen Koma.«

»Das wird er wohl sein.«

»Aber sicher sind Sie sich nicht?«

Ich schüttele den Kopf, sie tut mir noch einen letzten Gefallen und ruft auf der Station an. Anscheinend hebt niemand ab, sie will es wieder versuchen. Ich trete von der

Scheibe zurück, ziehe endlich Gregs Regenponcho über den Kopf aus. Weil die Sitzecke neben der Rezeption gerade gewischt wird, flüchte ich vor dem Essiggeruch nach draußen.

Nirgendwo sind so viele Raucher auf einem Haufen anzutreffen wie vor einem Krankenhauseingang, und hier rauchen sie gerade mit Katheter, im Rollstuhl, unterm Kopfverband, in Frottée und Ballonseide, trotz Gehhilfen und Gipsarm. Alle drängen sich unter das Vordach, es regnet weiterhin in Strömen. Innerlich gehe ich den Weg meiner Zigaretten nach. Zuerst sind sie von der Veranda auf den Dachboden gewandert und von dort dann hinab an den Schreibtisch. Greg hat mir das Rauchen nicht ausdrücklich verboten. Er hat gestern per Postkarte seine Rückkehr für Ende August angekündigt. Keine Überraschung. Ich wusste, dass ich noch einmal umziehen muss, bevor der Bau abgeschlossen ist. Die Dame von der Rezeption zieht gerade den Telefonhörer aus der Klemme zwischen Schulter und Ohr, im nächsten Moment winkt sie mich heran.
»Herr Drawehn hatte einen Autounfall.«
»Ja, gut«, sage ich.
»Gar nicht gut, aber wir versuchen es jetzt. Sie halten sich bitte an Herrn Heidmann, Station 8, vierter Stock links, der Fahrstuhl hier den Gang hinunter.«

Station 8 ist die Innere Medizin, so steht es auf dem trüb geschliffenen Teil der Glastür. Eine Viertelstunde warte ich auf mein Interview mit dem Pfleger, doch es lohnt sich, das Puzzle passt. Fußballverein, sage ich, die Rot-Weißen, sicher viel Besuch hier, Spitzname Prinz, Trunkenheit am Steuer, Bierbauch, früher ist er einen alten Mercedes Diesel gefahren, einen weißen.

Schädelbruch, ergänzt Herr Heidmann, und sehr, sehr viel Glück. Schon das Koma sei ein unglaublicher Erfolg. Und jetzt mache Herr Drawehn sogar Fortschritte.

»Aber«, er zückt seine Handfläche wie eine gelbe Karte, streckt alle Finger: »Fünf Minuten, ich bitte Sie, Rücksicht zu nehmen.«

»Mehr Zeit hab ich eh nicht.«

Na denn, die ultimative Gedächtnisprüfung für den Koma-Prinzen, schließlich haben wir uns fast zwanzig Jahre nicht gesehen. Ich drücke die Türklinke nach unten. Ein Doppelzimmer, vorn liegt ein Kreuzworträtselmann, schaut mich über seine Lesebrille hinweg an, schon sein leichtes Nicken wirkt akademisch. Im Bett am Fenster wendet mir ein Fleischberg den Rücken zu. Das Fenster ist leicht geöffnet, der Regen rauscht in den Bäumen.

Ich schleiche ums Bett herum und bin froh, den Prinz zu erkennen. Wobei, erkennen? Das Doppelkinn, ja, die Kopfform, vor allem aber die lange goldene Halskette, die über seinem Schlüsselbein hängt wie der Umriss eines gebrauchten Kondoms. Er kriegt sein Essen noch im Schlauch, und zur Toilette kann er auch nicht gehen, die Ente ist voll.

»Hey«, flüstere ich.

Auch das noch, er schläft.

Anders als mit dem Masseur Gerwin ist es beim Prinzen nicht so einfach mit der Empathie. Seit ich mich gestern entschlossen habe, ihn zu besuchen, ist der Gedanke präsent, dass es irgendwann mal passieren musste. Denn ich sehe ihn ja vor mir, das ist das Urbild, sein mächtiger Körper und sein Grundpegel von ein bis zwei Promille, ein leicht lallender Mann, nie aggressiv, aber auch kaum mal für ein konzentriertes Gespräch zu haben. Bier nur aus dem Glas, um es zu schütten. Genuckelt wurde damals nicht.

In der Ecke steht unberührt ein Nachtisch, Quarkspeise oder Grießbrei. Kann nicht sein Essen sein, denke ich, wo er doch am Schlauch hängt. Oder lässt er sich füttern? Ich öffne das alte Flügelfenster noch weiter, beuge mich stellvertretend hinaus, ich mache Prinzens Aussicht zu meiner Aussicht. Ein paar Arbeiter bessern am Nebengebäude einen Schlot aus, wahrscheinlich die Krankenhauswäscherei. Sie haben einen kleinen Kran aufgestellt, an dem Ziegel hinaufgefahren werden sollen, und als die Hydraulik zum ersten Mal anspringt und zu surren beginnt, höre ich den Prinz hinter mir »Hilf mal« sagen und drehe mich abrupt ins Zimmer.

Erst mal das Kopfteil des Bettes hochstellen.

Von hier könnte ich ihm unter die Arme greifen, aber der Winkel ist schlecht, ich würde den Dicken kaum aufrichten können, eher selbst einen Bandscheibenvorfall riskieren. Außerdem sind seine Augen immer noch geschlossen. Hab mir wohl nur eingebildet, dass er gesprochen hat.

Man sieht von hier oben den gesamten Westteil der

Stadt. Mit dem Friedhofshügel. Wie ein Kopf mit Irokesenschnitt sieht der Hügel aus, aber grau vor dem grauen Himmel, die alte Lindenallee zieht sich quer über seinen Scheitel.

»Wrrr, wee?«

»Hey, Prinz. Hier ist Micha. Micha Schürtz.«

»Aah, hmm, fff.«

Seine Geräusche sind nicht zu deuten, sie können alles Mögliche meinen zwischen Erkenntnis, Erinnerung, körperlichem Schmerz und elender Qual. Er wälzt sich von der Seite auf den Rücken, ich hebe mit zwei Fingern den Urinschlauch an, damit er sich nicht drauflegt.

»Wer hat sich denn den Witz ausgedacht, Prinz, dass man von hier oben den Friedhof sieht!«

Er atmet schwer.

»Da drüben ist das Grab meiner Mutter.«

Jetzt blinzelt er. Mehr geht wohl nicht.

Der Prinz hat es nicht schlecht getroffen hier oben im vierten Stock zwischen den Singvögeln, aber drüben, der Hügel, das war ja nach der Diagnose immer Sigrids Wunschort gewesen. Sie wollte den Marktplatz unter sich wissen, wo jeden Donnerstag die Obst-, Gemüse-, Blumenstände aufgebaut werden. Sie hört die Glocken zweier großer Kirchtürme aus der Nähe. Und immerzu fallen ihr Regen und Sonne aufs Grab. Ich muss an die Wärmetherapie denken, mit der sie meinte, ihr Leben um zwei Jahre verlängert zu haben, quer durchs Land ist sie dafür gefahren, bis in die Nähe der französischen Grenze.

»Ich baue Wohnungen hier, Prinz, kannst du das glauben? Mitten hinein in die Stadt, die ihr alle nie verlassen habt. Wohnungen für Neuankommende. Für die reichen Großstädter. Ausgerechnet ich.«

Er schließt schon wieder die Augen, zieht aber die Wangenmuskeln an.

»Verstehe. Du brauchst Ruhe. Wollte dich eigentlich zur C-Jugend befragen. Ob ich das machen soll. Aber lass man die Augen zu. Ich guck nur noch ein bisschen aus dem Fenster. Soll ich dir erzählen, was man sieht?«

Ich habe mich schon wieder abgewandt, von Peinlichkeit erfasst. Wie wehrlos er ist. Ob er überhaupt irgendwas hört? Man sieht eben das Grab. Nein, nicht das Grab, den Hügel.

»Dei Wessss.«

»Was sagst du, Prinz?«

»Dei Swesser.«

Sein linker Unterarm übt Druck aufs Bettzeug aus.

»Ja, sie wohnt noch hier. Hast du sie gesehen?«

»Tsuldigt.«

»Ja, ach so.«

Meine Schwester hat die Entschuldigung ausgesprochen. Da war ich dabei. Das hab ich nicht vergessen.

»Fü…«

Ich halte seinen Arm fest, damit er nicht weiterredet. Ich will gar nichts davon hören, beuge mich über ihn, und durch die Bewegung passiert etwas Ungeheures. Eine Regenwasserspur läuft mir aus dem Haar in den rechten Augenwinkel und abwärts, tropft auf seine Bettdecke.

»Komm vergiss es, Prinz, jetzt vergessen wir mal den Quatsch, ruh dich aus.«

Er fährt sich mit der Zunge über die Lippen, er sieht lichter aus als zuvor. Als hätte er sich etwas von der Seele geredet, mir etwas gesagt, das ich noch nicht wusste. Was ja nicht stimmt.

»Blll«, macht der Prinz.

Hat der eine Ausdauer.

»Blll.«

Hör doch auf, Mann!

»Was meinst du, Blut?«

Nein, meint er nicht.

Keine Ahnung, ob Pfleger Heidmann angeklopft hat, jedenfalls steht er in der Tür. Ich habe die fünf Minuten weit überschritten, streiche dem Prinz über die feuchte Stirn. Der Tau der Erinnerung. Schon hat sich der Pfleger zwischen mich und seinen Patienten gedrängt, und er verscheucht mich wie eine Fliege, die ihm nicht lästig, sondern zuwider ist.

»Blmmwei«, sagt der Prinz.

»Komm bald auf die Beine«, sage ich, ohne nur im Geringsten daran zu zweifeln.

Sommerregen

»Micha, was machst du denn«, flüstert meine Schwester, als säße ich direkt neben ihr.

»Sorry, hast du schon geschlafen?«

»Ja.«

»Jul, ich wollt dich was fragen. Was hast du eigentlich mit dem ganzen Hausstand von Sigrid gemacht?«

»Hausstand?«

Sie schnaubt ins Telefon.

»Warte mal. Bist du klamm, Micha, oder hast du getrunken?«

»Nee, ich weiß eigentlich nur, du hast das damals alles an dich genommen, oder nicht?«

Jetzt knistert es. Jul setzt sich im Bett auf, oder sind das ihre Schritte? Sie geht aus dem Schlafzimmer und verlässt auch den Flüstermodus.

»Micha?«

»Ja.«

»Was willst du von mir hören?«

»Ich will nichts, Jul. Sag mir einfach, was du mit den Sachen gemacht hast.«

»Das meiste hab ich weggegeben. Ich hatte irgendwann das Gefühl, ich kann nicht anhäufen, was aufgeteilt gehört. Und weil ihr euch nicht dafür interessiert habt … Micha, wie viele Jahre hast du dich nicht bei mir gemeldet?«

»Weiß ich jetzt nicht.«

»Zuerst hab ich noch einen halben Container mit Müll vollgemacht.«

»Na, so groß war die Wohnung nun auch wieder nicht.«

»Du hast keine Ahnung, Micha. Aber mich anrufen und es immer noch besser wissen! Das ganze Papier. Die Schubschränke, die Oberschränke, der Keller, der Schlafzimmerschrank, alles voll mit ihren Reisekatalogen und Rezeptordnern und Frauenzeitschriften und …«

»Und das Kuchenbesteck, das fiel mir kürzlich ein, das mit den Delfinen.«

»Das ist alles weg. Ich hab das meiste ins Lutherhaus mitgenommen, anderes zum Roten Kreuz. Und dann kam noch eine von Sigrids Kaffeedamen vorbei und hat eine Menge abgeholt. Alles was sie in die Finger kriegen konnte.«

»Warte … Helene Michelsen.«

»Ja, die war das.«

»Ach, ausgerechnet die hat das Tafelsilber? Die hab ich auf dem Fußballplatz getroffen.«

»Micha, wir haben kein Silber besessen. Und du brauchst auch nicht plötzlich so zu tun, als könntest du mitten in der Nacht mal eben zwanzig Jahre überbrücken. Ihr hattet beide kein' Bock drauf, weder Nuss noch du. Darf ich jetzt weiterschlafen?«

»Mmh, natürlich, klar.«

»Und kommst du jetzt mit zur Geburtstagsfeier?«

»Das kann ich erst kurzfristig sagen.«

»Dann sag es kurzfristig, okay?«

»Ja, Jul, schlaf gut.«

Es ist viertel vor zwölf. Wenn du mich fragst, Jul, ist das die beste Arbeitszeit, schon weil die Schulferien angefangen und die Kids bis in den späten Abend hinter den Reihenhäusern herumgelärmt haben: auf Fahrrädern, Rollern, Kickboards. Erst jetzt sind sie alle im Bett und ich sitze auf der Veranda. Unter der Markise allerdings, denn es regnet wieder, und wenn man den Prognosen glaubt, wird mehr Unwetter kommen, der ganze Sommer könnte kippen. Hab ich da einen Ton hinter der nächtlichen Müdigkeit wahrgenommen, den ich von meiner Schwester nicht kenne? Anstrengung, Gereiztheit. Das ist vielleicht der neue Job. Sie hat ja immer Menschen betreut, die in Not sind, aber anders als die ruhig gestellten Heimbewohner bringen die Flüchtlinge bestimmt auch Hoffnungen mit, Erwartungen sogar. Dabei soll man keine Erwartungen haben, nicht an ein Kaff wie dieses und auch nicht an Menschen.

Was mich auf das junge Ehepaar bringt, dem ich vor einigen Wochen ein Haus auf Papier gebaut habe. Es gehört ja zu meinem Job, den Menschen jede Menge unbezahlte Vorarbeit zu widmen, und sie hatten mir zunächst zurückgeschrieben, sie seien sehr glücklich über meinen Ausbauentwurf. Eine Woche später wurde aus dem *sehr glücklich über* ein *sehr interessiert an*. Kein ungewöhnlicher Vorgang, sie sind aus ihrem Glücksgefühl gerissen worden, Eltern oder Schwiegereltern oder Nachbarn haben Kritik an meiner Planung geäußert. Als Architekt weiß man ja, dass die Eigenverantwortung, die Menschen in ihrem Leben tragen können, fragil ist.

Im letzten Schritt hat das junge Paar meinen Entwurf zurückgespielt und darin die großzügige Wohnraumküche mit einem roten Edding übermalt. Sie wollen jetzt generell eine weitere Wand, sie wollen eine Arbeitsnische mit Schreibtisch und, am allerschlimmsten, eine Gästezimmerbienenwabe, die dem großen Wohnraum das Licht von Südwesten nimmt.

Frank Lloyd Wright hätte ihnen nicht mal mehr den Mittelfinger gezeigt (falls ihm solche Mails überhaupt je zugespielt wurden). Oder ein Bundesliga-Trainer, was hätte der gemacht, wenn ihm ein Fan das Spielsystem aus der Hand reißt und durchkreuzt? Ich habe sogar noch Verständnis geheuchelt, dreimal mit der Ehefrau telefoniert, vergebens. Wahrscheinlich redet das Paar nun jeden Abend darüber, ob sie mir den Auftrag gänzlich entziehen, während ich mich frage, wie ich meine Versicherung auch übermorgen noch zahlen soll. Sichere Folge: stechende Kopfschmerzen. Als steckte der rote Edding des Paares direkt in meinem Kleinhirn. Dieses mangelnde Bewusstsein für Raum. Und für die Arbeit des anderen. Diese ahnungslos verstümmelnden Striche. Diese Beleidigung.

Wahrscheinlich trifft es mich schlimmer, weil ich mir mein ästhetisches Urteil erst erarbeitet habe. Auf dem Flur meiner Eltern hing ein Setzkasten für Miniaturnippes inklusive Origami-Seehund und Millefioriglas. Ich habe das Neue Bauen und den Funktionalismus nicht vererbt bekommen, sondern studiert, ich hab drei Monate gespart für meine allererste Exkursion nach Amerika, zu den Getreidespeichern am Buffalo River, deren dynamische Form noch direkt von Arbeitsabläufen und Schiffsladenmengen bestimmt wurden. Und danach habe ich verstehen gelernt, dass jeder Raum den Bedürfnissen seiner Bewohner entsprechen muss. Ich kann auch Reduktion als Gewinn *wahrnehmen*! Dafür braucht man nicht zur intellektuellen Elite dieses Landes zu gehören. Und heute trinke ich zum ersten Mal hier. Rotwein im Regen. Es tropft gleichmäßig auf die Markise. Ein Prosit der Gemütlichkeit. Auf die Öffnung des privaten Raumes. Auf Glas und Licht. Auf Mies van der Rohe. Auf Steve Jobs. Auf die Großzügigkeit und die glatte Oberfläche, auf die Kompaktheit und die Sichtbarmachung des Verschwindens. In so einer Weinflasche verschwinden. Mal nichts denken. Aber das geht ja nicht. Man trinkt ja immer dem Stolz entgegen, auf dass er sich zwei Meter groß aufrichtet, die Hosenträger knallen lässt und seine abfälligen Fragen zwischen den Zähnen hervorpresst. Was sollte eigentlich der Anruf bei deiner Schwester. Bist du dir für nichts zu schade. Was geht es dich an, dass die alte Helene das Delfinbesteck abgestaubt hat. Das kann dir doch völlig egal sein, Micha. Trink deinen guten Roten, aber glaub nicht, dass ich schlafen gehe. Ich bin dein Stolz und ich habe dich gelehrt, dass die leiseste Beschäftigung mit der Schwäche zur Folge hat, dass man selbst an Stärke einbüßt! Bisher hast du es doch gut gemacht, Abstand gehalten. Niemand weiß auch nur, dass du hier oben sitzt. Und jetzt willst du deine Deckung aufgeben und ins Offene treten?

Verrat mir, warum. Sag's mir! Wie soll ich das verstehen, dass du dich plötzlich mit lauter alten Männern einlässt, die hier auf nichts mehr warten als ihren Tod. Du besuchst einen hilflos an Schläuchen hängenden Alkoholiker und nennst ihn auch noch deinen Prinzen? Da kommen mir aber selbst bald die Tränen, Alter. Du bemitleidest den hüftkrank übers Fußballfeld wankenden Gerwin, und selbst an Sancho Reinders kannst du nicht denken, ohne dich zu fragen, welche schwere Krankheit er überstanden hat.

Und dir von einem einfältigen Pärchen deine Zukunft begrenzen lassen, geht's noch, Micha? *Du* führst hier den Stift, du hast Ziele. Dein Weg ist *vorgezeichnet*. Und du hast dir geschworen, in den Kampf zu ziehen für deine Freiwilligkeit. Du musst anfangen, darüber nachzudenken, was dich von all diesen Menschen trennt. Ihre Langsamkeit, das erwartbare Gesülze im Lokalteil, dieser generelle Mangel an Energie und Leidenschaft, das alles schnürt dir doch noch immer den Hals zu. Du bist doch ausgewandert, um frei zu atmen und deine Kräfte einzusetzen. Also bleib jetzt standfest und fang bitte nicht an, beim ersten Sommerregen einzuknicken wie die Stange eines Tchibo-Zeltes.

Bauchraum

Der Zeitungsbote rollt vor, klappt mit seinem rechten Fuß zwei Stützräder herunter, damit sein Fahrrad nicht umkippt. Ich sehe ihm durchs Küchenfenster zu, höre den Briefschlitz klappern. Und denke an Helene Michelsen, die auch Briefträgerin war. Kam ich nachmittags von der Arbeit aus der Tischlerei, stand ihr gelbes Postfahrrad oft vor unserer Tür. Nicht mit solchen Stützrädern. Damals wurden Fahrräder, die Lasten trugen, noch in der Mitte aufgebockt wie Motorräder.

Als ich das Haus verlasse, regnet es hauchzart. Der Zeitungsbote ist längst weg, so wie auch Helene Michelsens Fahrrad von einem Tag auf den anderen nicht mehr dastand. Als hätte es jemand wegradiert. Sie kam nicht mehr zum Kaffeeklatsch, weil ihr Ehemann Hajo an einem Herzinfarkt gestorben war. Meine Mutter meinte damals, ihre Freundin Helene sei in eine Art Trauerstarre gefallen, wie ein Kaninchen, dem der Stallgefährte weggebissen wurde.

Weggebissen, wirklich. Sigrids leicht aggressive Stimme, die gar nicht dazu passte, dass sie sich kümmerte. Sie fuhr oft zu Helene Michelsen, um den übriggebliebenen Kuchen vom Klatsch vorbeizubringen, und dann gingen sie gemeinsam in den alten Kinosaal am Stadtwall und danach noch in eines der Bäckereicafés in der Innenstadt. Mich interessierte ihre Freundschaft nicht.

Dass sie anderntags, wenn die Torten verschlungen wurden, alle über Helene Michelsen lästerten, kam mir hingegen immer wie eine Selbstverständlichkeit vor. Warum lässt sie sich so lange krankschreiben? Warum benötigt sie so viel Trauerzeit? Der Mensch müsse Verluste auch in Kauf nehmen. Hajos Herzinfarkt war zwar eine dumme Sache, so klang es, aber viel ungeheuerlicher als sein Tod sei Helenes Rückzug aus dem Kaffeeklatsch.

Sigrid ging auch hier vorneweg, das war anscheinend kein Widerspruch. Ihre Lachsalven, durchsetzt von Hysterie. Von einer anderen Frau ging ein ganz und gar hässliches Keckern aus. Der Kaffeeklatsch hatte im Frühjahr 1992 seinen Zenit überschritten, fand ich, wenn ich (oft genug) tischlereierschöpft in meinem Zimmer lag und die Frauen durch die Wand hörte. In Berlin habe ich später genau dasselbe mit Liz' Theaterfreunden noch einmal erlebt. Auch dort kannte sich eine Gruppe irgendwann in- und auswendig, jeder hatte die eigene Rolle so gut einstudiert, dass nur noch die Herumspielerei mit der Rolle blieb, also: gekünsteltes Verhalten, das über jedes Ziel hinausschießt.

Eine Zunge aus Sand streckt sich mir entgegen, zwischen den beiden Baumreihen sieht der Weg aus wie der sommerliche Auslauf einer Skiflugschanze. Am Fuß des Hügels rauche ich eine Zigarette und denke über Sigrids Krankheit und ihre Vorgeschichte nach. Meine Mutter hatte sich wegen starker Regelblutungen schon bald nach meiner Entbindung die Gebärmutter entfernen lassen. Später kritisierten ihre Ärzte, dass man nicht auch die

Eierstöcke herausgenommen hatte. Und zwischendrin ging Sigrid sehr lässig mit den Vorsorgeuntersuchungen um. Von ihrer Frauenärztin hatte sie die Meinung übernommen, der Bauchraum sei im Ultraschall sowieso nicht recht zu erfassen. Und der Bauchraum war es, in dem sich im Herbst '91 Wasser angesammelt hatte.

Sigrid erzählte mir nur ein einziges Mal davon, kurz und trocken erzählte sie vom Wasser. Es klang nicht nach einem Symptom, auch nicht nach einer Diagnose, und ich nahm die Information auf wie ein Kind, das aus der Schule wusste, welch ungeheure Menge an Wasser durch unsere Körper floss. Nichts verstand ich, achtzehn war ich, neunzehn, wohnte noch zuhause, hatte Jasmin endgültig verlassen und dafür zum ersten Mal intimen, unverklemmten, heftigen Sex gehabt. Sie hieß Sandra, servierte in der Kantine der Wachsfabrik, in der ich mittags aß, am Abend ging sie mit ihrem Labrador über die Kalkbrachen. Dabei hatte ich ihr aufgelauert und sie angesprochen, fortan bestand mein Leben aus Sandra, Tischlerei und Fußball. Was meine Mutter machte, war genauso egal wie das, was meine Mutter nicht machte oder verschwieg.

Auch auf Friedhöfen gibt es heute keine Papierkörbe mehr, also landet mein Filter im Wasserbassin. Ich mache mich auf den schmalen Weg. Unter den Linden hinauf. Zum ersten Mal in all den Wochen, die ich in der Stadt bin, zum ersten Mal seit vielen Jahren. Auf dem alten gebrochenen Pflaster fehlen viele Steine. Einmal verwechsele ich die Sandwege, die links abgehen, aber dann stehe ich doch vor ihrem Grab. Ein kleiner Rhododendron, bereits verblüht. Heidekraut, noch nicht so recht in Blüte. Mit diesem Sommer, seiner frühen Hitze und dem jetzt manchmal flutartigen Regen kommt keine Pflanze zurecht. Jul kümmert sich um die Grabstelle, wer sonst, Jul war es auch, die mich Jahre später darüber aufgeklärt hat, was unserer Mutter eigentlich fehlte. Dankbarkeit. Sigrid buk ja nicht nur drei Kuchen und Torten, bevor der Kaffeeklatsch begann. Sie organisierte auch die gemeinsamen Urlaubsreisen für die Postrunde, die Kegelrunde und für eine sehr viel kleinere Kartenspielrunde – was bedeutete, dass sie abends am Telefon saß und mit Hotels sprach, mit Busunternehmen, sie buchte im Voraus Skipässe und engagierte die Wanderführer. Seit Sigrid weniger arbeitete, hatte sie ihren Aufgabenbereich sogar noch erweitert, und wenn ich nicht bei Sandra schlief, kannte ich es kaum anders, als dass meine Mutter ihre Abendstunden nervös zwischen Telefon und Backofen zerteilte. Ihr Glück bestand darin, die Dinge für andere zu erledigen, aber das bedeutete wohl auch, dass ihre Freundinnen immer passiver wurden. So passiv, dass Sigrid bald niemandem mehr zutraute, auch nur die kleinste Aufgabe zu übernehmen. Ein Teufelskreis der Belastung.

Ich lege die Hände ineinander, drücke den Rücken durch. Dein Name steht in geschwungener Schrift auf dem Stein. Sigrid Schürtz. Ich weiß noch, als das Wasser im Bauchraum stand und dir die Dinge über den Kopf wuchsen, warst du schon nicht mehr in der Lage, nach Hilfe zu suchen. Also wurdest du jede Woche ein bisschen ungeduldiger mit dir und mit denjenigen, die gesund waren und sich einfach ins gemachte Nest setzten. Mitten in den Biskuitboden setzten die sich und nahmen die ganze Fluffigkeit und Wärme als gegeben hin. Der Kaffeeklatsch war immer noch eine Art Vogelnest. Aber du warst jetzt wütend auf die geteilte Wärme, Sigrid. Hast immer mit dem Geschirr rumgeklappert, wenn die Frauen gegangen waren. Auch mich ständig angemotzt für irgendeine Belanglosigkeit.

Linearität gibt es nicht für diese Zeit, es ist alles ein Kreislauf, so wie Jul es über ihr Lutherhaus gesagt hat. Undank wird zu Ruhelosigkeit wird zu Krankheit wird zu Undank wird zu Krankheit wird zu Ruhelosigkeit wird zu … und so fort. Ich seh dich noch auf dem Sofa sitzen und telefonieren und wie du dir dabei den Fuß massierst, den rechten Fuß mit dem Taubheitsgefühl, während ich meine aufgerauten Tischlerhände eincreme. Langwierige Prozeduren, beiderseits.

Ich betrachte meine Hände, die Innenflächen, mache aus der Rechten eine Faust, gerade als ein alter Mann aus der nächsten Grabreihe zu mir herübersieht. Er wird denken, dass ich schimpfe oder dass ich dir drohen will, dabei habe ich oft die Faust für dich geballt. Bleib stark, hieß das. Auch wenn dich der Schmerz vergnatzte, hast du immer noch darum gekämpft, deine Freunde zu empfangen. Deinen Auftrag an ihnen zu erfüllen. *Einer muss die Menschen ja zusammenbringen,* hast du immer gesagt.

Der Mann guckt mich sogar an, während er Unkraut zupft. Unangenehm. Ich rede ja hier nicht vor mich hin. Vielleicht ist er einer deiner alten Weggefährten, einer, der mich nicht erkennt, weil er immer nur Nuss und Jul zu

Gesicht bekommen hat. Aber mein Typ wird wieder verlangt, glaub's mir. Ich fange an, im Fußballverein Jugendliche zu trainieren. Und wusstest du, dass man vom Krankenzimmer des Prinzen direkt deinen Grabhügel sehen kann, Sigrid? Nein, wie sollst du das wissen. Der Prinz hat im Koma gelegen und ich fühle mich wieder wie achtzehn.

Jetzt stell ich ihn aber gleich zur Rede. Was soll das Geglotze? Warum ist das so im Kaff? Darf ich hier nicht stehen? Es gibt noch eine Geschichte, die mich wirklich aufregt: Helene Michelsen, nach mir und deinem Mann die drittgrößte Enttäuschung deines Lebens. Helene Michelsen, die dich mit hinuntergerissen hat in ihr schwarzes Loch. Sie hat jahrelang deine Hilfsbereitschaft missbraucht, selbst dann noch, als du krank warst. Dabei hättest du dich eigentlich um dich selbst kümmern müssen. Sie ist nicht mal zu deiner Beerdigung gekommen. Stellt sich dann aber ganz dreist vor Jul und fordert das Delfinbesteck ein. Und vor mir am Fußballplatz ruft sie noch aus: »Was haben wir für Spaß gehabt bei deiner Mutter!«

Wollte ich dir nur erzählen. Weil du ja immer meintest, du musst der Frau nicht nur aufhelfen, sondern ihr noch hinterherlaufen. Ich finde, dein Helenchen passt gut in diese verseuchte Zeit, bei ihr hat das Wort Nehmerqualitäten eine ganz neue Bedeutung gewonnen. Sie nimmt, was sie kriegen kann, und gibt nichts zurück als die Unzufriedenheit mit dem, was sie sich genommen hat.

Wenn ich so was erlebe, verstehe ich die Wutbürger, Sigrid. Aber nur solange sich ihre Wut gegen die Menschen richtet, die sie verursacht haben. Warum sollte ich die

Kanzlerin bepöbeln, die mir nie begegnet ist, und dazu die komplette Politikerkaste, ganze Zeitungsredaktionen, solange ich noch nicht mit Helene Michelsen und Aitsch Pi Ahrens fertig bin? Du kannst dir nicht vorstellen, wie sehr ich deren Böswilligkeit satt habe, Sigrid. Und es ist nicht so, dass diese Menschen nur in der Kleinstadt existieren. Es gibt auch Dr. Hans-Uwe Harttgen aus dem Bauamt Berlin-Mitte, der per Münzwurf oder aktueller Windrichtung darüber befindet, ob er Einfügungen nach § 34 zulässt oder ablehnt. Ich kann nichts dafür und ich bin nicht froh darum, aber es gibt diese Arschlöcher in meinem täglichen Leben.

Pardon. Ich kämpfe doch dafür, dass es in mir aufhört. Weißt du noch, wie du am Ende meditiert hast, Sigrid? Ich bin an allen gängigen Techniken gescheitert. Aber ich lese, ich höre zu. Ich will mehr mit Menschen sprechen, die nicht den Weg des geringsten Widerstandes gehen. Um ihre Lebensentwürfe verstehen zu lernen. Ich spüre, dass ich Gesellschaft brauche. Kompagnons statt Konkurrenz. Deshalb der Fußballverein. Nicht *gegen* die Wut kämpfen muss man doch, sondern *dafür*, dass sie aufhört.

Evolution

Auf dem untersten Brett lagern die schweren Medizinbälle. Darüber Verkehrshütchen, gelbe und rote Stangen, ein Paar aufgeplatzte Torwarthandschuhe. Die Fußbälle der Mannschaften hängen in großen Ballnetzen an der Wand. Es riecht nach Leder und nach Staub.

Ich muss raus zu den Jungs, raus zum Training, habe aber das starke Bedürfnis, alles aus den Regalen zu ziehen und in die Hand zu nehmen. Das elektrische Licht ist fad, eine einzige Glühbirne, sie macht die Dinge noch stiller, sie macht den Raum zum Kabuff. In der hinteren Ecke steht die Karre, mit der schon der Prinz die Linien geweißelt hat. Der Eisenbehälter muss mal grün gewesen sein, heute ist er weiß und grau, überzogen von Schichten nass gewordener und wieder getrockneter Kreide, selbst die Streuvorrichtung ist völlig dicht. Wie ein Ausstellungsstück im Heimatmuseum, man müsste die ganze Karre durch die Waschanlage fahren oder auskochen, bevor sie wieder zu benutzen wäre.

Die Frage nach den Typen wird ja oft gestellt; wo sind die echten Typen auf dem Fußballplatz, die vorangehen, wenn die Mannschaft sie braucht. Eine ewige Debatte. Oder die Mittelstürmer, wo sind die echten Mittelstürmer, die auf den kurzen Pfosten gehen. Aber hier, in dieser Dunkelkammer stellt sich die Frage anders – sie läuft vom Fußballplatz zur Balustrade, taucht drunter durch, stellt sich an den Rand des Spielfeldes: Was ist, wenn die Typen am Rand verschwinden. Was wird aus diesem Verein, jetzt wo Gerwin verabschiedet ist und der Prinz nicht mehr einsatzfähig. Mir haben diese Typen früher leidgetan, die sich nur um andere kümmerten, aber ein Verein verändert sich natürlich ohne sie. Die Kreidekarre verreckt. Oder es gibt mittlerweile eine, die programmiert wird. Und die Wäsche wird dann auch in der Bezirksliga maschinell geordnet und aufgehängt. Wann wendet der Grill allein seine Würstchen. Ist ja keiner da, der das alles noch machen will. Bald laufen auch die Fußballsprüche vom Band. Und dann kann man sich irgendwann das Spiel sparen, weil Messi und Iniesta es ja eh besser können.

An Erinnerungen hat mich immer genervt, dass man sie nicht beherrschen kann. Es ist, als hätte jemand Sand in all die verkrusteten Abdrücke gestreut, die die Stollen meiner Fußballschuhe hinterlassen haben, doch die Spuren sind noch da und Wind kommt auf. Ein leuchtendes Fußballfeld, auswärts, mitten im Wald, ein Feld zwischen Forellenteichen oder direkt hinterm Deich. Die grölenden Rentner an der Würstchenbude (in Meckelsen, in Woltersfeld?), als ich den Gegenspieler in vollem Lauf über die Klinge springen ließ. Dafür habe ich eine meiner zwei roten Karten gesehen. Ich kann wirklich nicht sagen, dass ich die Bilder in den letzten Jahren vermisst habe, aber hier, unter der 40-Watt-Birne, wird mir klar, dass die Fußballspiele nicht rückstandslos durch mich hindurchgegangen sind. Oder waren es mehr als zwei rote Karten? Immer weitere Spielszenen tauchen aus den Schränken und Regalen auf, fliegen mir um die Ohren: vergebene Chancen, Möglichkeiten, auch die wenigen Torerfolge, der Jubel. Ich denke an *Meine Momente*. Im gleichen Moment habe ich glücklicherweise Whitney Houstons Olympia-Song im Ohr und muss lachen. Kann mir die Hände an der Sporthose abwischen. Tief einatmen, das Leder mitnehmen in die Lungen, und jetzt endlich raus! Die Eisentür quietscht, dahinter öffnet sich ein schwüler Sommerabend.

Die Schulferien sind noch nicht vorbei, aber es sind schon vierzehn Jungs da. Oleg winkt aufgeregt, fragt sich natürlich, wo ich so lange bleibe. Er repräsentiert die Fußballabteilung, wird dieses Training leiten, damit ich die Stärken und Schwächen der C-Jugend erst einmal beobachten kann. Oleg stellt mich als seinen alten Mitspieler vor, »Micha Schürtz war der für die Sonderaufgaben, hart gegen sich selbst, hart am Gegner, aber auch immer mit der Übersicht, mit dem Blick für den Besserpostierten«, sagt er, »einer, der unsere Generation in diesem Verein mitgeprägt hat.« Besserpostierten klingt nach Besserverdiener. Überhaupt geht, was Oleg sagt, runter wie Öl.

Er bezieht mich dann mehr ins Training ein, als ich erwartet hatte, vor allem als Anspielstation. Ich bin mit jeder Übung völlig einverstanden, Olegs Erklärungen sind genau und altersgerecht, und wenn er selbst etwas am Ball zeigt, sind seine Bewegungen so fließend, dass ich fast genauso große Augen mache wie die Kinder.

Einige Eltern stehen mit verschränkten Armen am Rand, als geschehe alles auf ihre Anweisung. Die Mittermeier ist unter ihnen, im offenen Burberry-Sommertrench, sie erkenne ich auch auf Entfernung an den roten Haaren. Nutze deine Chance, flüstern die Eltern. Oder kommt man als Dreizehnjähriger schon selbst darauf, sich dem neuen Trainer aufzudrängen? Denn es ist nicht einfach nur so, dass die Kinder machen, was Oleg will, sie machen es mit Tempo und Überzeugung. Pässe im Dreieck, Positionswechsel, angedeutetes Hinterlaufen, alles, was ich erst später gelernt, manches, was ich nie so richtig kapiert habe – sie führen es mir vor. In einigen Szenen wirkt ihr Spiel wie ein Abbild des Profifußballs. Es gibt also eine Evolution durch frühe Wissensvermittlung, nicht alles ist mit Doping zu erklären. Durchaus tröstend. Ich muss an die Optimierungs-Software denken, die ich einmal in einer Berliner Kneipe vorgeschlagen habe und die sogar eingeführt wurde, eine Software, die den Tagesumsatz auf die Posten der Speise- und Getränkekarte verteilte, auch das war ein Evolutionsschritt gewesen, weil man endlich nicht mehr dem Gefühl folgte, sondern aufgezeigt bekam, was wirklich wie oft bestellt wurde.

Nach dem Training trinkt Oleg eine große Apfelschorle, ich ein Radler. Sicher erwartet er eine statistische Auswertung nun auch von mir. Bevor ich ihm meine Trainingsbeobachtungen schildern kann, erzählt er mir, dass der alte Trainer nicht freiwillig aufgehört habe, sondern von den Eltern dieser Kinder abgesägt worden sei.

»Das fällt dir ja früh ein«, sage ich.

»Ist auch nicht als Vorwarnung gemeint.«

»Sondern?«

»Mach dir keinen Kopf, Micha, aber sprich mit den Eltern, die wollen wahrgenommen werden. Kommunikation ist alles. Und wenn sie dir dumm kommen, sagst du mir Bescheid.«

Ich muss lächeln. Vor allem über das Vertrauen, das ich schon wieder zu Oleg habe.

Er spricht jetzt leiser weiter:

»Es gibt da mindestens zwei Väter, ich zeig sie dir noch, die denken, ihre Söhne müssten eigentlich in Hamburg ins Nachwuchsleistungszentrum gehen, und dies hier ist nur der Umweg – über die Landesauswahl und übers Fußballinternat direkt in die Bundesliga.«

»Warum nicht, Oleg? Kann doch passieren.«

»Vergiss es, der Zug ist längst abgefahren. Die sind dreizehn oder vierzehn, Micha. Der Hintergrund ist, dass ihre Väter meinen, sie opfern sich auf, indem sie die Jungs hierher fahren. Sie verlieren Arbeitszeit. Das hier ist eigentlich *ihre* Arbeitszeit. Verstehst du, was da im Kopf passiert? Die knüpfen ganz automatisch Bedingungen an das, was sie für ihre Kinder tun.«

Ich nicke. Aber die Vereinskneipe, die sie nun also Sportlerheim nennen, passt überhaupt nicht zu diesen Fußballambitionen, denke ich, hier ist Bezirksliga, hier gibt es weiterhin Wimpel und Pokale, gedämpftes Licht, Gedecke aus Plastikblumen, einen goldenen Ventilator. Lauter Insignien des Provinzsports. Wo Sport ist, da ist nun einmal Provinz, ich kenne in Berlin eine Vereinskneipe, die ganz genauso aussieht. Ich will Oleg noch fragen, wie sich die Eltern gegen einen Trainer durchgesetzt haben, der von Vereinsseite gestützt wurde, da stößt die Mittermeier die Tür auf und einer der Jungs aus dem Training gleitet unter ihrem Arm herein.

»Guten Abend, die Herren.«

»Oleg, für diese Dame baue ich gerade eine Wohnung.« Ich gebe ihr die Hand, blicke dabei vom Tisch zu ihr auf: »Hier möchte ich aber gern mit Michael angesprochen werden.«

»Carla, freut mich. Für uns beide bauen Sie die Wohnung. Für meinen Sohn auch. Aber Sie sind wohl als Bauleiter unterfordert.«

»Das kann man so nicht sagen.«

Ihr Sohn ist größer als sie. Carla umfasst seinen Unterarm.

»Sag's ihm, Tobi.«

»Wir haben uns schon mal gesehen«, sagt Tobi.

»Gerade eben, Tobi, beim Kicken.«

»Beim Baden«, sagt er.

Ich brauche einen Moment, haue mir dann aber die flache Hand vor die Stirn.

»Stimmmmt.«

Er ist einer der Jungs, die mir an der Ull meine Ankunft versüßen wollten. Tobi. Jemand hatte diesen Namen gerufen. Ich sehe die Mutter an, kann aber nicht erkennen, wie viel sie weiß. Hat sie den Jungen vor mich gestellt, damit er sich entschuldigt? Er tut es jedenfalls nicht, windet sich eher aus der mütterlichen Umarmung heraus. Carla Mittermeier, die ihre Stiefel im Stand überkreuzt hat, wird angerempelt, eher schon abgeräumt, weil sich ein massiver

Männerkörper vor unseren Tisch fläzt und Oleg anspricht. Ich zeige der Mittermeier ein überrumpeltes Gesicht, winke ihr verabschiedend zu. Sie nimmt es mit Humor, verdreht sogar solidarisch die Augen.

»Fußballerisch kommt der Tobi ganz nach dir«, sagt Oleg.

Chorpause

Schon seit Wochen will ich in den Bruch fahren, und nun habe ich sogar von ihm geträumt. Der Bruch, so nannten die meisten Menschen damals den dichten Wald an der Stadtgrenze; nur wir Fußballer nannten so den einzigen Quader, den man aus diesem Wald herausgeschlagen hatte, um ihn mit Rasen und Licht zu füllen. Nebeneinander lagen dort die drei Plätze, auf denen wir trainierten.

Fünf oder sechs Kilometer ist der Bruch von Gregs Haus entfernt. Ich radele auf dem Wall, am Ullgraben entlang nach Westen. Ein ganzes Stück führt der Radweg parallel zur Autostraße, dann geht links ein Weg ins Meißenfelder Moor. Die Hauptstraße führt nach rechts, sie führt langsam hinab, wird dann immer steiler, aber bevor ich die kurze Schussfahrt hinunter zu den Sportplätzen nehme, halte ich an.

So wie ich als Jugendlicher angehalten habe und hier stand, die Rahmenstange zwischen den Beinen. Dienstags, donnerstags, 18.45 Uhr. Der Blick in den Bruch. In meiner Erinnerung ist es dunkel und das Flutlicht wird gerade hochgefahren. Es ist November, es schüttet, dass die Bäume rauschen, und ich blicke an den Flutlichtmasten hinauf in die wehenden Gardinen. Dort oben im Licht, im Wind, flatterte der Regen. Und alle Feuchtigkeit des gesamten Kaffs sammelte sich hier unten auf den

Plätzen. In zwei Schichten sogar. Ein Teil des Flutlichts drang durch den Bodennebel und versilberte die Nässe auf dem Rasen.

Das galt natürlich nur dort, wo noch Rasen war. Je weiter der Herbst fortschritt, desto mehr Grün haben wir mit unseren Stollenschuhen umgepflügt, und wenn der Winter kam, war es ganz vorbei mit der Versilberung. Dann mussten wir vorlieb nehmen mit den Pfützen, in denen sich das Licht spiegelte.

»Micha, bist du das?«

Ich drehe nur den Kopf.

Ein Auto hat links neben mir gehalten, die Beifahrerscheibe heruntergefahren. Gestern taucht Carla in der Vereinskneipe auf und jetzt –

»Was machst du denn hier, Jul?«

»Ich arbeite hier.«

»Wie bitte?«

»Ich arbeite da unten.«

»Weißt du, was hier früher mal …«

»Ich kann dich nicht verstehen, Micha. Fahr mal mit mir runter auf den Parkplatz.«

Als wir uns begrüßen, ist der Sommer zurück, und die alten Rasenplätze im Bruch sind verstruppte Wiesen, auf denen große Zelte stehen. Gläserne Gewächshäuser, denke ich zuerst. Oder ist es das weiße Kunststoffband billig gewebter Partyzelte? Am Rande des Parkplatzes blüht Unkraut, dazwischen Kornblumen, Kinder streunen herum zu einem traurigen Akkordeonklang, von einem Grill steigt Dampf auf, zwischen den Zelten hängen Handtücher und Kleider auf langen Leinen. Jul trägt eine lange graue Strickjacke, sie hat sich geschminkt.

»Was machst du hier draußen?«

Sie stellt jetzt mir die Frage.

»Ich wollte gucken, ob mein Trainingsgelände noch existiert.«

»Hier ist seit dem Frühjahr ein Übergangslager.«

»Ein Wahnsinn.«

»Micha, irgendwo müssen die Menschen untergebracht werden.«

In dem Moment, wo mich Jul missversteht, bekomme ich Lust darauf, missverstanden zu werden.

»Aber doch nicht hier bei uns!«

»Was?«

»Ich bin mal aus der Sierra Nevada in die Ebene runtergefahren, und an der Küste, also andalusische Küste, erstreckte sich so eine Haut aus Gewächshäusern quer über den Horizont, alles Tomatenzucht und Bohnen. Daran musste ich grad …«

»Micha, hier …«

»Haben die Zelte wenigstens Böden?«

»Nein.«

»Jul, hier kann man doch nicht leben. Mitte September wird's ungemütlich. Und ab Oktober richtig nass.«

»Das wissen wir, Micha. Hier, guck, meine festen Schuhe. Es ist sogar jetzt schon zu feucht abends.«

Meine Schwester zieht ein Knie hoch, winkelt es ab, damit ich mir die starke Profilsohle ihres Wanderschuhs ansehe. Ich halte ihren Schuh fest, weil ja alles noch nicht absurd genug ist. Sie humpelt und springt lachend im Kreis, im Zickzack, der Parkplatz ist weder asphaltiert noch planiert, überall sind Schlaglöcher. Schließlich löse ich die Hand vom Schuh, hole meine Zigaretten aus der Tasche und stecke mir eine an.

»Der Bruch ist jetzt dein Arbeitsplatz.«

»Ich mach die Koordination im Lager. Essen, Wäsche, Suchen und Finden, Vermittlungen aller Art. Und Gespräche führen, wo ich nur kann.«

»Ehrenamtlich?«

»Wieso ehrenamtlich? Findest du, man sollte dafür kein Geld bekommen?«

»Im Gegenteil, Jul.«

»Ich bin dafür bei der Stadt angestellt.«

»Wirst du nicht angegraben von den Flüchtlingen?«

»Wir nennen sie Neuangekommene.«

»Ja, ja. Und ich nenn mich Architekt.«

»Micha, nichts für ungut, aber um dich geht es hier ausnahmsweise mal nicht. Hast du dich in deinem Leben je mit der Lebenssituation irgendeines anderen Menschen beschäftigt? Diese Menschen haben Mord und Totschlag erlebt, manche stehen noch völlig neben sich vor Angst und Erschöpfung.«

»Das glaub ich dir ja alles, aber ...«

»Die brauchen Jahre, bis sie wieder jemanden angraben.«

»Ah ja? Da kenn ich aus Berlin aber andere Bilder.«

»Ja, jedem seine Bilder, jeder ihre Meinung. Ich erzähl dir was. Einer hat mich immer Mary genannt. Ich sage zu ihm, ich heiße Julia. Das hat zwei Wochen gedauert, bis ich verstanden habe, was er meinte. Der wollte mich heiraten. Marry, verstehst du, marry me.«

»Siehst du, das mein ich.«

»Nein, das meinst du nicht. Weil er das aus purer Not gesagt hat. Und die kennst du eben nicht.«

»Was wird das jetzt, Jul?«

»Ich will nur, dass du dein antiquiertes Vokabular überprüfst, das ist schon alles.«

»Gut, du wirst nicht angegraben.«

Die Mary-Marry-Geschichte ist schon lustig, wir haben ganz vergessen, darüber zu lachen. Liz würde jetzt ein Kompliment brauchen, aber bei Julia ist es genau andersherum. Wenn sie erzählt, wie ihr von einem Neuangekommenen ein Heiratsantrag gemacht wird, und ich jetzt darauf erwiderte, wieso, du bist ja auch eine attraktive Frau, würde sie das Gespräch womöglich abbrechen, aus Scham oder Fremdscham oder weil ich immer noch gar nichts kapiert habe.

»Was grinst du denn so, Micha?«

»Ich find's schön, dich hier unten zu treffen. Hab jede Menge gute Erinnerungen an diesen Ort.«

»Okay, aber ich muss rüber.«

Nach dem Treffen in der Rösterei rennt Jul zum zweiten Mal vor mir weg. Oder sie lässt mich stehen. Aber der Jobwechsel tut ihr gut, so patzig, so selbstbewusst hat sie lange nicht mit mir geredet. Als würde sie Neuland betreten. Ich sehe ihr nach, wie sie in ihren Profilschuhen die Parkplatzschlaglöcher umkurvt. Über ihr ist Gesang, weht von den Wiesen herüber, die Jugendlichen singen gemeinsam irgendein Popstück. Mückenschwärme toben im Abendlicht. Meine Schwester geht durch die Eisenpforte, die in den Maschendraht eingelassen ist und die immer noch schwer ächzt im Scharnier; wie oft habe ich von der Umkleidekabine kommend durch diese Tür das Trainingsgelände betreten ...

Das Lied lockt mich an wie ein Duft. Vielleicht zieht mich auch der Grillduft an wie ein Lied. Sie feiern ihre Zusammenkunft. Oder sie besingen ihre eigenen vier Wände, die anderswo stehen, sicher stehen sie noch, denn dies ist keine Wehklage, sondern ein eingängiger Refrain, dessen Melodie ich schon beim zweiten Mal mitsummen kann. Hinter dem Maschendraht hat sich ein kleiner Chor aufgestellt. Drei Mädchen in Trägertops und Röcken, zwei Jungs mit freiem Oberkörper, nur in Bermudas. Ich habe die Rückansicht, die Gesichter sind ins Innere des Lagers gerichtet, wo zehn Meter entfernt ein Mann sehr aufrecht auf einem Stuhl sitzt, mit einem Bein wippt.

Ein tolles Bild. Fünfmal volles dunkles Deckhaar und der alte Mann: sehr hohe Stirn, das dünne Haar steht zu den Seiten ab, Typ verwirrter Professor, allerdings brillenlos. Als er mich am Zaun stehen sieht, erhebt er sich, und wie auf ein geheimes Zeichen setzt der Gesang aus. »So nicht«, ruft er, »don't do this: baaa-ba-ba«, er geht auf eines der Mädchen zu und imitiert ihren Fehler, fuchtelt auch verstörend nah vor ihrem Gesicht herum.

Ein Pädagoge würde niemals das Falsche wiederholen, denke ich, bestimmt ist er ein Hobbymusiker, der sich nützlich machen will. »Nicht immer, not always baaa-ba-, this is wrong, understand?« Er schlägt energisch den Takt, indem er die rechte Handkante in seine linke Handfläche niedersausen lässt. »This is a Triole.«

Führt er die Show nur für mich auf? Zumindest muss er mich gesehen haben.

»Go on«, rufe ich den Sängerinnen und Sängern zu, »it was very nice, I like it.«

»Wie bitte?« ruft der Alte.

»Lassen Sie die Kinder doch einfach singen«, rufe ich zurück.

Er holt tief Luft, breitet die Arme aus und führt sie wieder vor dem Körper zusammen, biegt seine Arme zu einem kleinen Kreis. Damit fordert er seinen Chor auf, zu warten, weil er jetzt ins Lagerinnere kehrtmacht und weggeht. Moment mal, was wird das denn? Holt er seinen Taktstock oder gleich den Schlagstock?

Die Jugendlichen spielen derweil Ching-Chang-Chong oder etwas Ähnliches, bis die Verliererin von den anderen Mädchen auf mich zugeschubst wird. Sie schnorrt mich um Zigaretten an.

»How many?«

Die Packung ist voll, ich stecke ihr fünf Stück durch den Zaun zu, zünde mir selbst eine an und halte den Daumen hoch, zur Verabschiedung. Da kommt aber der verwilderte Dirigent zurück, und neben ihm: meine Schwester. Sie rollt mit den Augen. Aber Jul wird wissen, dass sie dem Mann gerade hilft, es gibt keinen besseren Schutz für ihn als ihre Begleitung.

»Frau …«, angele ich nach dem Namen.

»Julia Schürtz.«

»Frau Schürtz, die Leiterin hier, nehme ich an.«

Sie lächelt, errötet, schüttelt den Kopf. Himmel, Julia, kannst du mal einen Moment mitspielen? Der Kerl ätzt gleich los: »Wer sind Sie denn eigentlich, dass Sie hier in meine Probe …!«

»Hast du den aus deinem Lutherhaus mitgebracht, der ist ja völlig …«, sage ich zu Julia, muss dabei aber den nach mir grabschenden Händen des Mannes seitwärts ausweichen.

»Ich schlage vor, der Herr verlässt jetzt das Gelände«, sagt Julia.

»Ich war kurz davor«, sage ich.

»Sonst holen wir die Polizei«, sagt er.

»Ey, Zampano, Mann! Bist du noch ganz bei Trost, dich hier so aufzuspielen?«

Er flucht, will auch nicht geduzt werden.

»Der Herr verlässt jetzt das Gelände!« Jul übertönt uns, ich habe sie noch nie so laut sprechen hören. Aber sie dreht nicht durch. Sie steht mittlerweile zwischen uns beiden Männern, hält uns voneinander fern. Es ist überhaupt nicht einzuschätzen, ob ihr die Angst bis zum Hals steht oder sie im Gegenteil entschlossen ist, zu deeskalieren.

Ich muss mich überwinden, umdrehen, drei schnelle lange Schritte durchs Gras machen. Hinüber auf den Parkplatz. Ohne weiteren Kommentar. Hau ab, sage ich mir, hau ab und komm Jul entgegen.

Nachtvorstellung

Manchmal gehe ich zum Mittagstisch in die Bar hinter der Martinikirche, aber meine Empfehlung hat eher dem Raum gegolten, nicht so sehr der Küche. Ich find's gemütlich dort, bis über Kopfhöhe ist man von kleinquadratischen, handbemalten Fliesen umgeben, vor allem von Fischereimotiven, verschiedene blaue Krebse auf weißem Porzellan.

Wir bestellten die große Tapasplatte – Gemüsekroketten, Pflaumen im Speckmantel, Chorizo, Paprikaschoten in Meersalz, Manchego – und ich erzählte ihr von meiner Idee, eine Mischung aus architektonischer und psychologischer Beratung anzurühren, Paartherapie und Hausbau zu verknüpfen, und Carla kam postwendend auf ihren Vater zu sprechen. Sie hatte sogar in seinem Ingenieurbüro gearbeitet, bis sie bei einer Hamburger Logistikfirma einstieg. Haben sie ein schwieriges Verhältnis? Kaum. Ihre Familienanekdoten blieben diskret, harmlos, die Anerkennung für das Lebenswerk des Vaters überwog.

Beim dritten Glas Wein waren wir in einer angenehm heiteren Stimmung, die meiner Ansicht nach zu nichts geführt hätte, als Carla mir gestand, dass ihr Mann sie zweimal geschlagen hatte. Und wie schwer es ihr fiele, noch immer seine Möbel zwischen ihren eigenen Möbeln stehen zu sehen. Ich stellte ihn mir als einen erwachsenen Hau-ihm-eine-rein-Tobi vor. Ob Carla Mittermeier womöglich in dieses Nest zog, weil sie ihren gewaltbereiten Sohn in Hamburg an Kiez und Kneipe zu verlieren fürchtete? Jemand hatte nach ihrem Sohn gerufen, damit er mir die Fresse polierte. Und jetzt war ich sein Fußballtrainer.

Vieles ging mir durch den Kopf, die gewichtigsten Fragen: Warum hatte sie mich eingeladen? Warum vertraute sie sich mir an? Wollte sie Trost? Oder prüfen, wie besonnen ich reagierte? Ich half ihr in den Mantel, der bloß ein Blazer war, schweigend gingen wir nebeneinander her. Das einzige Kino der Innenstadt, das Programmkino Tivoli, hatte den kleineren seiner beiden Säle für eine Nachtvorstellung geöffnet. Es lief die Sommerfilmreihe.

»Dass es das Tivoli überhaupt noch gibt«, sagte ich und gab – natürlich zum ersten Mal – meine Herkunft zu erkennen. Carla Mittermeier brach mitten auf der Straße in lautes Lachen aus. »Du bist hier aufgewachsen??« Sie konnte es nicht fassen, ich konnte es ja selbst nicht fassen, wir waren jetzt beide aufgekratzt. Sie sagte, sie sei seit vielen Monaten nicht im Kino gewesen. Ich konnte mich nicht einmal an den letzten Film erinnern, weil ich mir DVDs per Post auslieh. Wir mussten dem Tivoli eine Chance geben.

Der Film war ein visuell aufgepepptes, deutsch-italienisches Remake von »Ein Mann wie Sprengstoff«, was ich aber erst gegen dreiundzwanzig Uhr zwanzig begriff, als es schon egal war, als ich meine Hand nicht zurückgezogen, sondern im Gegenteil so geöffnet hatte, dass Carlas Finger zwischen meine gleiten konnten. Nur zwei weitere Menschen saßen im Kino, ein paar Reihen vor uns: ein junges Mädchen, das sich damit begnügte, den Kopf auf der Schulter ihres Partners abzulegen, der selbst keine Regung zeigte. Wir benahmen uns dahinter binnen weniger Minuten, als seien wir ihren feuchten Träumen entstiegen. Lippen, die Lippen aufsaugen. Zunge, die Zunge umkreist. Carlas Haar fiel von allen Seiten, hellrot im Filmlicht. Der Urwunsch, sich zu verknäulen. Unsere Köpfe in der Silhouette: geteilte Zellen auf der Suche nach Wiedervereinigung. Hände auf meiner Jeans, Hände in ihrer Hose. »Ein Hotel hätte es auch getan«, flüsterte sie, als hätte ich den ersten Schritt gemacht oder dafür gesorgt, dass der Kinosaal offenstand. Der Hosenstall jetzt auch. Ich rutschte vom Sessel, kniete vor ihr, den Kopf in Carlas Schoß. Über mir der Strahl des Projektors. Nachher der Blick zur Leinwand, ja, ein Remake, nein, nicht einmal der große Gary selbst, aber sein Geist, Gary Coopers Geist und mein bescheuertes Wissen darum, dass er am Set des Filmoriginals eine Affäre gehabt hatte, mit der 21-jährigen Hauptdarstellerin, deren Name mir nicht einfiel.

Danach: Kaff, Fußgängerzone. Ein Planet, auf dem niemand unterwegs war. Unbewegte Materie in Schaufenstern. Beim Optiker eine bebrillte Winkekatze. Carla: »Jetzt würd ich sogar das Kleid da anprobieren.« Wie meinte sie das? Sie stand vor einem der zahllosen Discounter, Polyester-Klamotten, die als Premiumqualität gekennzeichnet waren. Trash from Bangladesh. Einmal zog ich sie noch zu mir heran, dann schob uns eine unsichtbare Kraft in die Johannispassage, durch eine Glaswand sah ich in ein Eiscafé, zweimal sechs leere Speiseeiscontainer, ihr Edelstahlglanz, wie übergroße Operationsschalen. Hinter der Passage unbeleuchtet der Supermarkt und schon die letzte große Kreuzung. Alle Ampeln blinken gelb. Ein kurzer Abschiedskuss (beidseitige Scham nach der Pettingstunde) und jetzt geht sie den Sandweg hinab in den alten Stadtgraben. Ich sehe ihr hinterher, sie dreht sich nicht um, verschwindet wie eine Passantin unter den mächtigen Platanen, aber zwischen den Blättern funkelt Licht – die Laternen, Wohnungen, Treppenhäuser auf der anderen Seite des Liebesgrundes. Ein schönes Gefühl: Carla nicht mehr zu sehen, aber zu wissen, sie steuert auf die Lichtpunkte zu. Auf meinen Bau.

Ich führe die Hände vors Gesicht, rieche an jedem einzelnen Finger. Ihr Parfüm. Ein Hauch von Salz. Schweiß. Sekret. Gebratener Speck. Mit nichts davon ist zu rechnen gewesen, nicht in dem Chaos am Morgen. Die Türenfirma wollte parken und abladen, aber der Sattelschlepper einer Spedition hatte bereits den Zugang zu den Gebäuden versperrt. Ich war als Schlichter zwischen ihnen unterwegs, machte den Möbelträgern klar, dass die Türen Vorrang haben, und der Vorarbeiter fing sofort an, mit mir zu streiten:

»Dann müssen Sie uns die Pause bezahlen.«

»Ja, schreiben Sie mir einen Zettel. Für welchen Eigentümer arbeiten Sie?«

»Mittermeier.«

War ich deshalb geblieben? Nein, ich musste die neuen Türen abnehmen. Nur eine einzige Tür war zerkratzt, ich war erleichtert, eine Superquote. Aber spätestens als die

Spedition wieder vorgefahren war, hätte ich an den Schreibtisch zurückgemusst. Da aber war meine Neugier plötzlich zu groß, welche Möbel wohl zum Vorschein kämen. Ein Biedermeier-Sekretär. Zwei Meter Esstisch, auch alt und massiv, vermutlich Eiche. Dann wurde es unfassbar schön, der S33, einer, zwei, drei, sechs Freischwinger von Mart Stam, 1926, Sitzfläche und Rückenlehne aus Büffelleder. Die Stühle waren unzureichend verpackt, die durfte ich eigentlich gar nicht erkennen. Meine Güte, danach auch noch das Sofa mit dem gebogenen Stahlrohrrahmen, Le Corbusier. Jedenfalls stand ich den Möbelpackern im Weg herum, als Carla schon auf mich zukam, hellblaue Geschäftsbluse, federnder Schritt.

»Danke, dass Sie aufpassen. Läuft denn alles?«

»Herzlich willkommen im neuen Zuhause!«

»Ja, danke auch dafür. Bin ich eigentlich die erste, die einzieht?«

»Ja, Sie sind die Erste.«

»Wir duzen uns doch.«

Jetzt standen wir beide im Weg, ließen die Möbel an uns vorbeitragen. Ich wartete auf ihre Verabschiedung. Darauf, dass Carla hochging in ihre Wohnung, um anzusagen, wo die Möbel abgeladen werden sollen. Ich wollte ihr eine anbieten, ahnte aber, dass sie nicht rauchte, ich wollte auch selbst nicht rauchen in ihrer Gegenwart, da sagte sie:

»Wo könnten wir denn heute Abend mal essen, zur Feier des Einzugs. Ich lad dich ein, Bauleiter Michael.«

Ich brachte nur ein dämlich gedehntes »Okaaay« hervor. Die Tapas-Bar fiel mir ein. Und dass ich noch arbeiten musste, um eine Ausschreibung fertig zu bekommen. »Aber so um neun, halb zehn, oder ist das unhöflich, auf Abruf?«

»Nein, nein, können wir so machen«, sagte Carla, »ich pack eh aus, und du hast ja meine Nummer.«

Würstchen

Die Jungs duschen, und ich räume die Geräte zurück ins Kabuff. Ein Turm aus Verkehrshütchen. Den Ballsack. Mein letzter Gang führt vom Spielfeld auf die Steintreppen und hinauf zur Umkleidekabine.

»Sie nehmen die Sache nicht so ernst, was?«

Ich bin zu perplex, gehe durch die Stimme hindurch. Der Verein hat mich gewollt, jetzt bin ich der Mann mit dem Schlüssel, der hier das Sagen hat. Ich bin zehn Minuten zu spät zum Training erschienen, da musste man eben mal zehn Minuten auf mich warten, das ist nicht zu viel verlangt. Auf mich warten. Klingt gut. Ihr habt auf mich gewartet. Du auch, sick Daddy.

Wenn du wüsstest, wie ernst ich Sachen nehme, immer genommen habe. Gerade hier, in diesem Stadion. Wer außer mir kann sagen, dass seine Jugend hier zu Ende gegangen ist, kann das noch jemand behaupten, irgendwer aus meiner damaligen Mannschaft vielleicht? Es lag mir schon damals nicht, mich aus etwas herauszuschleichen. Musste dann schon Bumm machen, Tür zu und Schluss. So war es mit meiner Jugend. So war es mit meiner Mutter und mit dieser elenden kleinen Stadt.

Ich lasse mir Zeit beim Duschen und verabschiede die letzten Jungs, während ich mich anziehe. Ganz allein bin ich danach aber nicht. Unten auf der Tartanbahn laufen noch die beiden Männer, die auch während des Trainings ihre Runden gedreht haben. Sie könnten in verschiedenen Weltreligionen als heilig gelten: mindestens fünfzig Jahre alt, aufrechter Gang, spindeldürre Beine, Bärte bis hinab aufs Brustbein. Jesus und Sadhu. An der gebräunten Haut sieht man sofort, dass sie den überwiegenden Teil des Tages draußen auf Mission verbringen. Aber welche Mission? Sie passen überhaupt nicht hierher. Jetzt gehen sie gerade ein Stück, unterhalten sich. Vermutlich nicht über den Regen der letzten Wochen, sondern über die generelle Eisschmelze, die den Yeti nach Norden treibt. Über ihre Askese, die wahre Enthaltsamkeit. Beide haben sich einen Gürtel mit Pulsmesser und Kilometerzähler um die Brust geschnallt, und nur dieser Gürtel, so sieht es aus, hält sie in der Wirklichkeit fest.

Ich sitze auf der Kante einer Betonplatte. Überall sprießt das Gras durch den Beton, die Stehplatzbefestigungen im Stadion sind nie modernisiert worden. Meine Augen wandern über die wenigen Bäume, ich bleibe am Ahornbaum hängen, der in voller Blätterpracht steht. Na ja, nicht ganz, an der Westseite, die über den Kunstrasenplatz ragt, wird er anscheinend regelmäßig beschnitten, was dem Baum eine etwas unsymmetrische Krone gibt. Er sieht aus wie ein Huhn, das über den Kunstrasen wacht und seinen dicken gefiederten Körper nach hinten über die Stehplätze des Stadions streckt.

Das Stadion, in dem nun wieder die beiden Heiligen kreisen. Jahresringe. Das ist wohl das Wort, das den Ahornbaum mit ihrem Rundlauf verbindet. Jahresringe und Stehplätze. Schon als ich hier spielte, ragten die Platten in der Höhe über die Stufen hinaus, die sie befestigten, der Zuschauer stand immer mit den Schuhspitzen hinter einer Schwelle, gerade so, als sollte er davor geschützt werden, nach vorne, nach unten zu fallen. Der Alkohol, man versteht das.

Und bestimmt rechte der Prinz im Herbst die Ahornblätter vom Rasen, bevor er das Spielfeld kreidete. Hatte er gekreidet, wusch er sich die Hände und warf den Würstchengrill an. Der Prinz war überall, aber es war Trainer Roleder, der mich in den Kader berief. Offiziell war ich noch Jugendspieler. Der Trainer war für seinen hohen Blutdruck bekannt, er fuchtelte viel am Spielfeldrand herum. Es hieß außerdem, er gehe regelmäßig ins *Einsame Herz*. Roleder war verheiratet, hatte aber mit seiner Frau abgesprochen, dass er sich sexuell nicht zurückhalten musste. Viele Männer waren darauf neidisch, während die Spielerfrauen im Stadion – ich hörte sie von meinem Platz auf der Ersatzbank reden – einander befragten, wie lange die Roleder das noch aushalten konnte. Liebe und Demütigung. Nicht schön, das alles mitzubekommen, und andererseits: Es gab das eben.

Ich hatte damals auch die erste Krise mit Sandra. Sie stand zwar am Spielfeldrand, als ich meine Premiere bei den Herren feierte, aber weil ihr Labrador hier am Fußballplatz nicht herumtoben konnte, blieb der Besuch einmalig. Wir gerieten darüber in Streit. Immer bin ich ein bisschen eifersüchtig auf ihren Hund und ihre langen Waldspaziergänge gewesen.

Mein zweites Spiel war das Derby gegen die Blauen, und da tauchte zu meiner Überraschung Sigrid auf. Mitten im kalten Winter. Von diesem Dezembertag und der darauffolgenden Nacht kann ich tausend Details aufrufen, ich will es aber beim Nötigsten belassen. Sigrid hatte ihren Traum, doch noch ein Kuchencafé zu eröffnen, aufgegeben, sie hatte sogar damit aufgehört, ihren Mann davon überzeugen zu wollen, dass man doch mal etwas Schönes machen musste, eine lange Reise, Neuseeland sehen, Island, Afrika. Eine Reise kam in diesem Winter überhaupt nicht in Frage, gleich nach dem Jahreswechsel sollte ihre Chemo beginnen. Sie vermutete immer noch, dass mein Vater fremdging. Mag sein, ihr fiel zu Hause einfach die Decke auf den Kopf und der Besuch im Stadion war eine Notlösung, aber ich bezog ihr Erscheinen natürlich auf mich, dachte, sie wollte mir gegenüber etwas gutmachen nach all den Jahren ihrer Abwesenheit am Spielfeldrand.

Unser Rechtsaußen Frankie Wilkens verletzte sich noch in der ersten Halbzeit, es gab zwei Personalverschiebungen und ich wurde früh eingewechselt. Ich war so aufgeregt, dass ich nach fünf Minuten einen vorbeieilenden Gegenspieler am Trikot festhielt und mir die gelbe Karte abholte. Zur Halbzeit stand es 0 : 0, bei der Besprechung in der Kabine warnte mich Roleder davor, weitere Fouls zu begehen. Er musste laut sprechen, wegen des hohen Geräuschpegels, die Stimmen von gut hundert Zuschauern drangen durch die Tür, denn viele kamen jetzt vor der Tribüne zusammen. Auch Sigrid, die auf zwei Bekannte aus ihrer Kegelgruppe getroffen war. Man stand an, um sich einen Becher Glühwein oder eine Bratwurst beim Prinzen zu kaufen. Der Prinz, der vor dem Spiel auch schon die Trikots der Herrenmannschaft gewaschen, dann, wie schon gesagt, den Platz gekreidet hatte, und der während des Spiels nun biertrinkend am Grill stand. Er war damals das Maskottchen des Vereins, es fehlte wahrscheinlich nicht viel und sein bäriger Kopf wäre in die Mitte des Vereinswappens eingewebt worden.

Sigrid war noch nicht dran, das heißt, sie stand nicht direkt vor ihm, man hat es später für mich nachgestellt. Die Luftlinie zwischen ihnen soll sechs oder sieben Meter betragen haben. Und da ruft sie oder redet besonders laut vor sich hin oder schreit ihren beiden Bekannten ins Ohr:

»Er mit seinen Würstchen. Der soll mal sein eigenes Würstchen grillen, und das vom Roleder, dem Ehebrecher, eine Sau ist das.«

Um den Grill herum wurde es sofort still. Das sogenannte betretene Schweigen. Betreten, als sei man eine Fußmatte und hätte plötzlich einen Schuh im Mund. Wer ist denn diese Frau überhaupt, fragte man sich. Der Ahornbaum streckte unschuldig seine Knochen in die Winterluft. Aber was dachten die Zuschauer? Nur ein Spruch? Nein, ganz sicher nicht. Zu persönlich. Vielleicht dachten die meisten: Auf mich kommt es jetzt nicht an, ich stehe hier ja nur zufällig herum, aber was macht der Prinz, und wie reagiert *der Verein*?

In der zweiten Halbzeit stand das Derby kurz vor dem Abbruch. Ein Rentner, der gar nicht an der Seitenlinie hätte stehen dürfen, hielt dem laufenden Linienrichter seinen Gehstock zwischen die Beine. Der Linienrichter stürzte. Tumult. Stadionverweis für den Alten, den niemand persönlich kannte und der auch keine Vereinsfarben trug und deshalb die Wut beider Mannschaften auf sich zog. Oleg schoss in der 85. Minute den Führungstreffer. Und dann mussten wir in der 92. Minute nach einem Eckball, bei dem mindestens vier gegenseitige Fouls begangen wurden, den Ausgleich schlucken. Das bitterste Gegentor meiner Laufbahn.

Vielleicht war Roleder schon während des Spiels gebrieft worden, nach dem Schlusspfiff kam er jedenfalls gleich aufs Spielfeld und nahm mich beiseite. Er legte mir die Hand auf die Schulter, spazierte mit mir über den Rasen, als sei er der Beckenbauer aus Rom und ich nicht mehr nur sein Spieler, sondern sein Sohn. »Gute zweite Halbzeit«, sagte er, »noch ein bisschen mehr Ruhe am Ball, aber das kommt.« Ich wusste nicht, was er von mir wollte. Ruhe bewahren, im Derby? Wie denn das?

Er müsse mir jetzt etwas anderes erzählen.

Alle Energien hatte ich bis hierhin auf den Gegner ausgerichtet. Ich war ein Hochspannungsmast, und das sage ich jetzt nicht als Entschuldigung, aber in den Sekunden und Minuten nach dem Schlusspfiff wollte ich das späte Gegentor nicht wahrhaben, und als Roleder mir von meiner Mutter erzählte, konnte ich entweder nicht sofort umschalten, oder ich begriff mit dem Kopf nicht, was er meinte, nur mein Körper pumpte Blut auf und ab und im Kreis herum. Die Leute sagten später, ich sei da wie ein Storch herumgegangen, große Schritte, aber wie auf Zehenspitzen. Als ich endlich loslief, reinigte der Prinz an den Steintreppen gerade eines seiner Grillroste. Ich rief »Stimmt das?«, er nickte nur abwinkend, oder er winkte nickend ab. Ein Unbekannter musste aus dem Hintergrund für ihn antworten: »Ausfällig geworden ... aus dem Nichts ...«

Fünf Minuten Duschen, dann in nur zwölf Minuten nach Hause, das hatte es auch noch nicht gegeben. Ich sprang vom Rad und ließ es einfach ins Hagebuttenbeet weiterfahren, bis es fiel und verreckte. Meine Eltern saßen auf Sofa und Sessel, der Fernseher lief, und alles brach aus mir heraus. Ob sie immer noch glaube, dass die Welt nur daraus besteht, nett beisammenzusitzen und ihr zuzuhören und sich dabei ein Stück Torte nach dem anderen reinzuschieben. Ihre zuckersüße gequirlte Scheiße zu fressen. Ob sie es nicht ertragen könne, wenn sich andere in der Roten Laterne holen, was sie sich holen wollten. Was sie das anginge. Ob sie ihn selbst in der Hand gehabt habe, den Schwanz des Prinzen, oder warum sie ihn grillen wolle usw. usf.

Es lohnt sich nicht, meinen Monolog in Gänze wiederzugeben, ich weiß, dass er lang war, zu lang. Ohne den Prinzen, schrie ich, könnte überhaupt kein Fußballspiel stattfinden, der lebt für den Fußball, weißt du, was der alles für uns macht ...

Dann die Aufzählung.

Mit Bestimmtheit kann ich sagen, dass ich niemals später mehr irgendeinen Menschen aus meinem Umfeld mit so voller Überzeugung meinen Freund genannt habe wie an diesem Abend den Prinzen. Niemanden habe ich je so verteidigt wie den Platzwart meiner späten Jugend vor meiner Mutter: »Das ist wirklich das Allerletzte, das Hinterletzte, dass du dich da hinstellst und, das ist echt, du bist echt …«

Mein Vater war es, der bemerkte, dass meine Mundwinkel speichelweiß geworden waren, ich mich nur noch wiederholen konnte und sogar kurz davor war, in Gestammel zu verfallen. Und in einem seiner besten Momente stand er auf, packte mich an der Schulter und führte mich ab. Er stellte mich einfach auf den Laubengang vor der Wohnung, schloss die Tür und legte den Riegel vor.

Es gab also durchaus eine Tür, die sich hinter mir und meiner Jugend schloss. Meine Eltern blieben dahinter zurück, mit einer Hallfahne, auf die ich mir in den nächsten Wochen noch einiges einbildete. Und es stimmte ja auch, diesen Abend, diesen Wutausbruch hat Sigrid mit ins Grab genommen. Vollkommen klar. Ich zog mein Fahrrad aus dem Hagebuttenbeet und schloss es zitternd fest am Laternenmast. Lieber zu Fuß, wohin auch immer.

Geburtstag

Die Hinfahrt. Dreimal lasse ich Jul hupen, stehe mit dem Telefon in der Hand hinter der Küchenfenstergardine, in perfekt sitzendem Anzug und gebügeltem Hemd. Wir haben uns gegenseitig erpresst. Jul meinte, über die schräge Chorstunde im Bruch rede sie nur mit mir, wenn ich zum Geburtstagsfest unseres Bruders mitkäme. Dann musst du mich abholen, hab ich ihr geantwortet, vor allem aber musst du mich zurückfahren, wann immer ich will.

Als ich auf die Straße trete, löst sie den Gurt, steigt aus und nimmt mich fest in die Arme. Das reicht aber noch nicht aus. Danach reibt Jul das Lenkrad vor Vergnügen und lässt beide Fenster vollständig herunterfahren: »Ich freue mich richtig.«

»Wenn *du* das Fest schon so wichtig nimmst«, sage ich, »was wird Nuss erst daraus machen?«

Ich erwarte keine Antwort. Jul weiß, dass ich auch heute kein generelles Bekenntnis zur Familie abgeben werde. Und dann ist der Schatten, über den ich gerade springe, auch gar nicht der Schatten, den meine Schwester wahrnimmt. Ich könnte immer noch Carlas Nummer wählen, den ganzen Vormittag treibt mich schon die Frage um, ob ich sie nicht besser mitnehmen sollte, und auch jetzt, da der Wagen beschleunigt und Tatsachen schafft, spüre ich keinerlei Erleichterung, die Frage bleibt bestehen.

Meine Schwester quatscht derweil drauflos. Ich höre

heraus, dass sie bei den Vorbereitungen zum Fest geholfen hat, Einkäufe, Blumen, irgendwas. Alle Gesprächsangebote (ich bin mir sicher, dass sie mir welche macht) gehen verschüttet unter meiner Sehnsucht nach Carla. Meine Smartphone-Hand ist feucht. Warum lass ich die einmalige Gelegenheit verstreichen, meinem Bruder eine schöne Frau zu präsentieren. Warum gehe ich gegen die Lust an, endlich mal wieder Teil eines frisch verliebten Paares zu sein, das sich um nichts schert, das sich auf dem Familienfest so benimmt wie in der Nachtvorstellung im Kino. Wo sind die beiden bloß, würde man sich fragen. Hörst du das nicht, das Stöhnen vom Heuboden direkt über dem Festsaal? Guck dir die zwei an, mit ihrem Getuschel und Gegacker draußen am Rauchertisch. Oder Nuss, der kurz mal draußen pinkeln gehen will – und uns beim Vögeln am Waldrand überrascht.

Echt schöne Bilder. Schade drum.

Jul und ich hängen derweil hinter einem Traktor fest, der Stroh auf seinen Anhänger getürmt hat. Am Abend soll es Regen geben. Als mein Handy summt, hole ich es aus der Jacketttasche und lüge Jul offensiv an: »Dass man nie Ruhe hat vor dieser Baustelle.« Die Message ist von Carla, sie wünscht viel Spaß und hofft, dass ich mich für meinen Bruder freuen kann. Ich lese das dreimal, bis ich mir ganz sicher bin: Sie ist enttäuscht, dass ich mich nicht mehr gemeldet habe. Sie wäre gerne dabei. Jetzt kommt es auf Schlagfertigkeit an, auf Text plus Tempo.

»Was überlegst du?«, fragt Jul.

»Is egal jetzt.«

»Müssen wir umkehren?«

»Hmm? Nein, nein.«

Wir haben uns in den letzten Tagen ein paar wirklich brauchbare Cliffhanger zugeschoben, rhetorische Fragen, Neckereien, Carla hat einen tollen Humor, aber dies hier ist kein Flankenball, den ich mal eben so verwandeln kann. Mich für meinen Bruder freuen? Was soll denn das heißen? Vielleicht mal gar nichts antworten, aber wer kann das noch, wo alles Simsen angefüllt ist mit Ungeduld und ausgerichtet auf die Ungeduld des Gegenübers.

Die Erdplatten verschieben sich.

Die Welt ordnet sich neu.

Das kann meine Schwester nicht wissen. Sie könnte trotzdem aufhören, mich zur Baustelle zu befragen, ihre Einfühlsamkeit ist manchmal wirklich ein Horror. Ich lasse das Telefon in die Tasche zurückgleiten und rede bestimmt fünf Minuten am Stück über die noch ausstehenden Mängelbeseitigungen, viel zu ausführlich, zu detailliert, als gelte es, in einem Referat Körperkrankheiten aufzuzählen, oder als sei es nötig, die SMS-Lüge glaubwürdig zu decken. Immer trockener wird mein Hals davon, dass ich mein Glück mit Carla verschweige und stattdessen einen Stress heraufbeschwöre, der gar nicht mehr wirklich existiert. »Ach was, Jul, das klingt jetzt alles viel unübersichtlicher als es ist. Die meisten ziehen dieser Tage ein, das ist ja die Hauptsache.«

Sie nickt skeptisch, schmale Augen, aber das kann das Sonnenlicht sein. Frau Navi sagt: *Sie haben Ihr Ziel erreicht.* Jul parkt den Wagen unter alten Linden, die sich im Wind wiegen. Rechts vor uns der Gasthof, links liegen die zugehörigen Pferdeställe plus Auslauf. Dazwischen toben Kinder. Es sieht aus wie die große Pause auf einem Schulhof, und es hört sich auch so an.

»Vielleicht hat eine seiner Töchter Geburtstag«, sage ich zu Jul, die als Gegenbeweis einen Delikatessen-Präsentkorb aus dem Kofferraum zaubert. Auf den Stehtischen am Hintereingang des Gasthofes leuchten Aperolgläser, mein Bruder steht in einer Menge von sommerlich hell gekleideten Vierzigern und trägt eine lachsfarbene Krawatte. Mir fällt ein, dass ich ihn seit seinem Vortrag über den Kellervandalen nicht mehr gesehen habe. Als wir in Rufnähe sind, begrüßt er uns mit einem lauten »When shall we three meet again?«. Alle sollen es hören. Ich weiß, dass es ein Zitat ist, aber nicht, woher es stammt und ob es dazu passt, dass wir drei Geschwister zum ersten Mal seit Sigrids Begräbnis zusammenkommen.

Die Gratulation. Vor uns wird gerade eine kleine Gruppe Neuankömmlinge integriert. Dreimal höre ich in den ersten dreißig Sekunden das Wort »frisch«. Als frischen Wind, frische Brise und als ganz-schön-frisch-heute. Unausrottbar wie Unkraut, dieses norddeutsche Wettergesülze. »Bist du denn noch ganz frisch, Jubilar?«, frage ich, und Nuss nimmt den Spruch widerwillig auf, indem er den Kopf hin und her wiegt, ohne zu antworten.

»Lass dir mal gratulieren«, sage ich, »klar, die Jahre zwischen 33 und 45 waren nicht so prall, aber jetzt kannst du dir nochmal richtig was aufbauen.«

Zwei Herren lachen, das war's, auch Jul kapiert die Anspielung nicht. Wer weiß, denke ich, ob sich Jul und Carla verstünden? Vielleicht wäre es schon im Auto zum Eklat gekommen, weil sie gänzlich verschiedene Vorstellungen von Eleganz haben. Jul trägt sogar zum Fest ein geblümtes Omakleid.

Nach dem Aperol Spritz trinke ich ein Bier. Das Kuchenbüfett ist schon eröffnet. Himbeertorte, Käsekuchen, Kaffee. Der Gasthof gefällt mir. Tiefbraune Deckenbalken, weiße Wände, auf den Tischen Sommerastern in Purpur und Pink, das war's. Es gibt auch keine Namensschildchen, ich will mich zu drei Paaren an einen Tisch mit sieben Stühlen setzen, aber sie sind überfordert davon, ihre Bekanntschaft für einen Moment ruhen zu lassen und mich wahrzunehmen. Dann doch lieber zu Jul, deren Freundin noch arbeitet und später dazustoßen wird. Sie hat sich die Dorfnachbarn meines Bruders gekrallt, eine Familie mit zwei Kindern.

»Ach«, sage ich, »Sie sind die mit dem großen Trampolin.«

Damit benenne ich das einzige Detail, das mir von meinem letzten Nussbesuch vor vielen Jahren hängengeblieben ist. Es entspinnt sich ein Flachs über Luftsprünge und Kinder, die hoch hinaus wollen. Jul hat vor einigen Sommern mal alle vier Kids gesittet, ein kleines Zeltlager im Garten, gute Sache. Nuss' Töchter kommen auch an den Tisch, um ihre Arme um den Hals meiner Schwester zu schlingen. Mir fallen ihre Namen nicht ein. Selma, glaube ich, die kleine heißt Selma. Oder Halma.

»Ich arbeite jetzt auch mit Jugendlichen. Als Fußballtrainer. Das weißt du noch gar nicht, Jul.«

Ich sehe, wie ihr die Kuchengabel in der Luft gefriert. Oder der rechte Arm. Wirklich, ich muss meiner Schwester erst sagen, dass sie weiteressen darf. Weil sie trotzdem nicht aufhört, mich wortlos anzustarren, mache ich ein Da-guckst-du-Gesicht, dann ein Warum-nicht-Gesicht, habe zwar das Gefühl, dass beides misslingt, aber egal: Mein Bruder schlägt ans Glas, um uns alle zu begrüßen.

Die Rede. Kaum der Rede wert. Nuss hat eine Karteikarte in der Hand, schaut aber kein einziges Mal drauf. Bestimmt ein Kniff aus den Coaching-Büchern, weil die Eloquenz so noch deutlicher hervortritt. Er ist strengstens vorbereitet, kann aber aus der Deckung gehen und wird dann spontan. So grüßt er auch diejenigen, die gerade erst im hellen Licht des Hofausgangs auftauchen. Alle, die eingeladen sind, beneiden ihn um seine Wachheit und wie er die Wachheit in Satzgefüge gießt. Einmal sieht er mich an. *Hi Micha, heute zeig ich dir, wie viele Leute ich kenne, mit denen ich befreundet sein könnte, wenn ich mehr Zeit hätte.* Mir hält sein kurzer Auftritt vor Augen, dass es vollkommen egal ist, ob ich ihm alle zwei, vier oder acht Jahre zuhöre. Seine Sprache ist so sicher wie die Ballannahme von Philipp Lahm. So unabänderlich wie die Strömung an der Ull. Alles ist fehlerlos und dermaßen wiedererkennbar, dass es mich schmerzhaft langweilt.

Das Spiel. Ich bin draußen, um Carla einen Zwischenbericht zu schreiben, und als ich an meinen Platz zurückkehre, hat sich der überwiegende Teil der Männer bereits Bier kommen lassen (als müsse man Nuss' Rhetorik begießen). Nur vereinzelt beugt sich noch jemand über ein zweites Stück Kuchen. Ausgerechnet mein Tisch ergreift nun das Wort, also Nuss' Dorfnachbarn, denn sie haben ein Spiel vorbereitet, für das dem Jubilar spontan die Augen verbunden werden. Er bekommt außerdem einen hölzernen Kochlöffel in die Hand und darf damit ausgewählte Menschen abklopfen, um zu erraten, wen er vor sich hat. Es ist gar nicht so schlimm, dabei zuzugucken, wird aber sofort superdämlich, als die Spielleiterin ihre Hand nach mir ausstreckt, um mich meinem erblindeten Bruder zuzuführen. Als dritte Person stehe ich vor Nuss. Seine Ehefrau hat er am Gekicher erkannt, einen seiner Versicherungskollegen an der Körpergröße (1,98 m).

Er lässt den Kochlöffel an meinem linken Oberarm abwärtsgleiten und sagt: »Aha, feiner Stoff.« »Ausgeprägter Bizeps.« »Aber keine Krawatte.« »Und Raucher, gibt ja hier gar nicht mehr so viele.« »Nackenbereich auch kräftig.« An dieser Stelle hab ich genug und weiche dem Kochlöffel aus. »Ein nervöser Mensch«, sagt Nuss. »Gleich greift er sich mein Werkzeug und versohlt mir damit den Hosenboden. Ich würde deshalb lieber auflösen. Mein kleiner Bruder Micha.«

Tatsächlich reiße ich ihm den Kochlöffel aus der Hand, erhebe ihn zur Waffe, weiß dann aber nicht, wohin mit dem Scherz. Also gebe ich das Spielgerät weiter an die Spielleiterin und ziehe eine Fluppe, rufe im Tonfall eines beleidigten Sandkastenkindes:

»Es macht keinen Spaß. Er weiß einfach alles.«

Glück gehabt, die Leute lachen.

Später, als der Nachmittag schon Abendrot hat, stößt Juls Freundin zu uns an den Tisch. Sie heißt Bea, wahrscheinlich Beate, wir haben uns noch nie gesehen, wobei ich mir natürlich darüber im Klaren bin, dass sie mehr von mir weiß als andersherum. Bea ist groß und schlank, und weil sie einen dunkelblauen Leinenanzug und exquisite Ledersandalen trägt, frage ich sie, ob sie Jul nicht ein bisschen Style vermitteln kann. Sie lächelt, fast ein kleiner Flirt. Allerdings verbessert sie mich im zweiten Satz schon, macht aus *Designern Designende*. Huch, denke ich, wie sehr hält Jul mir gegenüber ihre feministische Gesinnung zurück?

Bea und ich sprechen bald über Mehr- und Minderheiten, über die unerlässliche Lobbyarbeit, die den Minderheiten Wachstum generiert, und welche Minderheit man bspw. als Kanzlerin über die Klinge springen lässt, um die Mehrheit bei der Wahl nicht zu gefährden. Natürlich vertrete ich die liberaleren Positionen und wittere hinter ihrem Gerechtigkeitsbegriff die alte Leier von der Gleichmacherei. Ich trinke Bier und Jul verlinkt unser Thema irgendwie (ich weiß weder wie, noch wieso) mit dem ehrenamtlichen Gesangslehrer, den ich am Fluchtcamp aufgescheucht habe. Sie nennt ihn den Maestro. Meine Schwester erzählt, er habe sich kürzlich wieder eine Rangelei mit dem Vater eines der weiblichen Chormitglieder geliefert, weil seine Probe wegen eines Grillabends vorzeitig abgebrochen werden sollte. Der Maestro sei megaanstrengend, sagt sie, sein Anspruch sei eigentlich, bei zwanzig Grad Innentemperatur zu arbeiten, an einem gestimmten Klavier. Sie redet, als müsse sie mich für meinen Auftritt im Bruch in Schutz nehmen. Bea springt auch noch auf. Der habe wohl seine Fremdenfeindlichkeit unterschätzt. Je länger sie auf dem Mann rumhacken, desto mehr Sympathie bringe ich für den gekränkten Einzelgänger auf. »Aber Menschen, die Interesse für ihre Tätigkeiten aufbringen, sind ja rar geworden«, sage ich schließlich, »kennt ihr das auch, dass die Ladenverkäufer die Ware, die sie anbieten, nicht mal ansatzweise verstehen?«

Jul winkt ab, sie durchschaut sofort, dass ich provozieren will.

»Ja«, sagt sie, »er war jahrelang Chorleiter. Inhaltlich weiß er, was er tut.«

»Das hab ich ihm angesehen.«

»Aber den Maestro hat damals schon sein eigener Chor abgesägt«, sagt Bea, »ganz basisdemokratisch.« Sie hat dabei ein genüssliches Grinsen im Gesicht, und ich bestelle mir noch ein Bier.

»Erinnert mich an meinen Vorgänger«, sage ich, »der war auch jahrelang Jugendfußballtrainer und soll gewusst haben, was er tut, aber es hat ihm auch nicht geholfen. Den haben die Eltern einfach abgesägt.«

»Das ist ja was anderes.«

»Das ist genau das Gleiche, Schwester. Jedenfalls wenn du rein über die Kompetenz an die Sache rangehst.«

Ich merke, dass mir der Streit, der jetzt folgen muss, wichtig ist. Am liebsten würde ich mit ihnen über entlassene Fußballtrainer reden, doch werden wir genau an dieser Stelle von Nuss unterbrochen, der mir eine Hand auf die Schulter legt. Für einen Moment (ganz ehrlich) denke ich, dass er mich zum Tanzen auffordern will.

»Jul, Micha, wir müssen unbedingt noch ein Foto von uns Dreien machen. Unterm Vordach.«

»Is schon okay, Nussbaum, wir kommen gleich raus.« Ich versuche so giftig wie möglich zu klingen, aber ausgerechnet jetzt wird meine Zunge von einer ersten Konsonantenlähmung befallen, was mich nur noch mehr gegen ihn aufbringt. Nuss steht unverwandt da, er lässt sich nicht mehr von mir auf irgendeine Zukunft vertrösten, er wartet auf sein Foto. Ich stürze mein Bier und suche am Boden des Glases nach Möglichkeiten, mich mit Jul gegen ihn zu solidarisieren.

»Jul, meine Idee war, wie wäre das, ein Spiel zwischen den Jugendlichen des Fluchtcamps und meiner C-Jugend, das könnte man doch organisieren.«

»Man?«

»Wir«, sage ich, »wir beide. Gibt es ein paar Dreizehnjährige bei euch, eine ganze Fußballmannschaft meine ich?«

»Stell dir vor, es gibt sogar Mädchen, die kicken«, sagt Bea.

Jul lacht. Sie rüttelt mich am Oberarm.

»Ganz schöne Idee, Micha.«

»Stimmt doch, oder?«

»Und jetzt hör mal auf zu trinken.«

»Du glaubst mir nicht, dass ich mich jetzt um Jugendliche kümmere, was?«

»Doch.«

»Ich bin schon mittendrin.«

»Also, Micha, Foto machen und dann bring ich dich heim, ja?«

»Sofort los, Jul. Denk an dein Versprechen.«

»Komm, das schaffst du schon. Außerdem, guck mal, wie es draußen gießt.«

Mein Bruder steht noch immer schräg hinter uns, er hat alles mitbekommen.

»Hast du Ärger in Berlin, Micha?«

»Ich hab – was hab ich?«

»Trainer, heißt das, du willst hierbleiben?«

»Ja, ich hab grad noch was anderes angenommen. Einen Verlagsvertrag. Ein Buch über das Bauen. Zum Schreiben brauche ich nicht unbedingt zu Hause sein.«

Ich rede einfach weiter, damit er geht. Eine uralte Idee, die ich nie umgesetzt habe. »Babel oder: Wie das Bauen in Gewerke zerfällt«. So sollte das Buch heißen. Ich weiß nicht, wie ich jetzt darauf komme. Eine Geschichte des Hausbaus, die als Sachbuch in der Antike beginnt, die Renaissance abfeiert und dann mit jedem Jahrhundert verworrener wird. Und am Ende hört auf dem Bau keiner mehr auf den anderen, alles besteht nur noch aus Fachsprachen.

Nuss schüttelt den Kopf. »Ein Buch schreiben«, sagt er, »den Traum haben ja alle.« Dann klopft er mir auf den Rücken, was ich ihm nicht einmal übel nehme.

Erst als wir aufstehen, den Kopf auf Fensterhöhe bringen, höre ich den Regen, der durch die Bäume im Hof rauscht.

Die Rückfahrt. Jul fährt nicht, sie bleibt, sie ist stinksauer. Nuss hat mir noch nachgerufen, ich solle mich nicht immer aufspielen, als sei ich der Heilige Geist. Bea fährt nur, um das Fest vor mir zu schützen. Scheibenwischer auf höchster Stufe. Vielleicht schmeißt sie mich an der nächsten Ecke raus, denke ich. Nein, tut sie nicht. Sie schweigt fünf Minuten und fragt mich dann doch. Warum (ich das Foto zuerst verweigert und dann durch Grimassen entstellt habe)? Und ich lüge spontan, dass ich gerne die Erinnerung an den Abend für mich behalten würde.

Dabei ist eines der Bilder gar nicht schlecht geworden, sie haben es mir auf der Kamera gezeigt: Ich ziehe das Kinn bei halb geöffnetem Mund zum Doppelkinn zurück und starre mit Riesenaugen auf Nuss, der das Victory-Zeichen macht. Die vollkommene Fischigkeit.

Ich möchte die Erinnerung für mich behalten. Hab ich das gerade zu Bea gesagt? Dümmer geht's nicht, wo es wahrscheinlich hundert Fotos allein vom brüderlichen Kochlöffelspielchen gibt. Aber Bea hakt nicht mehr nach, sie hat mich aufgegeben und beugt sich stattdessen über das Lenkrad. Das Wasser stürzt jetzt wie in der Waschanlage aufs Auto ein. Und das Vorderlicht des Citroën ist zu schwach für das Unwetter. Sie hält an. Im Scheinwerferlicht ein Schauspiel: Tausend Tropfen explodieren gleichzeitig auf der Straße, wie eine Matte von Knallteufeln gehen sie nieder. Als wir wieder anfahren, schiebt die Karosse Wasserwellen an den Waldsaum.

Oh Mann, was für ein Sommer, und was für ein Partyende mal wieder. Ich habe Jul ja vorgewarnt, und sie hat mich trinken sehen. Aber was ist mit Bea los? Sie hat ein Selbstgespräch begonnen, fragt sich, ob sie wieder zum Fest hinausfahren sollte, sobald sie mich abgesetzt hat. Nicht wegen des Unwetters zweifelt sie, sondern »weil Jul gesagt hat, dass sie alleine klarkommt«. Sie klopft aufs Lenkrad, »soll ich oder soll ich nicht«, sie benutzt sogar das Wort *übergriffig*, und da schalte ich dann endgültig ab, schließe die Augen. Vielleicht bewundert sie meine Konsequenz. Jeder hat seine eigenen Probleme.

48 Stunden

»Ich bin zwar von den Toten auferstanden, aber nur als Schädel«, sage ich am Telefon zu Carla. Gleich wieder völlig verknallt in ihr Lachen, ihre Stimme, ihre Unkompliziertheit. Sie kapiert es einfach, Suff ist Suff und der 45. Geburtstag des Bruders rechtfertigt jeden Absturz. Mit keiner Silbe fordert sie eine Entschuldigung dafür ein, dass ich mich am Abend nicht mehr gemeldet habe.

Vor den Reihenhäusern hat sich ein See gebildet, ich gehe instinktiv in den Keller. Auf dem Linoleum steht das Wasser etwa zwei Zentimeter hoch. Ich finde den Notabfluss, aber er ist nicht verstopft, also müsste ich das Regenwasser durch die Kellertür schieben. Meine Kopfschmerzen entscheiden sich dagegen.

Ich steige hoch auf die Veranda, um nachzuschauen, ob der Garten auch überflutet ist, aber es steht nur eine kleine Pfütze auf dem Plattenweg. Gregs Garten wird tatsächlich durch einen Jägerzaun begrenzt, dahinter die Spielstraße, und da ist wieder die Kittelschürzenfrau. Ich bin versucht, ihr zu winken. Oft sitzt sie auf der Holzbank vor ihrem Reihenhaus, so oft, dass ich sie letztens darauf angesprochen habe, wovon sie dort am helllichten Tag ihre Pausen nimmt, selbst im strömenden Regen. Da lächelte sie und sagte ja, Pausen, sie müsse »das Spiel mitspielen«. Ihr Vater sei achtundachtzig und schwer dement. »Manchmal muss er mir fristlos kündigen, manchmal will er sich scheiden lassen, oder einfach nur die Tür hinter mir zuwerfen.« Ich nickte, obwohl ich nicht sofort verstand, wovon sie redete. »Aber es gibt auch Tage wie heute«, sagte sie, »da geh ich einfach raus, weil ich nicht mehr kann.«

Jetzt in Unterhose und T-Shirt an meinem Notebook in der Küche. Eingegangen ist eine Mail von der Tischlerfirma Möhlmann, die unser Bauprojekt mit ihren Fehllieferungen fast in den Abgrund getrieben hätte. Sie stellen jetzt viele Stunden mehr in Rechnung, als sie überhaupt auf dem Bau verbracht haben, und mir ist sofort klar, das ist keine Rechnung, sondern ein Offenbarungseid. Die Insolvenz sitzt ihnen im Nacken, aber Möhlmann tut so, als könne er die Wirklichkeit für sich zurechtbiegen. Das Beste wird sein, ihn zu treffen, Verständnis für sein Schicksal zu zeigen – und ihn dann dezent daran zu erinnern, dass nur als Zusatzstunde gilt, was von mir abgezeichnet worden ist.

Vielleicht eröffnet ihm ein freundliches Gespräch noch einen Ausweg. Aber welchen? Trotz einer halben Kanne Kräutertee habe ich Kopfweh, auch die Müdigkeit lässt kaum nach. Gerade will ich deshalb die Espressokanne aufschrauben, da dreht sich ein Schlüssel im Haustürschloss, im nächsten Augenblick schiebt sich ein Frauenkopf (weißes Brillengestell, Haare zum Zopf zurückgebunden) durch die halboffene Schiebetür in die Küche.

»Moin«, sage ich.

Sie grüßt nicht zurück.

Stark gestikulierend redet sie auf meinen alten Schulfreund Greg ein. Sie stehen jetzt im Vorgarten. In ihren Strandklamotten sehen sie aus wie schlechte Schauspieler. Alles geschieht zu plötzlich, als dass ich auf die Idee komme, es könne um mich gehen.

Und nun steht Greg in der Küche.

»Pass auf, Micha, ich hoffe, du hattest eine gute Zeit bei uns«, hebt er an, »wir hatten eine lange Reise durch den nächtlichen Monsun und am Ende auch noch Stress. Sonja will schlafen. Ich hab dir per Postkarte angekündigt, dass wir heute kommen. Wir gehen jetzt in ein Café und du hast eine Stunde Zeit, um hier klar Schiff zu machen. Packen, lüften, saugen, wischen, okay? Das ist nicht zu viel verlangt, denken wir. Ich versuche meine Frau davon abzubringen, dir ein Küchenmesser in den Bauch zu rammen, dafür dass du die ganze Wohnung zugequarzt hast. Wir sind Nichtraucher, Alter, und das wusstest du. Pack dein Zeug, bitte. Und nicht durchdrehen wie früher, darauf kann ich heute Morgen echt nicht.«

Sie ziehen sich vor das Haus zurück. Der Sohn ist aufgewacht, hat das Auto verlassen und geht ungläubig um den See herum, der hier über Nacht entstanden ist. Dann lässt er sich von seiner Mutter durch die Haare wuscheln und quengelt dabei. Will wahrscheinlich hoch in sein Kinderzimmer. Greg kommt zurück:

»Gib mir mal bitte gleich den Schlüssel, du kannst dann einfach zuziehen. Und von Sonja soll ich dir noch weitergeben, dass du einmal komplett die Wohnung streichst, wenn der Rauch nicht mehr aus den Wänden rausgeht. Sie möchte, dass du das abnickst. Ist okay, oder?«

»Alter, Greg, was ist denn los? Gut, dass du mir deine Frau nicht vorher vorgestellt hast.«

»Komm, keine Schulstunde jetzt. Du hast gehört, was ich gesagt habe.«

Ich pule ihm den Haustürschlüssel von meinem Bund. »Jetzt versteh ich auch, warum der Dachboden so aufgeräumt ist.«

»Okay, es ist viertel nach elf. Halb eins sind wir wieder hier. Und du bist weg.«

»Darauf kannst du dich verlassen. Ich muss nur noch die Streichhölzer finden.«

»Alter, ich warne dich!«

»Scherz. Du traust mir immer noch alles zu, was? Ich hab bloß den Keller geflutet.«

Auf der Straße stehen, das will keiner. Ich hab immer verstanden, warum sich die Menschen davor fürchten. Es geht um das Stehen. Wir müssen in Bewegung bleiben, geradeaus und den Berg hinauf. Mit aufgeschnalltem Rucksack, eine lederne Tragetasche in der Hand und die feste Rolle mit meinen Zeichenpapieren über der Schulter durchschreite ich das Kalkviertel. Auf den Gehwegen liegen Äste. Eine Ampel und die dazugehörige Kreuzung sind unpassierbar unterspült. Ich verlasse das Viertel im Nordwesten, dort, wo einmal eines der Stadttore gestanden hat.

Dahinter schöpft ein älteres Ehepaar eimerweise Wasser aus dem Inneren seiner Wohnung, und ich denke noch einmal an Gregs Ehefrau. Soll sie ihren Keller mal schön alleine auslöffeln. Oder berechtigt eine lange Rückreise aus dem Urlaub eine Familienmutter dazu, ihrem Gast direkt in den Morgenkaffee zu pinkeln? Ich bin überhaupt nur ruhig geblieben, weil ich Greg kenne. Weil ich es früher schon so gemocht habe, wenn er lauter wurde, als es sein Temperament eigentlich hergibt. Greg musste ja immer dazu angestiftet werden, Feuer zu zeigen. Im Grunde erkenne ich in seiner Ehefrau mich selbst wieder.

Mit einem durchgeschwitzten T-Shirt wische ich mir eine Parkbank trocken. Der Edelpenner mit der Zeichenrolle. Er legt sich lang hin und überlässt den Singvögeln die Initiative. Sie wirken, als seien sie nach dem langen Regen wieder zum Leben erweckt worden. Kurze Sprünge, Geflatter, Gesang. Eine Mutter kommt mit ihrem Kind vorbei und bittet es, sich neben mich zu setzen und die Schuhe auszuleeren. Sie redet laut, weil sie weiß, dass ich dem Kind dafür Platz machen, dass ich wenigstens die Beine anwinkeln müsste. Also tue ich wortlos, wie mir befohlen. Und erst als sie längst außer Sichtweite sind, beuge ich mich vor und sehe das Geschenk, das mir der Junge dagelassen hat: ein kleiner, heller Haufen Sand auf der nassen Erde.

Ich frage mich, wie er an diesem Morgen überhaupt an trockenen Sand kommt. Aber noch faszinierender ist der Haufen selbst. Immer wollen wir etwas Sichtbares hinterlassen, denke ich, deshalb drehen wir unsere Schuhe erst kurz über dem Boden um. Der Haufen ist das Gegenteil einer Spur, nichts an ihm ist listig. Die Spur will, dass jemand zurückfindet oder von anderen gefunden wird, die Spur ruft nach den Suchenden, dieser Sandhaufen hingegen bezeugt nur eine Episode aus dem Leben dieses Jungen, er häuft die Zeit an, die er an diesem Sonntagmorgen auf einem womöglich überdachten Spielplatz verbracht hat.

Mein Haufen muss ungleich höher sein, mehrere Monate habe ich auf der Baustelle verbracht, einen ganzen Sommer. Jetzt ist die Stunde gekommen, in der ich diese Zeit auskippe und mich davon befreie, selbst ein wandelnder Kalender gewesen zu sein, dem die Handwerker ihre unzähligen kleinteiligen Arbeiten auf die Kopfhaut kritzelten. Abzulegen ist das innere Maß, dieser verlängerte Arm von Zollstock, Wasserwaage und Vektorgrafik. Schluss mit den erwartungsvollen Gesichtern der Eigentümer, Schluss mit meiner sekundenkurzen Erleichterung, wenn ich irgendwas erfüllt habe, bevor die nächste Erwartung an mich gestellt worden ist.

Mein Haufen ist ein Haufen Palaver. Und jetzt bin ich die aufgebrachte Amsel da oben. Oder die Sirene, die sich über ihren Gesang legt, die Sirene eines weiteren Feuerwehreinsatzes aus der Innenstadt. Was ist das Leben bis eben gewesen, dass es jetzt Verlautbarungen trifft? Ich muss mich wieder verständlich machen.

Soll ich von dieser Parkbank direkt zum Stadion gehen und auf das Dienstagstraining warten? Dazwischen liegen etwas mehr als fünfzig Stunden, aber ich könnte ja so lange mit den Heiligen um den Platz laufen. Oder ich mache einen Abstecher ins Flüchtlingslager im Bruch. Zwischen Jul und Bea auf der Bettritze schlafen und mich jeden Morgen für meine Brust- und Barthaare entschuldigen. Zu Nuss in die Villa Bonbondach. Es gibt so viele Optionen. Über dem Vereinsheim am Sportplatz liegen zwei Gästezimmer, da sind allerdings derzeit Hospitanten aus Argentinien einquartiert. Oder wie früher, Sancho anrufen und in der Tischlerei auf dem Feldbett übernachten.

Marktplatz, Fischrestaurant, Mittagstisch. Ich bin vor Carla da, verstecke mein Gepäck eher, als dass ich es verstaue, unter meinem Stuhl und dahinter. Sie kommt in einem weinroten Trägerkleid pünktlich quer über den Platz, beide setzen wir nur für den Kuss die Sonnenbrillen ab. Sie klatscht eine Zeitung auf den Tisch. Sonderausgabe, lese ich.

»Ist das nicht peinlich, wie sehr sich der Mensch für das Unglück anderer interessiert«, sagt sie. »Eine Sonntagsausgabe nur für die Schäden der Nacht.«

Das Zeitungspapier ist an den Rändern feucht geworden. Vielleicht wurde es vor der Auslieferung getaucht, denke ich, im Namen der Authentizität. Ich blättere unaufmerksam herum, so wie ich es in den letzten drei Monaten immer getan habe.

»Glaubst du, die Leute leiten daraus ab, dass sie selbst Glück gehabt haben?«, fragt Carla. »Steckt in solchen Katastrophenbildern irgendein Trost?«

»Du, die spenden an den anderen sechs Tagen schon viel zu viel Trost. Das ist ihr Hauptanliegen. Aber gar nicht ihre Aufgabe, wenn du mich fragst.«

»So? Schade.«

Sie denkt nach.

»Wahrscheinlich hast du Recht. Ich kann die Dramatik einfach nicht ab. Als Hamburgerin. Mein Vater redet heute noch über die Sturmflut von 1962. Und warum hast du dein ganzes Zeug mitgebracht?«

Ich lächele mit geschlossenem Mund, versuche weder Kopf noch Körper zu bewegen.

»Sag nicht …«

»Doch. Steht komplett unter Wasser. Ich hab die Eigentümer noch in der Nacht angerufen, sie brechen den Urlaub ab. Jetzt ist grad die Feuerwehr da und pumpt den Keller aus. Die haben mich erstmal weggeschickt.«

Wir bestellen Zanderfilet und Apfelschorlen, und als der Kellner die Menükarten wieder an sich nimmt, präsentiere ich eine meiner Parkbankideen.

»Das Ladenlokal, mein ehemaliges Bauleiterbüro, das habt ihr doch noch nicht vermietet, oder? Meinst du, das ist frei?«

Carla streicht sich eine Haarsträhne hinters Ohr, schräger Blick.

»Was denn?«, frage ich. »Waren wir in der Nachtvorstellung und sind wir jetzt Draufgänger oder nicht?«

Sie zieht das Smartphone aus der Handtasche, ruft die Belegungstabelle auf, klickt sich durch ihr Adressbuch, telefoniert.

»Herr Bartels, ja, Mittermeier hier. Ich habe gerade nochmal das Ladenlokal für die nächsten drei Tage gebucht, kann ich mir nachher, ja, ich warte – wie bitte?« Sie streckt den Daumen in die Luft. »Ja, mein Cousin kommt überraschend zu Besuch, bin ich um vierzehn Uhr bei Ihnen und hol den Schlüssel ab … danke, bis später.«

Ich merke, wie der Strom fließt. Wie elektrisiert ich von beiden Lügen bin: Wegen eines Feuerwehreinsatzes muss

Carlas Cousin die Wohnung wechseln. Die Apfelschorlen stehen noch nicht mal auf dem Tisch.

»Keine Dauerlösung, aber immerhin«, sagt sie.

»Du musst dich nicht absichern.«

»Hmm?«

»Du musst mir nicht sagen, dass es keine Dauerlösung ist.«

»Doch, Herr Schürtz, das muss ich. Oder wie lange kennen wir uns schon?«

Das Ladenlokal im Parterre hat zwei Fenster zur Zufahrtsstraße, und trotzdem kostet es mich Überwindung, die Gardinen zuzuziehen. Sich zeigen, denke ich wieder. Den Oberkörper in die Hauseigentümerschaft strecken. Ja, ich bin's, Kondomautomatenkunde von 14:27 Uhr, Martinistraße, Ecke Gerader Weg. *Doch, Herr Schürtz,* wie kokett von ihr! Wir haben drei oder vier Stunden im Bett verbracht, die Cousine und ich. Zwischendurch Rührei, Kaffee und Fotoalbum. Aber noch um ein eigenes Bett zu wissen, das erleichtert den Körper, das macht den Sex sogar besser, weil die Erleichterung Teil der Geilheit wird. Und jetzt hab ich mir eine gekühlte Flasche Bier vom Spätkauf geholt und werfe einen kurzen Blick in die Regale und Küchenschränke, um darüber zu lachen, dass die Wohnküche bestückt ist, sie ist nicht anders bestückt als jede gewöhnliche Ferienwohnung oder Blockhütte im Schrebergarten auch: Warum denn bloß? Gedrechselter Korkenzieher, goldene Garderobenhaken, ein Papierschirmchen in der Ecke. Ich dachte, hier kommt ein Büro rein. Ist der Tinnef von Ahrens? Oder habt ihr Eigentümer hineingegeben, was eurem Geschmack nicht mehr standhält oder was ihr doppelt und dreifach besitzt (so wie eure Kinder manches Fußballabziehbild). Nicht einmal das Geschirrservice ist einheitlich. Hier kann man nicht lange bleiben, ohne selbst das Gefühl zu bekommen, ausrangiert zu sein. Soll man auch nicht. Ich nehm's genau so, wie es gemeint ist. Das Sofa ist bretthart, aber lang genug, um sich auszustrecken. Eine Wohnung wie ein Lokal, ein Lokal wie ein Schnellimbiss, in dem das gleißende Licht über den unbequemen Tischen einen anschreit: Schnell! Im! Biss! Und! Raus! Hier!

Ich finde das alles allzu großartig, Freunde. Nicht weil ich euch für die Übernachtung dankbar bin. Sondern weil mein Leben gerade zu schnell ist für diese Alltäglichkeit. Weil ich gerade Sex hatte, wie ich seit Jahren keinen Sex gehabt habe. Fernab aller Standardsituationen. Da liegt noch der Rest ihres Mittagessens im Kühlschrank. »In die Zeitung von heute wird der Fisch von morgen eingewickelt«, hat der Kellner gesagt, weil er unsere gute Laune bemerkt hat, und das ess ich jetzt direkt mit den Fingern, die eben noch in ihr gewesen sind. Leck mich ab, sagen die Finger. Schlürf und saug mich aus, sagt die Zeit. Danach erst dusche ich, und im Anschluss mache ich mir das Bier auf. Und dann sind die 48 Stunden noch lange nicht um. Ihr wollt, dass ich wieder verschwinde? Wisst ihr, was das Allerschönste an dieser Nacht ist: Ich tue euch den Gefallen, Freunde des Liebesgrundes. Morgen ist das alles hier wieder genauso geschmacksblind und ungemütlich, wie ihr es wollt, keine Bange, morgen bin ich raus und hab damit nichts mehr zu tun, weil mich Carla eingeladen hat, fürs Erste zu ihr zu ziehen und ihr Gästezimmer zu bewohnen. Morgen ziehe ich hoch, versteht ihr das, Leute, ich ziehe dahin, wo gevögelt wird, und ich nehme euch nicht übel, dass ihr's nicht erkennt oder kapieren wollt, weil ich's ja selbst noch kaum glaube, aber was hier so schön gegen die Bierflasche dengelt, das ist: ihr Wohnungsschlüssel.

Lichtsirup

Ich hatte nur fünf Minuten in der Wohnung verbracht, aber als mein Vater mich auf dem Laubengang abstellte, als er meinen geliebten schwarzen Dufflecoat vom Haken riss und ihn zu mir rauswarf, um die Tür in meinem Rücken zu verriegeln, war es plötzlich Abend geworden. Ich ging durchs Wohnviertel, die Hände in den Taschen vergraben. Die letzten herabgefallenen Blätter kratzten, von der Winterkälte gekrümmt, über den Fußweg, wenn der Wind sie erfasste. Eine Zeit lang saß ich am Rand des Überlaufbeckens, auf dem wir in ein paar Wochen wieder Schlittschuh laufen würden. Am liebsten hätte ich mich mit einem wildfremden Menschen geprügelt. Was war passiert. Hasste ich jetzt meine Mutter. Liebte ich den Sportverein von ganzem Herzen. Wenn ja, warum. Was hatte meine Mutter mit dem Prinzen zu tun. Ging er auch in die Rote Laterne wie Roleder. War ich mutig gewesen. Welche Rolle spielten Gerwin, Prinz und Roleder, die ich oft genug als gescheiterte Existenzen betrachtet hatte, für meine Zukunft.

Zwei große Biere ging ich in der nahegelegenen *Schäferstunde* trinken und ließ mir einen Stift geben, um die Antworten auf meine großen Fragen auf den Bierdeckel zu schreiben. Das hatte ich von meinem Tischlermeister Sancho gelernt. Jede ellenlange Erörterung könne man zusammenschrumpfen lassen, bis sie nur noch einen Halbsatz ausmachte und auf einen Bierdeckel passte. Sei kompromisslos, hatte Sancho gesagt.

Die Voraussetzung war, das spürte ich jetzt, dass man überhaupt Antworten hatte. Oder sie fand. Ich schmiss einen Bierdeckel nach dem anderen unter den Tisch.

Draußen an der Kreuzung vor der *Schäferstunde* wurden abends die Ampeln abgeschaltet, und just an diesem Abend kam es zu einem Auffahrunfall. Es gab keine Verletzten, aber weil alle Gäste rausgingen, bestellte ich mir noch ein drittes Bier und trat mit dem bauchigen Bierkelch zu ihnen auf die Straße. Der vordere Wagen hatte gebremst, ein Tier war über die Straße gehuscht. Der Fahrer konnte nicht genau sagen, was für ein Tier es gewesen war, stellte aber Vermutungen an. Fuchs, Marder, Katze. Der andere, der ihm draufgefahren war und laut Verkehrsordnung die Schuld trug, fing bald an, ebenfalls Tiergattungen vor sich hin zu grummeln, Waschbär, oder Dachs, vielleicht ein Wildschwein, was?

Ich weiß noch, ihr Karneval der Tiere streute kurzzeitig etwas Licht in mein Ian-Curtis-Hirn. Dann lief ich aber über die Brücke in die Innenstadt, und schon wurde alles wieder dunkel, aus Tieren wurden Kadaver, meine Mutter presste das Fleisch in Därme, machte Würstchen daraus. Sigrids Sätze am Sportplatz, nicht zu fassen! Dazu das späte 1:1 von EinTracht Prügel, die ganze Ungerechtigkeit der Welt war heute über mir ausgekippt worden. Die Brücke hieß offiziell Ullbrücke, aber der Fluss war schnell überschritten; was wirklich Raum einnahm, war der Betriebsbahnhof mit seinen verzweigten Abstellgleisen. Mitten auf der Brücke konnte man über ein niedriges Tor auf eine Eisentreppe gelangen und hinabsteigen zwischen die Gleise. Es gab da unten zwischen dem Gestrüpp zwei Holzschuppen, in denen die Weichensteller gesessen hatten, bevor die Signale im Bahnhof zentralisiert wurden. Erst im Sommer hatte ich mich in einem der Schuppen zum Roth-Händle-Rauchen mit ein paar Berufsschülern verabredet und war nach zwei Kippen umgekippt vor Übelkeit, auf ein räudiges Sofa, das durchtränkt war vom letzten Gewitter. Das Sofa stand noch am selben Ort, natürlich. Es war zu kalt, um darauf zu warten, dass jemand auftauchen würde. Und sowieso, alles Arschlöcher heute. Im Schuppen sämtliche Bierflaschen: leer.

In der zweiten Querstraße hinter der Brücke stand die Gastwirtschaft, in der sich mein Vater jeden Mittwoch und Sonntag zum Skatspielen traf. Dienstags und freitags ging er noch woanders spielen. Ich trat ein, weil ich unbedingt wissen musste, ob er trotz meiner Horrorszene noch das Haus verlassen hatte. Ob er es fertig brachte, seine Frau an diesem Abend allein zu lassen.

Ja, das tat er. Später dachte ich oft daran als eine dritte Unverschämtheit des Tages. Sigrids Aussetzer, mein Ausraster, Vaters Ausreizen. Er saß einfach am Tisch, als sei nichts geschehen. Ich bat ihn um ein Darlehen. »Hau ab«, sagte er, und etwas weniger grob: »Willst du denn noch hin.« Seine Fragen hatten nie ein Fragepronomen und auch kein Fragezeichen, weil er gar keinen Wert darauf legte, in ein Gespräch zu geraten. Er griff in die Innentasche seines Jacketts und gab mir zehn Mark. Jemand rief »Uwe, lass dich nicht so lumpen«, und dann setzte ein Gegröle ein, in dem ich nur verstand, dass mein Vater am Gewinnen war. Vielleicht spielten sie um mehr Geld, als ich bis dahin angenommen hatte. Es war mir völlig egal.

Der Wirt winkte mich heran und gab mir ein kleines Bier aus, Nullkommadrei, und nachdem ich es gestürzt hatte, machte er einen Strich auf den Deckel meines Vaters. Vor der Gastwirtschaft zog ich meinen eigenen Bierdeckel aus der Manteltasche, den ich final in der *Schäferstunde* bekritzelt hatte. Es stand nur das Kürzel SdRL drauf, was bedeutete, dass ich die Straße der Roten Laterne aufsuchen wollte, ich hatte es schon wieder vergessen.

Oh Mann, mein Vater. Aufgewachsen als Einzelkind in einem doppelten Matriarchat mit seiner Mutter und deren Zwillingsschwester, in dem er nichts zu sagen gehabt hatte. Überhaupt war Sprechen nicht sein Ding.

Stattdessen rollten schon in seiner frühen Kindheit nach jedem Mittagessen die Kniffelwürfel über den Tisch. Dazu um sechzehn Uhr Canasta, am Abend das Skatblatt. Die beiden Frauen konnten stundenlang ohne Essen und Trinken auskommen, wenn nur die Spielkarten ausgeteilt wurden. Seine Mutter war Kriegswitwe, die Tante hatte überhaupt nie einen Mann berührt und hätte Uwe am liebsten sogar daran gehindert, eine Ausbildung zu machen. Mein Vater begann, Angst vor dem Zugriff durch seine Tante zu entwickeln. Er wurde dann doch Bürokaufmann, lernte

Gleichaltrige kennen, hatte Freunde. Aber niemals vergaß er, dass er zu Hause als Spielpartner gebraucht und dafür gehätschelt und kulinarisch verwöhnt wurde. Nach Feierabend und die Wochenenden hindurch wurde gespielt, gespielt, gespielt.

So lernte Sigrid einen jungen, adretten, sympathischen Mann kennen, der sich in eine Welt der Zahlen verirrt hatte. In seinem Kopf lief eine endlose Kassenrolle ab, darauf Zahlenkolonnen, Kartenwerte, Additionen und Wahrscheinlichkeiten, die von immer neuen Würfen und Blättern genährt wurden. Und er konnte auch nach ihrer Hochzeit nicht aufhören zu spielen. Auf der Arbeit hatte er neben den Büroutensilien immer ein Skatblatt in der Schublade, mit dem er die Stiche des Vorabends nachspielte, und als ich zehn Jahre alt war, hörte ich einmal nachts seine Stimme, die durch die geschlossene Küchentür drang. »Und den, und den noch, und dann den!« Ich war mir sicher gewesen, dass mein Vater schlafwandelte und in der Küche gerade begeistert ein Traumspiel aufführte.

Er konnte einfach nicht abschalten.

Sigrid schimpfte nur auf diese Zustände, weil sie ihn liebte. Sie wusste, dass sie ihn nicht von den Zahlen erlösen konnte. Er liebte sie auch, auf seine zurückhaltende, sprachlose Art.

Rotlicht macht dumm, sagte man bei uns immer. Und es war allerdings ein seltsames Gefühl, an diesem Abend ins *Einsame Herz* einzutreten, ich ging wie durch eine rote Flüssigkeit, einen Lichtsirup, an dessen Ende der kolossal rote Tresen stand. Dort saßen zwei Frauen auf Barhockern und schlugen ihre hellroten Beine übereinander, an denen sie dunkelrote Netzstrümpfe trugen. Es war wirklich, als würde mir das Rot durch einen Trichter ins Auge gegossen. Ich zog meinen Mantel aus, legte meine zehn Mark auf den Tisch und sagte schnippisch: »Was krieg ich dafür?«

Das schlug ein wie eine Bombe. Es war natürlich erheiternd gemeint, aber die Frauen kamen aus dem Lachen gar nicht mehr raus, und ich lachte einfach mit, streute sogar weitere Kommentare ein, damit ihre Freude nicht versiegte, »wieso«, sagte ich, »das sind immerhin zehn Mark« und »ist das etwa nix?«, »bekomme ich mal ne Antwort?«

Irgendwann knallte ich meine blutrot getränkte Faust auf den Tresen: »Schluss jetzt, Kriminalpolizei, wo ist Roleder?« Da konnte eine der Frauen gar nicht mehr, sie hielt sich eh schon die ganze Zeit die Hand vor den Mund, rutschte nun aber vom Hocker, ging in die Krümmung, schaffte es bis zum Plüschteppich und legte sich kreischend darauf ab.

»Also los, einen Drink, das, was ihr hier so trinkt«. Vielleicht war mein Tonfall auch dem Licht geschuldet, ich war völlig enthemmt, und die Frauen begannen bald, mich dafür zu mögen, sie nickten, eine gab mir einen Kuss aufs Ohr, als wäre ich ein funkelndes Ereignis in ihrem roten Sirup. Die sich auf dem Teppich gekrümmt hatte, war entweder zur Toilette oder zu einem Freier aufs Zimmer gegangen, um wieder zur Besinnung zu kommen.

»Ein Roleder arbeitet hier nicht«, kam von irgendwoher die späte Antwort. Die Tresenkraft trug eine Tina-Turner-Perücke und stellte ein sehr hohes Glas Sekt vor mir ab.

»Süßzeug?«, rief ich beleidigt. »Bah!«

»Zapf unserem Kommissar mal n Bier, ich bin übrigens Derry. Wie alt bist du?«

»Freut mich, Micha.«

Die Frage nach dem Alter ignorierte ich.

»Noch weitere Fragen ans Personal?«

»Erst mal nicht, oder doch: Kennt ihr den Prinzen?«

»Ich kenn einige Prinzen«, sagte die Tresenfrau.

»Ach, vergiss es.«

»Hey, du bist ganz schön altklug, mein lieber Micha. Hast du denn mehr mit als deine zehn Mark?«

Sie steckte sich eine Zigarette an, hielt mir die Schachtel hin, ich griff sofort zu. Dann hüllte sie mein Bierglas in den Rauch ihres ersten Zuges:

»Nu trink mal und komm bisschen runter.«

Lieber nicht. Mir war von Sekt und Licht schlecht geworden, ich durchkreuzte die leergefegte Fußgängerzone, ging quer über den Marktplatz, vorbei an St. Petri und über den Wall. Es war kalt, knapp über der Frostgrenze wahrscheinlich, Tina-Tresen-Turner hatte mir noch ein Bier mitgegeben. Es schmeckte nach Mitleid.

Im Steinpark saßen nachts nur die Trinker, die wussten, dass sie vom Trinken aggressiv wurden. Tatsächlich grölten und grummelten sie hinter mir her, aber sie hätten mich niemals eingeholt. Auf den Park folgte eine Kolonie, in deren Schrebergärten kein einziges Licht mehr brannte, auch die Laternen an den Wegen waren aus. Der Auffahrunfall fiel mir wieder ein, die Wege waren hier niedlich nach Tieren benannt, Igelweg, Drosselpfad. Ein Platz, an dem sich vier Wege trafen, hieß Bienenkorb. Ich setzte mich auf den Boden, Schneidersitz, die Hände zu Blumenkelchen geöffnet. Ich dachte an die Hummeln im Hintern meiner Mutter. An ihre Ruhelosigkeit. Trotz oder wegen der Krankheit. Ihr Tatendrang. Immer volle Kraft voraus. Als ich begann, sie in Schutz zu nehmen, rumorte mein Magen wie eine Gegenkraft und ich verspürte plötzlich einen sagenhaften Hunger.

Ich stieg in einen Garten ein und begann, an der zugehörigen Laube herumzumachen. Selbst Schuld, Leute – ein Fenster stand auf Kipp. Es dauerte unendlich lang, aber dann hatte ich es geöffnet. Im Kühlschrank der Laube standen zwei große Dosen Bier, ein Glas Sülzfleisch und eine Dose Corned Beef, selbstöffnend mit Drehschraube. Es war genau das, was ich suchte. Ich nahm mir eine Gabel, stieg durchs Fenster ins Freie und setzte mich in die Hollywoodschaukel.

Diese beiden Biere wirkten. Irgendwann fiel ich in die Waagerechte, aber es war zu kalt, um liegen zu bleiben – ich hätte eine Decke suchen müssen und hielt das plötzlich für den allerspießigsten Gedanken der Welt, und überhaupt, diese Gartenparzellen –, also rollte ich mich aus der Schaukel zu Boden, kam über die Knie auf die Beine, riss mir am Zaun die Hose auf und war zurück auf dem Weg.

In der Jackentasche ein paar Mark, mein Schlüsselbund.

Ich hatte einen Schlüssel für Sandras Wohnung, aber wir hatten seit fast zwei Wochen kein Wort gewechselt, und in diesem Zustand konnte ich sowieso nicht zu ihr. Auch für die Tischlerei hatte ich einen Schlüssel, aber bevor ich im Industriegebiet angelangte, war ich sicher erfroren. So ging ich hadernd an den Teichen hinter der Schrebergartenkolonie entlang, umhüllt von völliger Stille und Dunkelheit. Nach einer Viertelstunde Fußweg sah ich rechts durch die Bäume ein erstes Licht, ich hatte die Stadt umgangen und stieß zurück auf die Stadt. Und schritt wenig später durch das offene Eingangstor am Stadion, den leicht abschüssigen Parkplatz hinunter, auf die schwach erleuchtete Vereinskneipe zu. Es war nicht zu fassen. Trainer Roleder saß mit drei anderen Fußballtrainern am Tresen, und was taten sie? Sie würfelten. Sie knobelten. Ich hatte gedacht, *sie* würden Augen machen über meinen Besuch, aber meine Augen waren größer.

Das Spiel war schnell erklärt, es hieß *General*, und für ein paar Momente dachte ich, es handele davon, die Herrschaft über das eigene Leben wiederzugewinnen, dachte also, ein Würfelspiel könne von irgendetwas handeln, es habe eine Botschaft, eine *Message*, wie wir damals schon sagten. Ich kam also an und war schon am Ende, und hier saßen die Männer, die wussten warum. Deshalb war es unzulässig, sie mit meinem Vater zu vergleichen, obwohl ich den Gedanken nicht loswurde, dass er womöglich nur auf dem Klo war und sich gleich zu uns gesellen würde, um mitzuwürfeln. Wir spielten ums Weitersaufen, der Verlierer gab die nächste Runde Bier aus. In dieser Nacht wäre ich auch von ihnen eingeladen worden, hätte ich Geld bei mir gehabt, aber so wie die Dinge lagen, mussten sie mich sowieso aushalten. Ich griff in die Hosentasche und zählte nach, noch sechs Mark fünfzig.

»Wonach riechst du, Micha, du riechst irgendwie ...«

»Lass mal sehen.«

Sie beschnupperten mich.

»Muschi«, sagte ich.

»Quatsch, du bist geräuchert«, sagte Piet, Trainer der Dritten Herren.

»Das ist Corned Beef«, schrie ich.

Schreien kam gut. Auf den Boden der Vereinskneipe speicheln, wenn der Kellner nicht hinsah, kam gut. Passiert im Verein, bleibt im Verein, hatten wir uns auf Mannschaftsfahrten immer geschworen. Happens on the road, stays on the road.

Wie viele Biere sie mir voraushatten, spielte keine Rolle, jetzt tranken wir parallel. Nach zwei weiteren Pils drehte sich schon die Kachelwand vor mir, als ich am Pissoir stand. Ich lachte, ich schrie, ich grölte: *To the centre of the city in the night, waiting for you.* Es war der Tag, an dem sich meine Mutter so daneben benommen hatte, dass ich einen Freibrief hatte. Kein warnendes, auch kein tröstendes Wort von Roleder und den anderen. Nur Bier. Ich spielte nach dem ersten Kotzen noch weiter, Übelkeit im Mund. Aber ich saß schon nicht mehr auf dem Hocker, als mir jemand erzählte, dass Hans-Jürgen jetzt los müsse, wahrscheinlich war es Hans-Jürgen selbst, er trat einfach durch die Glastür vor das Vereinsheim, atmete ein paar

Mal Nachtluft und ging dann hinüber zu seinem Auto auf dem Parkplatz, stieg ein, setzte zurück, fuhr.

Das war die Szene, die mich endgültig plättete. Wie viel Bier hatte er gehabt? Zehn, zwölf, vierzehn? Ich erhole mich nicht mehr von dieser Frage. Vielmehr rutschte ich beim Wurf mit dem Würfelbecher ab und ging vor dem Tresen in die Knie. Schlug mir dabei das Schienbein auf, an dieser verhassten schmiedeeisernen Stange vor dem Tresen, auf die Kleinwüchsige ihre Füße stellen können. Blut sickerte durchs Hosenbein meiner Jeans, und dann übergab ich mich wieder, dieses Mal in die Yukka-Palme links vom Tresen, zwischen die Kügelchen der Hydrokultur.

Roleder und Hering trugen meinen Körper aus dem Schankraum ins Freie, legten mich ins feuchte Gras, hoben mich erneut – auf den Steinstufen um den halben Sportplatz herum, was ich nur weiß, weil wir an die Tribüne kamen, gekommen sein müssen, denn Roleder klopfte an die Tür des Kabuffs, die auch geöffnet wurde.

Die Stimme des Prinzen. Hering flößte mir Wasser ein. Woher er's nahm, keine Ahnung. Der Prinz und sein Kabuff. Palaver nonstop. Das nächste, was ich sah, war eine nackte Frau. Sie kam unter der Tribüne hervor, fluchend, mit wehendem Haar, »Schugga, eine Ausnahme«, rief der Prinz ihr hinterher, »Schugga, ich meld mich«. Vielleicht war es auch Roleders Stimme. Ich wurde einquartiert. Der Radiator summte. Die Tür zum Kabuff schloss sich und meine Augen gingen nicht mehr auf.

Als die Erinnerung an diese Nacht einsetzte, hab ich schon befürchtet, dass ich mich in Chronologie und Einzelheiten verausgaben und danach kaum genug Kraft haben würde für den Morgen danach. Dabei versetzte der Vormittag mir den letzten Schlag. Ich hatte also in der unteren Koje geschlafen und war mit den Geräuschen des Autoverkehrs erwacht, Reifenprofile auf nasser Straße, anfahrende Busse. Es fiel zu wenig Licht durch das winzige Fenster, als dass man auf die Uhrzeit schließen konnte. Was ich zuerst sah, war der breite Rücken des Prinzen. Er sah aus wie ein Fischer, weil er dabei war, ein Netz zu flicken. Das klingt nach Fußballkitsch, aber so war es, der Prinz saß am Werktisch, und im Kabuff lagen, quollen, türmten sich bis vorn zur Tür die grünen Tormaschen. Vielleicht zehn Minuten lang lag ich da, klappte nur den Kiefer auf und zu, um meinem Kopfweh nachzuspüren.

Dann klopfte es. Der Prinz erhob sich sofort, als erwarte er Besuch. An der Tür war er doch überrascht, die junge Frau konnte er überhaupt nicht kennen. Sie sprach sehr leise. Auch der Prinz habe sie gerade so verstehen können, sagte er später: »Hübsches Mädchen, aber mimimi, im Namen meiner Mutter, mimi, für den gestrigen Vorfall.«

Seine Stimme habe ich überhaupt nicht gehört, ich glaube nicht, dass er Jul antwortete. Als der Prinz die Tür schloss, hatte er eine Weinflasche in der Hand, an der mit Draht drei Gerbera befestigt waren. Er füllte eine Karaffe mit Wasser, stellte die Blumen vor meine Schlafkoje, die Blüten keine zwanzig Zentimeter von meinem Kopf entfernt. Ich tat so, als würde ich schlafen.

»Blmmmwei«, hatte er im Krankenhaus gesagt. Blumen und Wein. Ich hab es doch noch übersetzen können. Meine Mutter hatte Jul vorgeschickt, und auch später hat sie es nicht geschafft, sich persönlich beim Prinzen zu entschuldigen.

Nicht so schlimm, könnte ich jetzt sagen. Denn hat nicht unsere Gegenwart jede Entschuldigung über das »Tut mir leid« bis hin zum »Sorry« abgeschliffen und schließlich abgeschafft? Insofern hätte meine Mutter ja eine Tradition begründet. Aber damals dachte ich anders. Ihr Verhalten vertrug sich nicht mit ihren Predigten, zu gern forderte sie Demut, Zurücknahme, Bescheidenheit ein (obwohl man als Jugendlicher verdammt andere Sachen im Kopf hatte), sie war es ja, die darauf drang, dass man sich seine Fehler eingestand und sie auch vor anderen zugab. Wenn Sigrid es nun selbst nicht schaffte, sich in einem solchen Fall zu entschuldigen, war sie damit an ihren eigenen Ansprüchen gescheitert. Dann war sie nur ein Großmaul, und das nahm ich ihr wirklich übel.

Ich weiß noch, mit dem Prinz habe ich am selben Tag darüber gelacht, lachen wollen, alles lächerlich finden wollen, aber mir war überhaupt nicht danach zumute.

Trotzdem wurde ab hier alles einfacher. Ich spürte, dass mich ausgerechnet Sigrids kindisches Verhalten zum Erwachsenen machte. Ich musste aktiv werden. Der nächste Schritt war, auf Sandra zuzugehen und mich mit ihr zu versöhnen. Sie zu fragen, ob sie mit mir weggeht. Und wenn nicht, ginge ich allein.

Anpacken

Den Hauseingang teilen sich ein Club, dessen Besitzer seit Jahr und Nacht mit der Nachbarschaft um zulässige Lautstärkepegel streitet, und meine alte Arbeitsstelle, das Architekturbüro Höttges & Bracht. Ein Barmann schleppt gerade frische Bierkisten durch die Tür und nach links, rechts hinter dem Empfangspult sitzt Ann und muss den Summer gar nicht drücken. Smarte, kleine, dralle Ann und ihr langgestrecktes »Naaa?«.

»Dass du immer noch hier bist«, sage ich, wobei ein Teil der Verwunderung sofort den Abenden gilt, an denen wir miteinander geschlafen haben. Lange her.

»Heute bin ich nur deinetwegen noch am Platz«, sagt sie.

»Ja, ist etwas später geworden.«

Auf dem Tresen vor ihr liegen Visitenkarten aus. Ann ist von einer Kontakterin zur Senior-Kontakterin aufgestiegen.

Mein Ziel habe ich erreicht, das Büro im Hintergrund ist fast leer, und wer von meinen ehemaligen Kollegen jetzt noch arbeiten muss, wird sicher keine Zeit dafür opfern, mir auf den Wecker zu gehen. Die sollen mich mal schön in Ruhe lassen. Alle Möbel, die nicht auf dem Sperrmüllhof gelandet sind, hab ich im Transporter. Davor, auf dem Hof der Kulturbrauerei in Berlin-Prenzlauer Berg, steht mein Beifahrer und alter Studienkollege Andreas, der Einzige, den ich auf die Schnelle erreichen konnte, als ich diesen Trip plante, und raucht.

Ann guckt über ihren Brillenrand hinweg, als wir den Plüschsessel an ihr vorbeitragen. Sie gehört selbst zum Inventar, denke ich, Biedermeier, denke ich, andererseits: Vielleicht ist allein sie für den Hilfsdienst verantwortlich, für diese generöse Geste, die mir nichts sein soll als eine weitere Schmach.

Im großen Kellerraum haben sie eine Ecke für mich freigeräumt. »Ausgerechnet bei Höttges, was?« Andreas liest meine Gedanken, das macht er schon den ganzen Vormittag. Er kennt meinen alten Chef nur flüchtig, von einem einzigen Projekt, aber wie wollte ich ihm widersprechen, wenn er sagt, das habe ihm schon gereicht. Ich bin sogar schon mit Höttges zur Abendschule gegangen, zwischen 15 und 20 haben wir ganz ähnliche Lebensläufe hingelegt. Der Unterschied ist, dass die alte Stahlbirne sich danach durch alle Wände gerammt hat.

Andreas sieht auf die Uhr seines Smartphones, er habe ein Date. Er lasse mich nicht gern mit meinen Erinnerungen allein in diesem Abstellraum zurück, aber bis 19 Uhr schaffe er es sonst nicht nach Neukölln.

»Dann hau ab. Ich such mir jemanden. Vielen Dank für alles.« Ich nehme ihn in den Arm und haue ihm auf die Schulter, und er haut zurück.

»Meld dich halt, wenn du wieder da bist«, sagt er. Und dann winkt er schon vom Ausgang Knaackstraße. Schade, dass er jetzt nicht durchhält, dann wäre es eine runde gemeinsame Sache gewesen, so was ist dann auch runder in der Erinnerung. Mein Handy summt, aber ich gucke nicht drauf. Hätte ich Andreas nicht trotzdem hundert Euro in die Hand drücken müssen? Schließlich ist er seit sieben Uhr im Einsatz, hat mir dabei geholfen, die ganze Wohnung zu entrümpeln. Aber ich schätze, er ist nicht der Typ, der dafür Geld will, womöglich denkt er noch nicht mal daran. Er ist ein viel beschäftigter Grafiker geworden.

»Und jetzt«, fragt Ann.

»Jetzt rauch ich erst mal eine. Und wo du schon so lange auf mich warten musstest: Heute Abend schon was vor?«

»Nein.«

Und nach einer Pause:

»Aber ich bin liiert.«

»Das – klingt – ja – schrecklich.«

»Du, Micha, es sind alle los und ich wollte dann auch irgendwann mal nach Hause.«

Drüben im Kesselhaus bauen ein paar bärenstarke Roadies für ein Konzert auf. Sie haben keine Zeit, der Techniker scheucht mich sogar weg. Auf dem Fußweg vor der Brauerei spreche ich einen Passanten an. Volltreffer, ein Berliner. Fettige Haare, offenes Holzfällerhemd und rote Arbeitshose, schon den ganzen Tag gebuckelt, aber er kommt sofort mit, redet dabei vor sich hin wie eine Radiowerbung, »Anpacken ist mein zweiter Name«, »Denn zeisch ma her, was du nich wegschmeißn kannst«. Ich ahne, dass diese Hilfsbereitschaft nicht völlig bedingungslos ist, dass die Stimmung sofort umschlagen kann, wenn das Gewicht seinen Ansprüchen nicht genügt.

Unter dem Holzfällerhemd trägt er ein T-Shirt, auf dem in großen Lettern *Eisern Union* steht, möglicherweise bin ich an einen der Jungs geraten, die in Köpenick ein ganzes Stadion umgebaut haben, da wird er sich mein Sofa gleich alleine auf den Rücken legen. »Dit kriegn wa scho.« Er sagt es mehr zum Möbel als zu mir. Und so wuppen wir Sofa, Küchentisch, lange Regalbretter und ein paar großformatige Bilder übers gepflegte graue Linoleum in den Keller. Mein Kompagnon pfeift dabei nicht, keucht nicht. Er arbeitet mir zu – und damit ist es gut. Dann gibt er mir die Hand und sagt: »Allt schick? Denn schönen Abend noch, ihr Süßen.«

»Dir aber ooch«, berlinere ich ihm hinterher. Meine Gedanken sind noch minutenlang bei ihm, bei den wenigen Worten und Handgriffen, mit denen er das Berlinerische zum Ausdruck gebracht hat. Die Bodenständigkeit, die Selbstironie, der unbedingte Einsatz für eine lebbare Normalität. Ein Mensch, der mit wenig zufrieden ist, weil es – in seinem Lichte betrachtet – gar nicht so wenig ist. Dem du nichts vormachen kannst, weil er schon mit jedem Baustoff zu tun gehabt hat. Und der tatsächlich lieber anpackt, als dass er die Finger stillhält. Vielleicht ist es das, was ich in meiner Heimatstadt am ehesten im Fußballverein sehe. Oder dort vermute. Soziale Intelligenz, fernab von Sozialromantik.

»Dann kann ich jetzt abschließen, Micha?«, fragt Ann. Mein Handy summt und auf der offenen Ladefläche des Transporters stehen und liegen jetzt nur noch die Dinge, dic ich mitnehmen will. Meine heilige Waschmaschine, die Schreibtischplatte und das Eiermann-Gestell, der kleine senfgelbe Lesesessel. Ein paar ausgewählte Schallplatten, weil Carla einen guten Plattenspieler für ihre Deutsche Grammophon-Sammlung besitzt. Zwei Kartons mit Büchern. Und das war's.

»Komm, los«, sagt Ann, »sonst geht der Pförtner auch noch nach Hause.« Sie steigt in den Bus, und als wir vom Gelände rollen, schlägt sie vor, doch ein Bier zu trinken, das hätte ich mir wohl verdient. Womit, frage ich mich. Ich habe keine Lust, mit ihr zu reden. Mit dem Union-Typen würde ich ein Bier trinken wollen. Vielleicht bin ich im Herzen immer Sanchos Tischlerlehrling geblieben, oder ein Möbelpacker, der kein Problem hat, einen zweiten Möbelpacker zu finden. Das ist mein Vermächtnis. Und was wäre so schlimm daran?

Ann und ich reden oberflächliches Zeug. Sie ist ein schwacher Mensch und kann nur in den wenigen Mustern denken, die sie sich zu mir angefertigt hat. Meine damalige Geilheit, der nahezu brutale Sex, meine Wutausbrüche im Büro. Zwischen den Laken hatte sie regelmäßig alle Loyalität gegenüber Höttges fahren lassen, im Büro aber immer vor ihm gekuscht.

»Jetzt muss ich aber echt mal telefonieren.« Ich stehe vom Tisch auf und gehe die Straße ein Stück gen Süden, an Falafelstand und Papierladen vorbei. Warum ich mich nicht melde. Was passiert ist. Wo Tobi ist. Wann genau. Ob wir die Polizei einschalten müssen.

Carla ist vollkommen außer sich.

Sie schreit nicht, sie keift. Eine Belastungsprobe, die ich nicht erwartet habe, in den letzten drei Stunden, in denen ich nicht abgenommen oder auf ihre SMS reagiert habe, hat sich vieles angestaut. Ja, es war meine Idee gewesen, Tobi mitzunehmen nach Berlin, er wollte mir für ein gehobenes Taschengeld beim Packen und Tragen helfen, er ist mitten in der Nacht mit mir aufgebrochen, auf der Autobahn wieder eingeschlafen, und morgens um neun hab ich ihm hundert Euro in die Hand gedrückt, damit er einen Bäcker auf der Schönhauser Allee suchen geht. Er ist nicht zurückgekehrt. Ich hab geahnt, dass es schiefgehen könnte, dass der Junge mir mal so richtig eins auswischen will, jetzt, wo ich mit seiner Mutter geschlafen habe und auch noch in die Wohnung dränge. Ein normaler Reflex, nachzuvollziehen für den Fünfzehnjährigen, der ich einmal war. Aber davon rede ich nicht.

Carla hat sich noch nicht gefangen. »Er kennt doch überhaupt niemanden«, sagt sie, und mir fällt nichts anderes ein: »Vielleicht doch, denk noch mal nach.« »Ich denke seit Stunden nach, während du – wie kannst du ihm hundert Euro geben??«

Das Gespräch dreht sich eine halbe Stunde lang im Kreis. Irgendwann bin ich sogar dabei, die Reise zu rechtfertigen. Die Steuernachzahlung, die mir endgültig klar gemacht hat, dass ich die Wohnung in Berlin untervermieten oder abgeben muss. Der Hauseigentümer, der keine Untervermietung duldet, weil er bei Neuvermietung die Miete hochsetzen kann. Und von dem ich weiß, dass er einen Nachbarn dafür verklagt hat, drei Erasmusstudenten aus Madrid ins Haus geholt zu haben. Mir ist, als hätte ich Carla schon dreimal davon erzählt, aber das stimmt nicht, vieles ist neu für sie, wir haben uns einfach noch zu wenig Zeit genommen für unsere Backstorys. Sie will gleich wissen, wie viel Steuern ich nachzahlen muss, »aber ja«, sage ich, »natürlich komm ich finanziell klar, was denkst du denn von mir?«

Nach einer kurzen Sprachlosigkeit finden wir zurück zu Tobi. Ich verspreche Carla, die Parks im Prenzlauer Berg nach ihrem Sohn abzusuchen. Ich sage ihr auch, dass ich ihn möglicherweise nicht finden werde, und dass er trotzdem spätestens übermorgen bei ihr auf dem Fußabtreter stehen wird. Das ist mein sicheres Gefühl. Gerade auch wegen der hundert Euro, ja.

Währenddessen befinde ich mich schon auf dem Rückweg zur Kneipe. Carla möchte ab jetzt jede Stunde einen Anruf, mindestens. »Die Sorgen einer Mutter, die musst du erst noch kennenlernen«, sagt sie. »Ich bin dabei«, sage ich, »und ich vermisse dich ebenso wie du deinen Sohn.« Dummer Vergleich. Weil Vergleiche dieser Art immer dumm sind. Und weil ich nicht weiß, wie man dieses Gespräch beendet. Carla atmet laut, aber sie steckt den Satz weg: »Dann such ihn.«

Ann hat einen Zettel unter ihr Cocktailglas geklemmt, bevor sie gegangen ist. »Nehmen ohne zu geben, Micha, you don't change.« Was für eine dumme Person. Immerhin bereue ich die letzte Stunde jetzt so richtig. Vergeudete Zeit, in der ich Tobi hätte suchen sollen.

Sonnenloch

Die Außenjalousie ist heruntergelassen, aber durch die Löcher in den Lamellen fällt Licht ins Zimmer. Carla steht in der Tür. Sie verzieht die Mundwinkel, meine große Schreibtischplatte missfällt ihr, und dass ich eine eigene Pendelleuchte mitbringe, hat sie auch nicht erwartet. Auseinandersetzungen mit ihrem Vater, sagt Carla, stünden nicht bevor, denn er sei zu beleidigt darüber, dass sie ihre Privatsphäre so schnell aufgegeben habe. Es klingt, als würde sie den Vorwurf des alten Mittermeier an mich weiterreichen, aber im nächsten Moment heißt sie mich herzlich willkommen und reicht mir einen Zettel mit dem WLAN-Passwort. »Deinen schönen Sessel kannst du auch ins Wohnzimmer stellen.«

»Es ist Sonntag, er nüchtert jetzt irgendwo aus«, sage ich. In insgesamt vier Clubs habe ich nach Tobi gesucht, um vier Uhr nachts saß ich auf einer Pankower Polizeiwache, am Morgen bin ich ohne den Jungen aus Berlin zurückgekehrt. »Wärst du mit ihm zum Bäcker gegangen an meiner Stelle?«, frage ich. Carla schüttelt den Kopf. »Er hat hier alles. Seine Mutter, seine Freunde, die Schule und den Fußball«, sage ich.

Das übernächtigte Paar nimmt sich in die Arme. Ich halte sie fester als sie mich. Da fragt Carla unvermittelt, ob ich eine Raumplanung für eine ihrer besten Freundinnen aus Hamburg machen würde, Charlotte läge ihr seit zwei Jahren damit in den Ohren, wie sehr sie sich eine neue Küche wünscht, fände aber niemanden, der sie individuell berät und die Einbauten tätigt.

Ich kratze mich am Kopf. »Irgendwas stimmt mit dem Tempo nicht«, sage ich, »in dem hier Veränderungen passieren.«

Sie sieht mich an, als hätte sie das Wort Veränderung noch nie gehört. Die Naivität ist gespielt. Aber woher weiß Carla von meinem Auftragsloch, wo ich ihr doch nur von der Steuernachzahlung erzählt habe? Wie kommt sie darauf, mich in einer Doppelrolle als Innenarchitekt und Tischler zu vermitteln? In Berlin habe ich früher Podeste und Schubfächer gezimmert, aber jedes millimetergenaue Tischlern liegt lange zurück. Weiß sie, dass mir der peinliche Auftritt bei meinem alten Meister Sancho noch in den Knochen steckt? Je länger ich darüber nachdenke, desto wundersamer erscheint mir Carlas Initiative. Will sie mir aufzeigen, dass mir jeder Gedanke an meine berufliche Zukunft abhandenkommt, seitdem ich wieder in diesem Kaff bin? Oder geht es gar nicht um Kritik und sie hat einfach aus meinen Innereien eine Geschäftsidee für mich zusammengebraut.

Nicht erschrecken, sagt Carla, als ich nach Hamburg-Othmarschen aufbreche. Und so, wie das Autofenster automatisch schließt, als ich abfahre, öffnet sich eine Stunde später ein Eisentor. Ein Kiesweg knirscht unter den Reifen. Der Gärtner mäht gerade. Charlotte Gallen empfängt mich mit kirschrot geschminkten Lippen, in langem Seidenhemd, Reiterhosen und Plüschpantoffeln, und als ich die kleine Freitreppe zu ihrer Villa erklommen habe, reicht sie mir die Hand und macht sofort auf verbindlich. »Freut mich«, sagt sie, »freut mich sehr, dass Carla endlich jemanden gefunden hat.« Ich solle mir klarmachen, dass dies der Auftrag sei, über den ich weitere Aufträge akquirieren könne, denn »wenn uns diese Küche gelingt, schiebe ich allen vermögenden Damen von Ottensen bis Wedel, die in diesem Haus verkehren, deine Visitenkarte in die Bluse. Und zu jeder Schabracke, die anbeißt, nenn ich dir die Zahl auf ihrem Festgeldkonto, versprochen.«

Reichtum und Vulgarität, ein unschlagbares Paar. Carla hat mir erzählt, dass sie beide denselben Klavierlehrer besucht haben und dass Charlotte seit dem Tod ihres Mannes (ein Diplomat) auf über dreihundert Quadratmetern Grundfläche alleine lebt (das Paar ist kinderlos geblieben). Charlotte ist mindestens zehn Jahre älter als Carla, sie wirkt sportlich und lebenslustig. Ihr Haus trifft meinen Geschmack so sehr, dass ich für Sekunden nur beeindruckt glotze: Sie hat Raum geschaffen, indem sie an Sitzmöbeln spart, dafür liegen Designerteppiche aus, und an der breiten Wohnzimmerwand stehen auf fünf Sockeln ausschließlich fünf chinesische Vasen in verschiedenen Größen, die schon tagsüber von dezenten Spots beleuchtet werden. Jahrhundertealtes Handwerk, Echtheit.

Sie zeigt mir auch das Obergeschoss, im Musikzimmer ein Flügel und ein Klavier, ein Cello. Vom Fenster aus sieht man den Südstrand der Elbe. »Gut«, sagt sie, »genug geschwärmt.« Und sie geht die Treppe hinab in die Küche, dreht sich zu mir um, grinst schräg und streckt dabei beide Arme zur Seite aus, wie eine Dompteurin, die ein klappriges Tier präsentiert. »Voilá. Fünfunddreißig Jahre alt und keine einzige Reparatur, zeitlos, denkt man, aber ganz ehrlich: Ich kann das dunkle Holz nun doch nicht mehr sehen.«

Wichtig sei Helligkeit. Weiß. Eine genaue Ausführung. Noch wichtiger sei Exklusivität. Keinerlei Griffe. »Und hier vorne will ich eine Schiene im Boden, dass man den ganzen Apparat leichterhand einmal um neunzig Grad drehen kann und sich die Küchenzeile in den Raum öffnet. Ach und noch was, lieber Michael: Geld spielt keine Rolle.«

Ich ziehe meinen Laserpointer hervor und mache mich ans Aufmaß. Aber ich hüte mich vor einer verbindlichen Zusage.

Das alles geschah am Donnerstag, aber ich habe vergessen, vom Wochenanfang zu erzählen. Wahrscheinlich weil die Auflösung dann doch recht undramatisch war. Carla fuhr am Montagmorgen zur Polizei, um meine Berliner Vermisstenanzeige zu erneuern, dann direkt weiter zur Arbeit. Gegen zwölf Uhr war Tobi – mit einem Gang, der etwas zu alltäglich aussehen sollte – auf dem sandigen Fußweg hinabgeschlurft in den Liebesgrund. Ich war gerade dabei, die Blumen zu gießen und stand also da wie jemand, der stolz auf seine Menschenkenntnis ist. So hatte ich es vorausgesagt, so hatte ich es mir erhofft.

Er schloss die Wohnungstür auf, sagte »Hi« und nahm Kurs auf sein Zimmer.

»Du rufst jetzt zuallererst mal deine Mutter an.«

»Kannst du das nicht machen, Chef?«

»Hör auf, mich Chef zu nennen.«

»Kann nicht glauben, dass du freiwillig aus Berlin weggehst. Das ist so cool da.«

Ich nahm das Festnetztelefon, drückte auf Carlas Büronummer, aber sie ging nicht ran. Wir probierten das Handy, auch nichts. Ich war ein bisschen überfordert damit, welche Haltung ich annehmen sollte, ich verspürte einfach keinerlei Wut auf ihn.

»Also, Tobi, dann gehen wir mal die wichtigsten Punkte durch. Drogen?«

»Nur Alkohol, ich schwöre.«

»Wo hast du übernachtet?«

»Kreuzberg. Bei Harschad und Mo.«

»Ach, die berühmte Pension Harschad und Mo, da verkehren ja nur die … da soll ja sogar mal dein Freund Kanye West eingekehrt sein.«

»Und was soll das jetzt?«

»Was das soll? Ich hab gedacht, dass du mir hilfst und nicht mit meinen hundert Euro abzischst. Und deine Mutter findet's nicht so cool, dass du mit fast fünfzehn Jahren noch immer kein Handy bedienen kannst.«

»Wieso?«

»Mann, Tobi, dass du mal anrufst!«

»Dafür war ich irgendwie zu aufgeregt.«

»Du hast deine Reise vorher geplant, oder?«

»Ich hab nur mit Mo gechattet.«

»Den kanntest du.«

»Na ja, kennen. Online halt.«

»Und wie is mit Schule jetzt?«
»Ja, da müsste ich wohl hin. Ich geh siebte achte.«
Mit diesem Satz war er in seinem Zimmer verschwunden, schloss die Tür hinter sich, und ich ging zum Kühlschrank und las ab: siebte und achte Stunde am Montag Sport. Alles andere hätte mich gewundert.

Erstaunliche Reaktion Carlas, als ich sie eine Stunde später endlich erreichte: Sie witterte einen Komplott, ein abgekartetes Spiel zwischen uns Männern. Zumal Tobi die Wohnung nun schon wieder verlassen hatte. Sie wollte wissen, ob ihr Sohn Reue zeigte. Ich hätte auf sein Bahnticket drängen müssen. »Oder will er nicht zugeben, dass er getrampt ist?« Tausend Fragen, die ich nicht gestellt hatte. Warum ich mein Geld nicht gleich zurückverlangt hätte. Was Tobi sich bei alldem denke. »Was denkt er sich dabei?« Carla ging auf und ab, ich hörte ihre Stiefelabsätze vom Büroboden hinaufschlagen in den Hörer.
»Wie wäre das«, schlage ich vor, »du sagst der Polizei Bescheid, machst früher Schluss, holst ihn beim Sport ab, fährst mit ihm Eisessen und sagst ihm klar deine Meinung.«
»Nein. Da müsste ich einen Termin absagen.«
»Ihr könnt auch hier alleine sein. Ich geh nachher sowieso in die Tischlerei, dann bleib ich heute weg.«
»Du musst mich nicht so in die Defensive drängen, Micha.«
»Tu ich gar nicht.«
»Doch, mit deiner Entschlussfreude. So einfach ist das nicht.«

»Pass auf, wir legen jetzt auf und du denkst es in Ruhe durch. Meine Meinung: Es ist immer wichtig, seine Wunden frisch zu zeigen, nicht erst, wenn sie schon wieder verschorft sind. Heute kapiert er unsere Verletztheit, das hab ich vorhin schon gemerkt.«

Carla hat mir schon einige Male gesagt, wie froh sie über ihr neues Zuhause ist. Jetzt spendiert mir sogar Sancho Lob für die Bauten im Liebesgrund, er sei da mal spazieren gegangen, »das ist doch ganz schön geworden«. Ich sitze noch einmal in seiner Werkstatt, um zu besprechen, ob ich den Küchenentwurf für Charlotte Gallen zusagen kann. Es entwickelt sich ein freundliches Gespräch. Sancho hat grundsätzlich nichts dagegen, dass ich bei ihm eine Küche baue. Oder auch mehrere. Arbeitsgänge und Arbeitsstunden würden nach einem festen Schlüssel abgerechnet, den er bereits mehrfach angewendet hat, ich sei bei weitem nicht der erste Ex-Geselle, der sich keine Geräte leisten kann.

Er schlägt vor, dass wir gemeinsam an die CNC-Fräse gehen, und wir machen einen Termin dafür ab, in acht Tagen. »Nicht weil ich nicht früher könnte, aber weil ich möchte, dass du vorbereitet bist.« Er zieht eine Kopie der Bedienungsanleitung aus dem Regal, die ich zunächst einzustecken ablehne, schließlich hab ich ihm selbst davon erzählt, dass ich mit einer ähnlichen Fräse schon gearbeitet habe. »Du musst das wissen«, sagt Sancho, »aber ich dulde hier keine Deppen, die nicht wissen, wie man die Spindel ansteuert.«

Wir trinken Kaffee. Er vermittelt den Eindruck, nichts

zu tun zu haben, während um uns herum die Sägen kreischen. Und erst als wir uns voneinander verabschiedet haben und ich (mit Bedienungsanleitung) in Richtung Bushaltestelle schlendere, nehme ich eine zweite Wirklichkeitsebene dessen wahr, was ich gerade erlebt habe. Mehrfach waren Mitarbeiter von Sancho ins Büro gestürzt, die nach irgendeinem Arbeitsgerät suchten. Eine Stichsäge, wenig später ein Hobeleisen, dann hatte plötzlich ein junges Mädchen im Raum gestanden, das seinen Zollstock nicht mehr fand. Aber kein einziges Mal hatte Sancho eine hilfreiche Antwort erteilt, nur gemurrt, um mich dann wieder anzulächeln, als seien wir nie gestört worden.

Aus diesen Hintergrundgeräuschen löst sich jetzt eine fragende Erinnerung. Hat Sancho uns Gesellen nicht schon damals damit ausgetestet und schikaniert, dass er keine für alle entschlüsselbare Ordnung in den Werkstatträumen zuließ? War nicht jeder andere dazu angehalten, seine Gerätschaften wieder dorthin zurückzulegen, von wo er sie genommen hatte, während Sancho alles stehen und liegen ließ? Mir ist jetzt, als seien seine Angestellten mit erschrockenen Gesichtern zu uns eingetreten. Womöglich wandelt mein Hirn nur die auffällige Frequenz um – vier oder fünf Gesuche in gut zwanzig Minuten. Oder es hat einfach etwas Erschrockenes, wenn Menschen ihren fragenden Blick nur mit einem einzelnen Wort oder Ausruf wie »Stichsäge« oder »Mein Zollstock« verbinden. Ich rufe eine SMS von Carla auf, in der es über ihren Sohn heißt: »Er versteht nicht, was ich von ihm will. Er versteht es nicht!!« Abwechselnd denke ich an den Jungen, der sich dumm stellt wie ein Junge, und an Sancho, der sich dumm stellt wie ein alter Mann im Hobbykeller seines Hauses, ein verseltsamter Rentner, der sich in seiner Unordnung verschanzt, damit jeder Besucher schon in der Tür stehenbleiben muss, ohne Zugriff auf den Raum, aber überwältigt von der geheimnisvollen Aura des Chaos.

Das Ende des Industriegebietes ist auch das Ende der Buslinie 11. Dort wartet einer. Ich setze mich genau über den Motor. Der Bus zittert, atmet schwer. Wie ein gestrandeter Wal, denke ich. Ich hole die Bedienungsanleitung für die Fräse aus der Tasche, aber ein Gespräch zweier Rentner lenkt mich vom Lesen ab. Einer von ihnen, dessen Gesicht lateinamerikanische Züge trägt, regt sich über die Deutschen auf. Zu Hunderttausenden stünden sie jeden Tag im Stau, und dann ließen sie ihren Hass und ihre Missgunst am Ende des Tages an einem jungen Fußballer aus, nur weil er von einer Limonadenmarke bezahlt wird.

Anhöhe, Ampel, Anfahren. Ich sehe aus dem Busfenster hinauf ins verschwimmende Laub der Baumkronen. Die Zeit ändert ihre Form. Sie greift auf mich zu. Sie ist eher ein Krake als ein Wal. Sie ist jetzt ein Kontinuum, das konstant Menschen, Aufgaben und Probleme miteinander verknüpft. Berlin, Tobi, Charlotte, Hamburg, Sancho, Carla, nichts und niemand behauptet eine Wichtigkeit, die alles andere unterdrücken will. Als Bauleiter habe ich letztlich vor allem deshalb funktioniert, weil es mir irgendwann gelungen ist, die Dinge voneinander zu isolieren, sie nacheinander zu betrachten. Aber die Blätter werden zu grünen Streifen. Ich bin kein Bauleiter mehr.

Meine neue Freundin will hart durchgreifen, doch sie weiß nicht wie. Sie erhofft sich Hilfe von mir, nur wird fast alles, was ich sage, als Entlastung Tobis wahrgenommen. Die Rollenverteilung ist klassisch. Besonders alarmierend, dass Carla mich mit Tobis Vater vergleicht. Sie macht es einmal, zweimal. Der hätte auch alles immer entschuldigt, was sich der Junge geleistet hat, und jetzt sähen wir ja, wohin uns das gebracht hat …

Ich versuche, ihr Zeit zu geben. »Nimm mal den Leidensdruck raus«, sage ich, »hör auf, dich selbst zu geißeln oder an der Beziehung zu deinem Sohn zu verzweifeln.« Leere Sätze, das stimmt schon. Aber von den Bombenbasteleien und Sprengaktionen meiner Jugend will Carla nichts hören. Was die Sache zuspitzt: Am kommenden Samstag wird Tobi fünfzehn.

Und es regnet auch im September weiter. Die Wohnung wirkt, als würde Regen eindringen und die Mitte jedes Raumes verschlammen, jedenfalls drücken wir uns leisen Schrittes an den Wänden entlang, jedem Wort geht ein zähes Ringen voraus. Am Mittwochabend bekomme ich auch das Bild geliefert, in dem alle anderen Bilder enthalten sind. Carla und ich lesend auf dem Sofa, aus der direkt anschließenden Wohnküche das helle Pling der Mikrowelle, das uns von der Lektüre aufblicken lässt, dann der vom Lampenlicht stark an die Wand vergrößerte Schatten eines Käsefadens, und schon ist Tobi mitsamt Abendbrot in seinem Zimmer verschwunden. Wir haben es noch nicht geschafft, ihn zu fragen, was er sich wünscht, wie er sich seinen Geburtstag vorstellt. Es ist nicht die Zeit für Wünsche.

Einmal ist Tobi auch auf der hellen Seite des Mondes unterwegs. Die Saison hat für uns mit drei Siegen und einer Niederlage begonnen, dienstags machen wir vor dem Training immer noch einen Waldlauf, der uns an die weit verzweigten Bäche hinter dem Bruch führt, dorthin, wo ich einst mit meiner ersten großen Liebe und ihrem Labrador spazieren ging. Wieder Regen, aber hier wird ja alles von Eichen, Buchen und Kiefern überdacht. Auf den Bachbrücken stehen durchnässte Angler, die bestimmt im Bruch-Übergangslager nächtigen. Ich habe das Wegesystem zwischen den Bächen noch zuverlässig gespeichert und steuere die große Steintreppe an, die zwei Niveaus des Waldes verbindet. Dort machen wir Ausdauertraining, Tobi ist voll dabei. Wir laufen langsam weiter, damit alle durchpusten können. Viele Bereiche an den Bachufern sind von den Baumwurzeln so gehoben und ausgehöhlt worden, dass sie unter unseren Laufschritten klingen wie Tunnel aus Torf.

Als wir aus den Wäldern auftauchen, habe ich eine Überraschung parat: Hier wartet einer der beiden heiligen Yeti-Dauerläufer, um sich vor die Gruppe zu setzen. Ich sage an, dass alle versuchen sollen, auf den letzten knapp fünfzehnhundert Metern an ihm dranzubleiben, er wird den Lauf jetzt noch einmal steigern. Die Kinder stöhnen natürlich, lachen, grunzen, aber alle Geräusche ebben schon nach wenigen Sekunden ab. Ich weiß um ihren Ehrgeiz, könnte aber schwören, dass niemand das mit dem Yeti vereinbarte Tempo hält. Nach und nach lassen sie abreißen. Ich bleibe schon aus Gründen der Aufsichtspflicht in der hinteren Reihe, aber als ich mit den letzten Läufern am Fußballplatz ankomme, steht Tobi noch immer vornübergebeugt da, die Hände auf den Oberschenkeln, er kotzt beinahe. Mir wird zugetragen, dass nur Tobi dem Yeti bis ins Stadion folgen konnte. »Lass es raus«, will ich sagen, oder »Und ich dachte, du rauchst«, aber dann spare ich mir jede Andeutung und Ironie und gehe den direkten Weg, klopfe ihm auf den Rücken: »Da bin ich aber mal beeindruckt.«

Carla und ich fliegen zurück in den Spätsommer, hier ist es noch am Abend dreißig Grad warm. Auf der Busfahrt vom Flughafen in die Stadt stellt sie sich vor, wie das digital zusammengerufene Jungvolk ihre Wohnung zerlegt. Sie fragt sich, womit sie das verdient hat. Aber dann ist die Straße unseres Quartiers in Trastevere eng und ruhig, die beiden anderen Gästewohnungen sind nicht vermietet, wodurch wir alles nur für uns haben: den steinernen Vorgarten, einen kleinen Brunnen, der vor sich hin plätschert, einen Baum mit schlaffhäutigen Mandarinen, (an dessen Stamm allerdings ein Zettel genagelt ist: »Non commestibile! Do not eat!«). Eine Frucht liegt aufgeplatzt am Boden, eine versaftet die Tischtennisplatte. Wir spielen ein paar Ballwechsel, Carla wird gleich ehrgeizig, hüpft, jauchzt auf.

Das Anwesen gehört einem Makler, mit dem ich in Berlin des Öfteren zu tun gehabt habe. Auf den Nachbargrundstücken stehen einige herrschaftliche Pinien, die Teile unseres Vorgartens beschatten. Carla fällt in die Hängematte, die zwischen Straßentor und Mandarinenbaum gespannt ist. Ich ziehe ihr die Hose aus, lege mich zu ihr, wir wurschteln uns lachend unsere übrigen Kleider vom Leib, kippen zur Seite und merken bald, dass ich unten liegen und sie ihre Knie in meine Flanken drücken muss, sonst ist gar keine Balance möglich. Meine Hände suchen Formen, wandern von ihrem Po über ihre hellen Brüste, schließlich umfasse ich ihre Schultergelenke, und unablässig rieseln neue Piniennadeln auf uns nieder, während die älteren, vertrocknet, hart geworden wie Nägel, mir aus dem Hängemattentuch in Rücken und Gesäß stechen.

»Mir hätte das damals gutgetan«, habe ich vor vier Tagen zu ihr gesagt. Ich wollte einfach sehen, ob Carla noch die Kraft dafür aufbrachte, allergisch auf diese Art von Kommentar zu reagieren. Sie legte nur ihr Buch beiseite, seufzte. Ich sagte, dass Tobi jetzt Freiräume braucht, um Respekt für uns zu entwickeln. Ein gutes Erlebnis, das wir mitverantworten, ohne uns einzumischen. Gemeint war eine Geburtstagsparty, auf der wir fehlen.

»Er lädt noch schnell alle ein, die er hier haben will. Und für uns beide buche ich Flüge in eine Stadt, die ich liebend gern mit dir besuchen würde.«

»Du meinst, ich komm ihm jetzt noch ein Stück entgegen?«

»Indem du Abstand nimmst, wie gesagt.«

Sie tat so, als würde sie wieder zu lesen beginnen.

»Und, Carla?«

»Wenn ich wüsste, ob das genial oder besonders dumm ist, würd ich's dir sagen.«

Der Gianicolo ist von unserer Unterkunft aus der nächste Hügel, ich bin auch noch nie oben gewesen. Wir sind kurz vor sieben Uhr in Laufschuhen aufgebrochen, ein wenig gegangen, ein wenig gejoggt, Sonnenbrille auf, Sonnenbrille ab. In der Bar Gianicolo haben wir unter anderen gut gelaunten Frühaufstehern einen Espresso im Stehen gekippt, Cornetti gekauft, sind gleich weiter zu den steinernen Terrassen. Unter uns liegt Rom im Morgenlicht.

»Jetzt hast du mich überzeugt«, sagt Carla.

»Jetzt schon?«

»Von Tobis Party meine ich.«

»Wart lieber ab, bis es Mittag wird«, sage ich und zeige ihr ein paar Sehenswürdigkeiten, die ich auf Anhieb erkenne.

»Wieso soll ich abwarten?«

»Weil ich weiß, wie heiß es heute wird. Siehst du da ganz hinten die lange, räudige Wiese vor dem Palatin? Das ist der Circus Maximus. Da ist das große Feuer ausgebrochen. Die ganze Stadt ist abgebrannt, als sie noch aus Holz war.«

»So?« Carla dreht Rom den Rücken zu, zieht mich zu sich heran. Sie schiebt ihren Po auf die Mauer und ihren Slip zur Seite. »Dann brauchen wir heute wohl Sonnenhüte, was?«

»Wie pragmatisch du bist«, flüstere ich ihr ins Ohr, »sechs Tage hat Rom gebrannt. Ein Inferno.«

»Ein Inferno?«, lacht sie.

»Ja.«

»Was du alles weißt.«

»Und dann brannte Jerusalem.«
»Auch noch?«
»Ja. Woran denkst du, Carla?«
»An Inferno.«
»An nichts anderes als das hier?«
»Nein, und du?«
»Hoffentlich brennen ihm nicht die Kuchen an.«
»Was??«
»Deinem Sohn, er wollte doch heute groß backen.«
»Oh Mann, Micha. Geh weg!«
Sie stößt mich lachend von sich.
»Daran musste ich grad denken, tut mir leid, ich muss halt auch erst mal loslassen.«
»Ich glaub dir kein Wort.«
Sie läuft vor mir weg, hügelabwärts, Richtung Vatikan. Carla ist schnell, sie geht auch im Kaff manchmal joggen. Und sie läuft elegant.
»Kuchen«, prustet sie, als ich sie einhole, »vielleicht hast du dich als Kind mal am Ofen verbrannt …«
»Glaub nicht.«
»Dann hast du einfach ne Kuchenphobie.«

Stundenlang gehen wir ohne jeglichen Plan durchs alte Rom. Händchen haltend. Zuerst mit Pistazieneis in Portionen, die für Touristen eines gesamten Reisebusses ausreichen würden. Dann, Carlas Tipp, mit einer sizilianischen Granita aus Maulbeeren. Sie war auch schon zweimal hier, erinnert sich daran, dass die Lautstärke, die auf den überfüllten Straßen herrscht, in den Gassen und Gässchen bis zur völligen Stille verebbt. Es stimmt immer noch. Die Sonnenschutzfrage beschäftigt uns lange, am Ende geben wir hundertsechzig Euro für zwei Strohhüte aus. Sie wünscht sich auch eine Sonnenbrille, findet ihre zu schwach, ich brilliere beim Kauf mit schlechtem Italienisch. Und weil sie sich darüber so amüsiert, shoppen wir weiter, sie sucht im Netz nach Schuhmarken und den zugehörigen Shops, zieht mich durch die immer schmaleren Schatten, an den Häuserwänden entlang. Nach dem Kauf von zwei Paar Sandalen und einem Paar Stilettos flüchten wir uns an den Fluss, sitzen mit Baguette und Büffelmozzarella im Schatten der Platanen.

Danach suchen wir die kühlen Kirchen auf, Carla erzählt mir einiges über die Kirchenfresken. Sie hat mal überlegt, freie Kunst zu studieren oder wenigstens Kunstgeschichte, aber selbst ihre Mutter sei dagegen gewesen, von ihrem Vater ganz zu schweigen.

»Mit ein bisschen Rückhalt hätt ich's gemacht. Aber es wäre ein Fehler gewesen.«
»Sicher?«
»Ja. Wo kämen wir da hin, wenn alle ihr Hobby zum Beruf machen würden.«

Schon ist die Wunde wieder geschlossen. Ich denke darüber nach, ob sie Recht hat. Denke auch an mein Fußballhobby. Auf Nachfrage gibt Carla zu, viele Mappen mit ihren Zeichnungen aufbewahrt zu haben, und ich will natürlich alles sehen, sobald wir wieder zu Hause sind. Aber dann bohre ich nicht weiter, denke nur an Carlas schöne Handschrift, an ihr Klavierspiel, das gut ist, vielleicht sehr gut, ich kann es ja leider nicht beurteilen. Wir sind bereits auf dem Weg, ich lenke die Schritte – bis wir durch eine kleine Gasse, an Eiscafés vorbei, auf die Piazza della Rotonda stoßen.

Wir stehen vor meinem Heiligtum, dem schönsten Gebäude der Welt. Kein Architekt, der Apollodor von Damaskus und seine Mitarbeiter nicht dafür verehrt, was sie gewusst und was sie gewagt haben. Über die Bauweise des Pantheon weiß ich wirklich alles und kann es auch nicht für mich behalten. Die Schlange ist kurz, wir stehen gleich mitten in der Rotunde, bedrängt von asiatischen Ignoranten, die mit ihren Kameras und Selfie-Sticks je fünfhundert Bilder schießen, bevor sie von Landsleuten ausgetauscht werden. Angewidert davon, wie gering sie das Wunderwerk schätzen, wie gering auch ihre eigene Wahrnehmung, ziehe ich Carla zu mir heran, damit sie ihren Hinterkopf auf meiner Schulter ablegen kann, und gemeinsam erheben wir den Blick zum Auge, zum großen Sonnenloch.

So bleiben wir minutenlang stehen. Ich erzähle vom ersten genialen Baustoff, dem *opus caementitium*, aus dem fast das gesamte Bauwerk gegossen ist, die Kuppel allerdings in verschiedenen Zusammensetzungen, nach oben hin immer leichter durch einen immer größeren Anteil an gemahlenem Ziegel und Bimsstein. Die Schalungen sind kein Schmuck, sondern allesamt mit dem römischen Zement hinterfüllt. Es ist ein langer Vortrag, vielleicht wiederhole ich mich, wahrscheinlich ergehe ich mich in Details, und irgendwann küsst Carla mich auf den Hals und sagt:

»Ich finde, das Tollste ist schon das Licht.«

»Das ist alles toll. Das Licht, die Öffnung, die Kuppel,

wie der Sonnenfleck wandert, oder wenn Regen einfällt direkt auf den Marmor. Für mich ist das alles ...«

»Kann ich mir zu Hause nicht eine Glaskuppel von dir bauen lassen?«

Offensive

Ich sammele die Handys ein, weil vor zwei Jahren mal in die Umkleide eingebrochen wurde, ein lästiger Job. Die Wertsachen werden seitdem doppelt gesichert, in einem verschließbaren Eisenschrank im Gerätekabuff. Die Jungs haben schon wieder ihre ersten Klassenarbeiten geschrieben, sie quatschen, sie fluchen, auch die schwere kühle Herbstluft kann sie nicht davon abhalten. Mich macht das Wetter schon deshalb glücklich, weil es die Eltern fernhält.

Nach zwei Aufwärmspielchen üben wir Passstaffetten, die in Flankenläufe münden, und natürlich kommt es dabei auf Ballgefühl an, sage ich, gerade auf dem nassen Platz will ich genau getimte Pässe sehen, keine halbhohen Dinger, die einmal aufditschen und sich ins Seitenaus verabschieden. Aber genau das, was ich befürchte, passiert, und womöglich nur, weil ich es ausgesprochen habe, ein pädagogischer Fehler. Nach ein paar Minuten breche ich die Übung zum ersten Mal ab, weil weder die Pässe auf den Außenspieler gelingen noch die Flanken auf den nachrückenden Stürmer. »Was ist los, Leute, hab ich die Bälle zu hart aufgepumpt?«

Während danach bei den meisten die Konzentration einsetzt, kommt von Tobi keine einzige gelungene Aktion, und als er die vierte oder fünfte Hereingabe hinters Tor setzt, hab ich genug: »Tobi, bevor du deine Mitspieler weiter beleidigst, kannst du auch duschen gehen«, rufe ich quer über den Platz, und ihm fällt nichts Besseres ein als die altbekannte Schwanzlutscher-Geste, Hand am Mund und Zunge in der Wangentasche. Ich löse mich kurz von der Balustrade, komme aber gleich zur Besinnung, greife mir den Sack mit den neongelben Leibchen.

»Ein Ding noch«, sage ich zu Tobi. Und ich muss nicht lange darauf warten. Wir spielen mit zwei Mannschaften auf vier Tore. Ein Torwart wird ausgespielt, liegt am Boden, Tobi läuft mit dem Ball am Fuß auf das leere Tor zu, wird immer langsamer dabei und luschert die Pille dann aus acht Metern an die Oberkante der Latte.

»Jetzt reicht's mir, Tobi«, brülle ich, »mach dich vom Acker!«

»Was ist denn?«

»Geh rein, hier ist der Kabinenschlüssel.«

Ich werfe den Schlüssel vor ihm auf den Rasen. Die Jungs unterbrechen das Spiel, kein Wort, keine Regung, im Flutlicht sieht alles aus wie eine künstlerische Inszenierung, ein Flashmob vor der gemeinsamen Aktion.

»Lass mal«, ruft ausgerechnet Eike, unser Kapitän, »Tobi ist schlecht drauf.«

»Verknallt«, ruft Kermit.

»Mal alle Fresse halten hier!«

Das ist Tobis Antwort, während er sich tatsächlich nach dem Schlüssel bückt und abdreht, allerdings geht er nicht nur vom Spielfeld, sondern sucht den dahinterliegenden Haufen Bälle und drischt einen nach dem anderen in meine Richtung. Zu schnell nacheinander, als dass ich alle Bälle stoppen könnte, sie rauschen an mir vorbei in die Büsche.

Dann verschwindet er.

Zuerst senke ich mein Adrenalin durch tiefes Ein- und Ausatmen, nach zwei Minuten gehe ich Tobi aber doch hinterher. Er will gerade die Dusche aufdrehen, steht nackt vor mir.

»Pass mal auf, mein Guter, du brauchst nicht den Sohn des Freundes deiner Mutter raushängen lassen, ich habe keinen Bock darauf, dass ausgerechnet wir beide uns hier anbrüllen, aber die Regeln gelten für alle, ist das klar? Solange ich hier das Sagen habe, wirst du weder übervorteilt noch wirst du benachteiligt, du machst einfach mit, du spielst Fußball wie ein Fußballer und nicht wie ein geföntes Eichhörnchen, das von der großen Filmkarriere träumt, hast du mich verstanden?«

»Ja.«

»Dann is ja gut.«

»Kann ich jetzt duschen?«

»Stimmt das mit dem Verknalltsein?«

Keine Antwort.

»Tobi, wenn ich mich recht erinnere, kann man auch mit Liebeskummer vernünftig gegen den Ball treten. Versuch mal, die Energie umzu …«

»Es ist mir scheißegal, woran du dich erinnerst.«

»Okay, verstehe, dann sag mir, wo das Problem ist.«

»Das Problem ist, sie wohnt in Berlin.«

»Mmh, aha.«

Er drückt auf den Duschknopf, schließt die Augen, das

Wasser rauscht ihm über den Kopf. Das besprechen wir zu Hause, denke ich. Ich muss jetzt raus, denke ich.

Die Jungs kicken längst wieder, klar, der Spaß am Fußball ist größer als der Spaß an Auseinandersetzungen. Ich rufe alle am Mittelkreis zusammen und wiederhole in milder Form die Rede, die ich gerade noch vor Tobi gehalten habe. »Wisst ihr was, ich habe in eurem Alter selbst unter einem Trainer gespielt, dessen Sohn im Team war. Der Trainer hat seinen schlaksigen Sohn immer mit besonderer Vorliebe leiden lassen, inklusive Straftraining und Sondereinheiten, dass wir oft das Gefühl hatten, oh Himmel, jetzt sitzen wir bei denen im Wohnzimmer, gleich haut er ihm eine rein. Ein ganz, ganz unangenehmes Gefühl. Und weil ich davon noch weiß, weiß ich auch, dass dieses Gefühl bei euch nicht entstehen wird. Also, ganz wichtig: Das eben hätte jeden treffen können.«

»Tobi ist ja auch überhaupt nicht dein Sohn«, sagt Kermit.

»Nein, ist er nicht. Aber ihr wisst alle, ich sehe ihn fast jeden Tag, und da denkt er vielleicht, er kann sich hier etwas herausnehmen. Steht ihm aber nicht zu. Wir wollen hier zusammen Spaß haben. Ich achte auf alle. Ich lobe jeden und ich setze am Wochenende auch jeden auf die Bank, der hier unter der Woche bocklos herumschleicht, okay?«

»Okay.«

»Ja, T., alles klar.«

»Könn' wir weitermachen jetzt?«

Nach dem Training ist Tobi längst verschwunden. Im Vereinsheim sitzen bloß noch drei Männer beim Skat, einer davon ist Manne Eichel, Trainer der A-Jugend. Ich klopfe auf ihren Tisch, setze mich an den Tresen, bestelle ein Alster mit Mineralwasser. Jemand setzt sich neben mir auf den Barhocker, im Trenchcoat, den Kragen konspirativ hochgeschlagen, einen Hut in der Hand, sieht an mir vorbei:

»Du nimmst das ja ganz schön ernst mit deinem Ehrenamt, ich warte schon über ne halbe Stunde hier oben. Oder musst du die Kabine auch feucht durchwischen am Ende?«

»Nuss, was' das denn jetzt?«

Er formt aus Daumen und Zeigefinger zwei Brillengläser und setzt sie sich vor die Augen. »Sag mal, mit der alten Tribüne, das war schon schöner, oder?«

»War es. Ich wollt in Ruhe … du, ich bin ein bisschen aufgewühlt gerade.«

»Ich nehm, warte, gibt's bei euch Whisky?«

Er sucht die Karte ab und bestellt einen Ballantines. »Obwohl der eigentlich nicht trinkbar ist, aber ich bin irgendwie in Whiskystimmung.«

Nur gut, dass er das Training nicht gesehen hat, dann hätte ich ihm mit Sicherheit zuallererst erzählen müssen, warum ich mal wieder so rumgeschrien habe, ob der Groll nie ende usw.

»Du, ich komm nicht ganz aus freien Stücken, obwohl sie mich auch nicht aufgefordert oder gebeten oder …«

»Sie?«

»Pass auf, Micha, kurz und schmerzlos: Seit meiner

Feier ist deine Schwester total durch den Wind, was dich angeht. Sie kommt nicht damit klar, was du hier tust. Sie sitzt bei mir auf dem Sofa und redet vor sich hin. *Wieso meldet er sich denn jetzt schon wieder nicht mehr?* Sie kann offenbar gar nicht fassen, dass du länger als drei Tage am Stück in unserer Nähe bist, wahrscheinlich kannst du es selbst kaum ertragen, aber Jul wird richtig melancholisch dabei. Sie sagt, sie hat dir was Persönliches über ihren Jobwechsel erzählt, und das hätte sie nur aus Überforderung gemacht, weil sie gar nicht wusste, ob ihr euch noch jemals gegenübersitzen würdet. Gestern hat sie sogar zu weinen angefangen, und Bea meinte auch ...«

»Stopp mal. Jetzt sind wir ja genau an dem Punkt. Habt ihr einen Anspruch auf mein Verhalten oder habt ihr es nicht?«

»Micha, darum geht es nicht.«

»Habt ihr – nee, sag mal, ich bleib dabei, habt ihr einen Anspruch darauf?«

»Du bist jetzt hier, verstehst du? Das macht es anders. Du hast Hoffnungen bei ihr erweckt.«

»Hoffnungen erweckt, weil ich ihr zugehört habe und jetzt weiß, wo sie arbeitet?«

»Sie sagt, du hättest gesagt, ihr wollt ein Fußballspiel organisieren.«

»Ach herrje. Das war auf deiner Feier, da war ich betrunken.«

»Soll ich ihr das so sagen?«

»Nein, natürlich nicht. Die Idee ist ja gut. Ich hab mich jetzt bloß nicht daran erinnert. Mann, wieso spricht sie mich denn nicht selbst drauf an?«

»Sie hat aufgegeben. Hat dir dreimal auf die Mailbox gequatscht. Sie quält sich. Du glaubst gar nicht, wie sehr sich Jul damit herumquält. Sie denkt ständig darüber nach, ob Sigrid ihr eine andere Moral mit auf den Weg gegeben hat als ihren beiden Söhnen.«

Er nippt an seinem Whisky, verzieht das ganze Gesicht.

»Eine persönliche Frage, Micha. Ganz unsentimental: Was willst du bei uns in der Tiefebene? In den Niederungen? Im Bruch, im Grund, im …«

»Ich habe ein Haus gebaut. Vergessen? Jetzt baue ich gerade eine Küche, die im Übrigen einer sehr vermögenden und unglaublich geschmackvollen Frau in Hamburg gehören wird.«

»Hamburg. Na, dann ist ja alles gut. Da hab ich ja wenigstens eine Sache, die ich Jul erzählen kann. Weißt du, gestern war ich schon für unsere Schwester an dem Haus, wo sie dich vermutet hat, da rief mir aber irgendeine Frau durchs gekippte Küchenfenster zu, sie wäre auch ganz interessiert daran zu erfahren, wo du bist, du müsstest noch malern oder einen Maler bezahlen.«

»Schön, was du alles über mich herausfindest. In deinem Trenchcoat. Nuss Marlowe, Privatdetektiv. Das ist echt zum Küssen, dass ihr nicht unterscheiden könnt zwischen den Dingen, die euch nicht betreffen, und denen, die euch nicht mal was angehen.«

»Schluss jetzt, Micha, das hier hab ich für Jul gemacht. Wird kein zweites Mal passieren.«

Ich sehe ihm ins Gesicht. Big Brother, steinhart. Zieht fünf Euro aus der Manteltasche und legt sie auf den Tresen.

»Du rufst sie einfach morgen an und basta.«
»Kann ich machen, ja.«
»Du machst es.«

Den Whisky hat er kein zweites Mal angerührt. Was für Nuss zählt, ist der eigene Abgang.

Strandgut

Ich bin am Sportplatz nicht hart, sondern gerecht zu Tobi gewesen, und der Junge zeigt Anzeichen dafür, dass er es auch so empfunden hat. Ein zurückgegebener Gruß hier, ein herübergereichter Kopfhörer dort (auf Anfrage), und eines Abends sehe ich uns zum allerersten Mal gemeinsam in der Wohnküche tätig sein, ich schneide Zwiebeln, während er neue Mülltüten in die Eimer stopft. Es ist ein kurzer Moment, aber bisher hat er seine Wege tunlichst so geplant, dass sie meine nicht kreuzen.

Ich empfange die Signale der Annäherung – schon weil ich mir seit sechs Wochen Mühe gebe, Tobi zu gefallen. Meine Idee war es, nach Rom zu reisen, und ich habe ihn danach noch kein einziges Mal mit der Freiheit erpresst, die wir ihm gewährt haben. Und wenn Tobi jetzt kapiert, dass auf dem Fußballplatz Regeln gelten, wenn es ihm sogar gefallen hat, dort eine Grenze auszuchecken und sie von mir gesetzt zu bekommen, dann kann ja auf diesen ersten Schritt bald der zweite folgen, hier in der Wohnung.

Auch seiner Mutter gegenüber nimmt der Respekt zu. Über seine unglückliche Liebe spricht er bislang nur mit ihr. Eifersucht spielt dabei keine kleine Rolle, meint Carla: »Tobi findet, dass ich es übertreibe mit meinem Glücklichsein mit dir. Das kann ich schon irgendwie verstehen. Weil es mir die letzten beiden Jahre ja schon richtig mies ging. Na, da müssen wir durch, was?«

Sie sinniert, sie seufzt, es fehlt nur noch das im Abendlicht geschwenkte Kognakglas dazu. Am Ende kann sie die Vertraulichkeiten ihres Sohnes aber nicht für sich behalten. »Das Mädchen muss ein richtiger Vamp sein. Sie heißt Lauren und war mit ihrer Berliner Gang angereist. Aber da lag schon vorher was in der Luft, mit Tobi und ihr. Sie wollte mit ihm zum Kalkhafen, ins Wasser springen, aber er hat vorbildlich die Stellung gehalten und die Wohnung nicht verlassen. Da ist sie mit zwei anderen Jungs gegangen, mit ihren Berlinern wohl, und hat Tobi danach schön angelächelt, um ihn zu irgendeiner Aktion zu provozieren. Und Tobi sagt, er hat sie aus dem Nichts aufgefordert, ins Bad zu gehen, und dann haben sie da zehn Minuten rumgeknutscht.«

»Gibt's nicht. Wir fliegen nach Rom, und die drehen hier nen echten Highschool-Streifen?«

»Inklusive Strafgericht: Ein Typ, der mit Lauren am Wasser war, hat Tobi eine seiner Lieblingsschallplatten zerkratzt.«

»Aiaiai, welche?«

»Weiß ich jetzt nicht, er hat sie mir gezeigt. Ich glaube, Lauren spielt falsch und hält ihn hin. Sie kann nicht skypen, ihr Computer geht nicht und so was. Tobi sucht für sie nach Ausflüchten, so verliebt ist er. Sie braucht Zeit, meint er, sie hat gerade so das Schuljahr geschafft und kriegt Leistungsdruck von ihren Eltern. Ich hab ihm gesagt, meinetwegen kannst du auch noch mal nach Berlin fahren, aber nur unter drei Bedingungen. Lauren lädt dich ein. Du prügelst dich nicht mit deinem neuen Erzfeind, diesem Plattenzerkratzer. Und du gibst uns die genauen Reisedaten.«

»Bin beeindruckt. Genau die richtige Reaktion.«
»Dacht ich mir, dass du das sagst.«

Rom glüht in uns nach, ohne dass wir ständig Sex brauchen. Die Wärme fließt eher als Anteilnahme in unsere Gespräche ein. Wir versuchen, uns gegenseitig zu verstehen, aber nicht zu durchschauen. Ein schmaler Grat, denn man ist zu alt, um alle Eigenarten des/der anderen zu lieben, sollte aber alt genug sein, diesen Eigenarten mit Gelassenheit zu begegnen. Carla wird nicht mehr sarkastisch, wenn ich eine Erkenntnis aus meiner Jugenderfahrung ableite; sie macht sich nicht mehr lustig über meine Rollenfindung und dass ich mich herabgesetzt fühlte, als ich sie erstmals in ihrem Audi A3 von der Arbeit abgeholt habe; ich hingegen kann ihre klassische Bildung mittlerweile genießen, höre sie gern Klavier spielen, ich kann ihre Zickigkeit, die nur noch selten durchbricht, akzeptieren, und ich bohre nicht nach, wo sie als Mutter eine Verschwiegenheitspflicht gegenüber Tobi spürt. Wir sagen »Zum Wohl«, auch wenn wir nicht einer Meinung sind. Welche Reife, denke ich dann, und tue mir von dem französischen Weichkäse auf, der auf einem Holzbrett zwischen unseren Rotweingläsern zerläuft.

Einmal gehe ich das Sideboard ab und nehme alle Fotos zur Hand, die Carla hat rahmen lassen. Selbst ihr Mann, von dem sie nie redet und nie reden will – hier ist er verewigt. Er trägt den dreijährigen Tobi auf den Schultern einen Strand entlang. Ein Bild zu dritt gibt es nicht von ihnen, aber mehrere am gedeckten Tisch, vermutlich Weihnachtsessen bei Mittermeiers – ihre Eltern, ihr Ehemann, ihr Sohn und Carla selbst. Hat das ein Nachbar geknipst oder gibt es in ihrer Familie eine Selbstauslösertradition?

Es liegt schon wieder eine dünne Staubschicht auf den Glasplatten, so kurz nach dem Einzug. Ich fahre mit dem Zeigefinger Carlas Konturen nach, sie lächelt auf allen Bildern, und ich muss daran denken, wie ich Nuss und Jul ein anständiges Fotogesicht verweigert habe. Von unserer fünfköpfigen Familie gibt es kein einziges Bild, glaube ich, jedenfalls befindet sich keines in meinem Besitz. Wir alle. Das ist nichts, was je gedacht wurde, es ist, als hätte immer schon jemand gefehlt, lange bevor ich ging. Mir fällt der Jubel ein, letzte Woche, nach unserem 2:1-Siegtreffer in der Nachspielzeit. Abklatschen, tanzen, umarmen. Das war ein Bild, das ich vergessen hatte. Das Team, die Mannschaft. Teil eines Ganzen zu sein.

Der Liebesgrund färbt sich rot und gelb. Wind zieht an den Blättern, Regen schlägt sie von den Bäumen. Mehrfach sind die Gullis verstopft, auch in den Kellerluken klebt nasses Laub. Carla ärgert sich, den Aufpreis für einen Kamin gescheut zu haben (wo sie doch schon die Glaskuppel entbehren muss). Wir haben eine Einladung nach Hamburg, von Charlotte Gallen. Nicht irgendwohin, sondern in die Gourmetküche des Jacobs an der Elbchaussee. Was ihre eigene Küche betrifft, muss ich Charlotte noch etwas mit der Notlüge hinhalten, dass die Lieferzeiten für das exquisite Wengeholz so lang sind. Dabei benötige ich die Zeit, um mich in das aktuelle Computerprogramm der Fräse einzuarbeiten, die das Holz zuschneiden soll. Ich hab schon so generös bestellt, dass ich mir allerhand Ausschuss erlauben kann, aber auch zwei Wochen Schnellkurs mit DVD und ständigen Live-Nachfragen bei Sancho und seinen Gesellen haben mich noch nicht so gefestigt, dass ich den ersten Schnitt wage. Charlotte sagt, sie habe einige Schwächen, aber die Ungeduld gehöre nicht dazu.

Dabei hat sie dieses Abendessen nur dafür geschaffen, um mich über eine zweite Flanke unter Druck zu setzen. Unter den zehn geladenen Gästen sind mindestens zwei Damen, denen Charlotte bereits von mir vorgeschwärmt hat, die also womöglich auch schon auf ihre neue Küche warten.

Das Fünf-Sterne-Hotel, in dem das Restaurant untergebracht ist, wirkt von der Elbchaussee aus mit seinen weiß überstrichenen Backsteinen friesisch zurückhaltend, auch weil die Fassade hier nur einen zweigeschossigen Bau mit einigen Dachgauben vermuten lässt, es erweitert sich aber nach hinten hinaus zur Elbe mit einer waghalsigen Statik und hat durch Souterrain und Dachgeschoss plötzlich vier Etagen voller Zimmer und Suiten.

Wir sind im letzten Oktoberlicht des Tages angekommen, stehen im großzügigen Lindengarten an der Reling und sehen Frachtschiffe vorbeiziehen, um danach von Charlotte Gallen und einem Hotelangestellten über eine Wendeltreppe in den schmalen, aber neun Meter hohen Eiskeller hinabgeführt zu werden, der erst bei den Erweiterungsarbeiten in den neunziger Jahren entdeckt wurde. »Der Backstein duftet hier unten, dass ich schon gar nichts mehr essen muss«, sage ich zu Carla, aber auch der Elbblick in Richtung Nordseeausfahrt, die Abendsonne, die durchs gelbe Lindenlaub wirbelt, die Hotelbar mit ihren bunten Kugellampen und überhaupt alle architektonischen Eindrücke sind überwältigend. »Die größte Suite kostet 1500 Euro die Nacht«, flüstert Carla, als wir aus dem Eiskeller hinaufsteigen. Ich muss aufpassen, dass ich nicht den kleinen Jungen gebe, der mit großen Augen nach jedem Detail fragt.

Schon beginnen wir das Menü mit einem dekorierten Taler aus roh mariniertem Zander, an dessen Rand lauter kleine Sprösslinge in verschiedenen Grüntönen wachsen, die eine gnubbelige Konsistenz haben und wohlschmeckend salzig sind. Ich bin vom ersten Bissen an fernab unserer Gesellschaft unterwegs, fahre mit meiner Zunge den Mundraum ab, die Wangentaschen, um Geschmack aufzusammeln, um ja keine Note zu schnell verblassen zu lassen.

Während der Vorspeise reden nur die Frauen, auch Carla, die rechts neben mir sitzt, redet viel, es geht um Bayreuth und die Vandalen, die am Wochenende protestiert haben (»solange ich lebe, werde ich keinen Fuß in diesen Abraum setzen« – gemeint ist das Schanzenviertel). Weder kann ich etwas beisteuern, noch würde ich es wollen, dabei ist doch die ganze Tafel dafür hergerichtet, dass ich Charlottes Freunde kennenlerne. Irgendwann ist mein linker Tischnachbar so gnädig, mich zumindest nach meinem Beruf zu fragen, und ich bin für einen Moment gewillt, Tischler zu sagen, sage aber natürlich Architekt. Indem ich die Frage zurückgebe, wende ich ihm meinen Blick zu – mein Erschrecken ist sogar hörbar. Ich könnte schwören, in ein Schweinsgesicht zu blicken, ein Schweinskopf in Smoking und Fliege, zurückgegelte weiße Haare, ein bisschen Ahrens, aber noch mehr dieser Mäzen, der wie eine Geißel am Hamburger Sport-Verein hängt. Er öffnet seinen Mund, mit Zähnen groß und schief wie krachend aneinander vorbei gestapelte Container, Zähne, gelber als die Lindenblätter auf der Terrasse:

»Carstensen T.«, sagt er.

Niemand würde das auf Anhieb verstehen. Einfach den Namen Carstensen und dahinter den Buchstaben T, und während ich probiere, mir den Eindruck seines Gesichts mit einem großen Schluck Weißwein von der Seele zu spülen, fügt er hinzu:

»Vorwiegend Assam.«

Als Hauptgang gibt es Salzwiesenlamm. Ich ertappe mich dabei, die Augen länger zu schließen, als man es aus der Fernsehwerbung kennt, wenn Genuss vorgeführt wird. Die Unterhaltung neben mir und um mich herum dreht sich jetzt endlich um die Elbphilharmonie. Jeder weiß alles, drei der Damen haben schon ein Konzert gehört und maßen sich ein Urteil über die Akustik des Großen Saales an (zweimal herausragend, einmal anständig). »Ich war noch nicht mal im Gebäude«, sage ich.

»Ach, und ich dachte, Sie sind hier der Architekt.«

Wer dachte da? Die Tischnachbarin von Charlotte, knapp sechzig, gutaussehend, hanseatischer Genpool. Ich suche ihren Blick:

»Was glauben Sie, wie lange wird es dauern, bis überall aus der Elphi mit ph eine Elfi mit f geworden ist?«

Sie zögert kurz.

»Ich verstehe nicht, was Sie mit der Frage bezwecken.«
»Das erschließt sich. Denken Sie darüber nach.«

Rauchen auf der Terrasse. Es ist fast windstill und der Fluss hebt sich nicht mehr vom Himmel ab, spiegelt aber schwach ein paar Lichter von Airbus, das Flugzeugwerk liegt genau gegenüber. Die Elbe lässt mich an den Betriebsausflug mit meiner Berliner Architekturfirma denken, der uns vor vielen Jahren ganz in die Nähe führte. In die Strandperle, etwas weiter stadteinwärts, dafür direkt am Uferstrand. Wir waren wichtig genug, um an Oberdeck zu speisen, auch damals stand ich am Fenster und sah hinaus, hinunter, hinüber. Es ist, als würde die Stadt Hamburg mich nur in der Vertikalen anspielen, als wolle sie mich jedes Mal wieder auf die Frage zurückwerfen, zu wem ich mich zähle, denn vom Oberdeck sah man herab auf die Normalsterblichen, die unten im Freien saßen, zwischen Wellblech und abgeblätterter Farbe hielten sie sich an ihren Handtaschen fest, ihre Kinder spielten im Sand. Und man sah die Malocher drüben im Frachthafen, die in neonfarbenen Westen die Container steuerten.

Der Unterschied: Damals war ich auf eine überhebliche Weise glücklich darüber gewesen, dass man mir das Klassensystem zu Füßen legte. Ich wollte nur vom Oberdeck aufs Dach, wollte auf eine Ebene mit Höttges gelangen, Häuser und Wohnanlagen nicht bloß bauen, sondern verantworten.

An diesem Abend schmeckt die Zigarette anders. Ich will sie nicht als Tischler rauchen, der tagtäglich Ware produziert, sie ist kein Frühstücksbrot zwischen zwei Schleifgängen. Aber ich will auch absolut nichts zu tun haben mit den stinkreichen Schweinsköpfen, die für eine »ehrliche Marke« stehen wollen.

Darauf einen Carstensen T.

Nein, Zander hin, Salzwiesenlamm her, so sieht meine Welt nicht aus. Hat sie nie, wird sie nie. Es ist einfach falsch, dass ich sie provoziere, unnütz, dass ich mir bei Tisch die Frechheit herausnehme, mit der diese gesamte Abendgesellschaft schon auf die Welt gekommen ist. Und jetzt gerade wäre es hilfreich, wenn Carla ihre Serviette auf den Tisch legte und mir nach draußen folgte. Wir wären vorhin besser abgebogen, hätten an der Strandperle einen Burger essen sollen. Eine Kippe anzünden und ein Kleinunternehmer sein, der irgendeinem seiner Kunden Freude bereitet hat, dem das Gefühl gegeben wurde, gut ausgebildet zu sein und gut gearbeitet zu haben, der jetzt einen Arm um Carlas Hüfte legt und sich mit dem Liebeskummer und den Schulproblemen ihres Sohnes auseinandersetzt und kein jämmerliches Selbstgespräch über Klassenunterschiede führt, der bereits seine Sporttasche im Kofferraum stehen hat, weil er später noch auf dem Fußballplatz seinen Dienst an der Jugend tut.

Waschmaschine

03:52 Uhr und ich kann einfach nicht beantworten, ob ich diesen Traum schon einmal geträumt habe und nichts mehr davon wusste, oder ob er einem Erlebnis meiner Jugend entspricht. Ich bin unten im Bruch gewesen. Um mich herum die Nässe, die ich schon immer mit dem Bruch verbunden habe. Im Flutlicht flattert der Regen. Ich sehe mich die Bälle durch Matsch und Pfützen und über Schneeflächen treiben. Bilder für den Drang, sich durch den ewig nasskalten November zu bewegen, der auch in der Wirklichkeit gerade angebrochen ist. Dann ist das Training vorbei. Ich zünde mir eine Zigarette an, und als der Tabak aufglüht, ist der Parkplatz plötzlich übersät von roten Punkten, überall leuchten Rücklichter auf, und ich sehe, wie meine Mitspieler ihre Fahrräder in die Kofferräume irgendwelcher Kombis hieven. All die Weicheier, die von ihren Eltern abgeholt werden. Hier stimmt der Traum schon auf eine unheimliche Weise. Zwar habe ich damals nicht geraucht, und doch wären meine Eltern nicht mal auf die Idee gekommen, mich und das Wetter zusammenzudenken. Die Kapuze über Kopf und Mund zugeschnürt – nur Augen und Nase bleiben frei –, so fetze ich ohne Licht nach Hause. Ohne Licht, weil der Dynamo bei Regen nicht funktioniert. Ich beuge mich vornüber und drücke ihn an den Fahrradmantel, der Dynamo summt, aber er produziert kein Licht. Es schüttet wie aus

Kübeln. Ich fahre und springe auf dem Waldstück mit dem Rad über unsichtbare Baumwurzeln, wobei ich, um das Unwetter zu verscheuchen oder zumindest die Dunkelheit zu überleben, die Radiokonferenz eines fernen Bundesliga-Spieltags vor mich hinspreche, irgendwelche Reporter imitierend, Rubenbauer aus München, Werner Hansch natürlich, Koch aus Nürnberg. Plötzlich taucht eine dunkle Gestalt auf, die ihren dunklen Hund laufen lässt, und ich fühle mich in meiner Reportage derart ertappt, dass ich nur noch lauter spreche und wie ein armer Irrer an dem Fremden vorbeischwadroniere. Im nächsten Moment schätze ich einen Abstand zwischen den Bäumen falsch ein, stürze und falle bös auf die Fresse. Hinter mir Gebell. Hilfe! Mein Lenker verbogen, spürbar Haut am Ellbogen abgeschürft unter der Jacke. Meine Reportage springt von der Bundesliga in die Tour de France, *oooh, da hat es ihn böse erwischt, die Höllenhunde sind hinter ihm her, keine zwei Kilometer vor dem Pass verliert er den Anschluss auf die Spitzengruppe, aber was ist das, er biegt den Lenker gerade, sitzt auf und kämpft, er geht aus dem Sattel und schließt zu den Führenden auf, un-glaub-lich!*

Ich quatsche die ganze Zeit. Bis die ersten Laternen in Sicht kommen. Der Zieleinlauf. Ich gewinne die Etappe, reiße die Arme hoch und will meine Freude herausschreien, aber das ganze Haus ist dunkel, mitsamt unserer Wohnung im oberen Stockwerk. Ich steige hinab in den Fahrradkeller. Von dort biege ich auf den Gang und vom Gang in den Wäschekeller. Es gab eine Zeit, da habe ich meine klatschnasse Tasche mit den klatschnassen Trainingsklamotten und Fahrradklamotten erst oben in der

Wohnung entleert, alles in die Badewanne geschmissen. Nimm das, Sigrid, Schlammreste und Sand und Schweiß und Gestank.

Im Traum tue ich das nicht. Da bin ich schon ein großer Junge. Vielleicht sind Nuss und Jul sogar schon ausgezogen und es gehört zu meinen häuslichen Pflichten, die Wäsche zu machen, sie runterzubringen, aufzuhängen, abzuhängen, hochzubringen. Das ist egal. Ich komme in den Wäschekeller, wo jede der Mietparteien ihre Waschmaschine hat. Ein stockfinsteres Surren ist zu hören. Unsere Familienmaschine läuft. Ich will mein Dreckszeug reinstopfen und sie anmachen, aber sie läuft schon. Alle anderen Maschinen stehen still. Und da fängt unsere Maschine an zu wandern. Sie schleudert nicht, aber sie wandert ein Stück auf mich zu.

Erst schrecke ich kurz auf. Mitten im Wäschekeller bleibt sie stehen. Ich ziehe mir den einzigen Stuhl des Raumes unters Gesäß, ein schwarzer Plastikklappstuhl mit lauter weißen Farbsprenkeln. Die Lehne vor der Brust sitze ich ganz cool da. Ich rede zu ihr. Hast du Angst, frage ich. Vor mir womöglich. Bin ich zu rabiat, wenn ich die Wäsche in dich hineinstopfe, ist dir auch gerade so heiß, stört es dich, wenn ich vor dir sitze, gerade bei fünfundneunzig Grad, wo du an deine Leistungsgrenzen gehen musst usw.

Sie fährt hoch.

Die Waschmaschine rattert, grumpelt, donnert.

Und sie setzt sich wieder in Bewegung, die Maschine wandert nicht bloß, sie ist jetzt beleuchtet, sie hat ein beleuchtetes Auge und ist hinter mir her, folgt mir auf den

Kellerflur, und ich reiße die Tür unseres Kellerverschlags auf, eine Tür aus Holzplanken, torerohaft lasse ich die Maschine an mir vorbeiziehen und hineinwandern und schmeiße die Tür hinter ihr zu. Ich klopfe mir den Staub von den Händen. Ratternd und donnernd dreht sich die Maschine um, bis wir uns durch die großen Abstände zwischen den Planken ansehen.

Ich starre in ihr lautes neonweißes Auge. Das große Neutrum. Warum beobachtet es mich. Oder passt es auf mich auf, damit ich der Gesellschaft nach dem ganzen Mist, den ich mir bis zum Schulabbruch geleistet habe, nicht verloren gehe?

Das Auge sammelt Schaum im Lid.

Traum und Kindheit lösen sich im Schaum auf.

Wut, vielleicht Tränen.

Ich habe keinerlei Mitleid. Alles läuft auf diesen Augenblick hinaus. Das starke Gefühl, dass es mit mir reden will. Aber nicht kann. Dass ich aufgefordert bin, ihm etwas zu entlocken, dem Auge. Aber auch nicht dazu fähig bin. Sein Licht wird immer heller, gleißend hell.

Ich kann Carla nicht wecken, zittere am ganzen Körper. Sie bewegt sich, sie hat sich einmal bewegt. Das muss die Erklärung dafür sein, dass ich diese Maschine nach dem Tod meiner Mutter mitgenommen habe nach Berlin. Aber es ist doch reiner Zufall, es ist nichts als eine Fehlplanung, dass es im Waschkeller dieses Hauses einen Maschinenanschluss zu viel gibt. Dafür bin ich nicht verantwortlich. Und Carla hat mir den Vogel gezeigt, als ich meine eigene Maschine aus Berlin anschleppte.

»Willst du unabhängig bleiben in diesen Dingen?«
»Nein, nein, ich häng nur an ihr.«

Unsere alte Waschmaschine, die meine alte Waschmaschine geworden ist, sie steht hier im Keller, ich wasche meine Klamotten darin und die Trikots und Leibchen der Jungs, die ich trainiere.

Briefkopf

Jul hat ihn angekündigt, und nachdem ich geklingelt habe, hält sie ihren schwarzen Bernhardiner am Halsband fest und redet auf ihn ein, aber der Hund bellt und bellt und beruhigt sich nicht. Ein Kopf wie ein Bär, und er reicht Jul bis zum Bauchnabel. »Geh mal durchs Gartentor nach hinten«, sagt sie, »ich sperre Wynton erst mal ins Zimmer, damit er sich an deine Stimme gewöhnt.«

Jul und Bea leben in einem Dorf, das nie groß genug für einen Kirchbau gewesen ist. Sie leben an der Dorfstraße, weil es nur die Dorfstraße gibt. Sie leben als Untermieter in einem Dreiständerhaus, das ich auf mindestens hundertdreißig Jahre schätze. Eine Hausinschrift über der Eingangstür ist unleserlich geworden. Im Garten stehen übermannshoch Gräser, Schilf und Unkraut, der hindurchführende Pfad ist so eng, dass die nassen Pflanzen ein Muster auf meine Stoffjacke zeichnen. Nur wenn ich mich strecke, sehe ich zwei Winterapfelbäume, die schwer an ihren Früchten tragen.

»Micha, Kaffee, nehm ich an. Bist du warm genug angezogen für draußen? Heute geht's ja, oder wie findest du's? Hör mal, Wynton beruhigt sich schon, du kannst dir bestimmt nachher die Wohnung angucken.« Jul stößt eine Fliegentür auf und kommt mit einem vorbereiteten Tablett nach draußen. Sie trägt einen roten Fleecepullover. »Wir sind nur hier rechts auf drei Zimmern«, sagt sie, »das war früher die Traufe mit den, ähem, mit den Schweineställen.«

Ich bringe diese Aufgekratztheit nicht mir ihr zusammen, selbst nach Nuss' Vermittlungsarbeit und unserem Telefonat vor drei Tagen nicht. Wir haben es abgebrochen, weil Jul plötzlich anfing zu schluchzen.

»Micha, Mann, schön, dass du mich besuchen kommst. Ich habe nicht damit gerechnet. Wynton anscheinend auch nicht. Deshalb sind wir jetzt fast ein bisschen aufgeregt. Dass wir's wieder irgendwie verderben für dich.«

»Komm, übertreib nicht, Jul.«

»Doch, ehrlich, ich hab damals schon so heftig reagiert, als du plötzlich weg warst und nichts mehr mit uns zu tun haben wolltest. Aber das kannst du ja nicht wissen.«

»Jetzt lass uns erst mal ein Stück Kuchen essen.«

In den nächsten fünf Minuten findet unser persönliches Spiel statt. Es endet 1 : 1, das Resultat steht im Grunde vorher fest. Ich gehe in die Offensive, versuche Jul bei der beruflichen Ehre zu packen. Sie wisse doch viel besser als ich, dass es falsch sei, den Menschen alles abzunehmen, was sie nicht gebacken kriegen. Warum also ist sie damals eingesprungen. Warum hat sie Sigrid nicht dazu gebracht, sich persönlich beim Prinzen zu entschuldigen. Warum ist sie es gewesen, die Blumen und Wein brachte.

Juls Antwort, ebenso vorhersehbar: Nicht sie, sondern ich sei der Blinde gewesen, ich hätte bis heute nicht kapiert, dass der Krebs sich nicht einfach durch Sigrids Körper gefressen habe, sondern auch durchs Gemüt. In ihre Psyche hinein. »Sie hat nicht einfach nur gesagt, unser unschuldiger Herr Vater geht ins Rotlichtviertel. Sie hat es geglaubt. Das ist ein Unterschied, Micha. Und dass sie überhaupt da an deinem Sportplatz rumgelaufen ist und sich dann auch noch daneben benimmt, das war doch kein willentlicher Akt.«

Sondern?

»Kontrollverlust.«

Ob das ihre ganze Diagnose sei? Kontrollverlust, da muss ich zuallererst an den Song von Ian Curtis denken, den ich damals auf dem Walkman hörte. Das ist kein Wort, das mir weiterhilft: »Weißt du was, so pauschal und spekulativ will ich auch nicht mehr drüber reden.«

»Nicht mehr? Du bist gut. Aber mitten in der Nacht anrufen wie ein aufgescheuchtes Huhn: Wo ist das Delfinbesteck, Jul, du musst doch wissen, wo das Delfinbesteck ist.«

»Da hab ich mich halt über diese Michelsen aufgeregt.«

»Die Michelsen ist gar nichts gegen dich, Micha.«

»Na komm, bitte. Ich war vielleicht desinteressiert, aber die ist boshaft.«

»Und du warst boshaft desinteressiert.«

»Weil ich mich nie bei dir gemeldet habe?«

»Weil du im falschen Moment abgehauen bist. Im falschesten, wenn man das sagen kann. Und weil du dich nie bei mir gemeldet hast, ja.«

An dieser Stelle beginnt Wynton wieder zu bellen. Zu Recht, denke ich gleich. Er findet wohl, dass die Stimme seines Frauchens jetzt zu laut und eindringlich klingt, und mich hält er sicher für den Schuldigen. Wir sind ein Dreieck der Unruhe. Auch meine Schwester erkennt das, sie greift sich ein Stück Butterkuchen und lehnt sich damit in ihrem Gartenstuhl zurück. Fast so, als schäme sie sich vor dem Hund.

Hoffentlich kommt sie mir jetzt nicht mit unbekannten Briefen aus dem Nachlass unserer Mutter. Oder mit der Kopie der Krankenakte, die sie mir bei der Trauerfeier zugesteckt hat und die ich gleich auf dem Friedhof liegengelassen habe. Ich gieße mir Kaffee nach und wärme meine Hände an der gefüllten Tasse.

»Du, mit diesem Fußballspiel …«

»Warte mal, ich bin noch nicht so weit.«

»Wo ist eigentlich Bea?«

»Lenk nicht ab, Micha. Sie ist im Studio.«

»Ich weiß gar nicht, was sie macht.«

»Ich weiß, dass du gar nicht weißt, was sie macht. Bea macht Ton.«

»Ach so, töpfern.«

»Sie ist Jazzpianistin. Tontechnikerin. Und Klavierstimmerin.«

Ich mache ein beeindrucktes Gesicht. Wenn ich jetzt frage, wie sie sich kennengelernt haben, klingt das dann schon wieder ungläubig? So als könne Jul keine musisch begabte Freundin haben?

»Und hast du deine Geige wieder ausgepackt?«

»Ach was, nein, Bea kennt so gute Violinistinnen, da muss ich nicht dazwischenkrächzen.«

»Krächzen, du? Ich wünschte, ich könnte ein Instrument so spielen wie du Geige.«

»Na, du hast immerhin deinen Fußball.«

»Yippie. Und du wirst lachen, aber ich hab ihn den Jugendlichen schon mal genau so erklärt. Dass sie jetzt nicht zur Musikschule gehen, sondern am Ball üben. Man kann sehr virtuos daran werden, bis der Ball sogar um Kurven fliegt, aber: Er will geliebt werden und vergibt keine Unaufmerksamkeit.«

»Jetzt sprichst du aber über dich«, lacht Jul.

Und dann spreche ich wirklich mal über mich. Über die Gegenwart auch. Denn Sigrids Auftritt am Fußballplatz, die vermaledeiten Jahre, nachdem sie von ihrer Krankheit erfahren hatte, auch mein Absprung aus dem Kaff, der Zeitpunkt, gerade der Zeitpunkt – das ist alles nicht verhandelbar. Ist es nicht so, dass wir Erfahrungen besonders heftig vor denen verteidigen, die einen anderen Weg gegangen sind?

Den Geschwistern etwas voraushaben, das ist ein wesentlicher Teil meiner Identität. Mein Pioniergeist. Ich glaube, dass Jul davon weiß. Dass sie sich sogar ein Bild von meiner ersten, im Grunde unbewohnbaren Altbauklitsche in Berlin machen kann, obwohl sie nie einen Fuß hineingesetzt hat. Darum soll es heute nicht gehen. Ich bin derzeit kein Architekt, der sich aussuchen kann, wo er Häuser errichtet. Aber es ist mir immerhin gelungen, sage ich, eine Wohnung zu bauen, in der ich selbst Unterschlupf gefunden habe. Als ich anhebe, von Carla und Tobi zu erzählen, schlägt Jul die Hände vors Gesicht:

»Das klingt wie einer meiner Träume von dir. Du baust für andere und ziehst selbst ein.« Sie gluckst erst, dann lacht sie aus ganzem Herzen, es dauert eine Weile, bis ich weiterreden kann.

»Ich hab nach dem Studium als einer von drei Männern ein Büro aufgebaut. Aber die anderen beiden sind ohne mein Wissen zum Gewerbeamt gerannt, und ich war so dumm zu glauben, dass ein lukrativer Arbeitsvertrag genauso viel wert ist wie mein Name im Briefkopf. Sechseinhalb Jahre meines Lebens hab ich für dieses Büro Kunden akquiriert, gezeichnet, geplant, ich war de facto der dritte Chef, und irgendwann wollte ich mit meinem Namen dafür einstehen. Zuerst haben sie mir auf die lustige Tour abgesagt. Dann müsste es ja *Höttges Bracht Schürtz* heißen – und da würde sich ja jeder fragen, wem Höttges denn nun die Schürzen gebracht hat. Kein Name für ein Architekturbüro. Aber ich wollte das durchdrücken, und da haben sie einfach in den Mobbingmodus geschaltet. Mir meine Mails zurückgeschickt, wenn sie zwei Rechtschreibfehler hatten. Meine Kleidung kritisiert. Einmal gesagt, ich hätte mich nicht an die Verschwiegenheitspflicht gehalten. Alle waren instruiert, mir Fehler nachzuweisen.«

Der Hund winselt jetzt, womöglich hat er Hunger. Durch die Fliegentür hört man sogar, wie er über Fliesen tapst, aber Jul winkt ab, ich soll weiter von Berlin erzählen.

»Wir hatten da zwischen zwei Eisenträgern eine Slackline im Büro, und das war mein Gefühl, dass alle Mitarbeiter jeden Morgen angehalten waren, mit vereinter Kraft nachzuspannen. Ich hab noch diese Ratsche im Ohr. Sie wussten, dass ich irgendwann die Nerven verliere. Jeder verliert irgendwann die Nerven, oder? Und da hab ich der fast noch minderjährigen Praktikantin, die sie mir zugespielt haben, einen Patronengürtel umgelegt und sie im Büro festgebunden. Die gesamte Kulturbrauerei musste geräumt werden.«

»Um Himmels willen, Micha!«

»Nein, das hab ich nicht getan, das waren nur meine Gedanken, bevor ich ausgeflippt bin und gekündigt habe.«

Jul versinkt im Gartenstuhl, aufatmend. Wie Greg traut auch sie mir noch die allerschlimmsten Aktionen zu.

»Ist drei Jahre her. Aber ausgerechnet die beiden, Höttges und Bracht, die haben mir jetzt auf eine Rundmail geantwortet und mir ein Stück Lagerraum für meine Möbel angeboten. Ich dachte, vielleicht ist es genau das, was *ich* will, anwesend bleiben, als Stachel in ihrer Hirnrinde.«

»Also hast du's angenommen.«

»Hab ich. Und pass auf, vorgestern kommt eine Mail: So groß hätten sie sich das Sofa nicht vorgestellt, das müsse ich wieder abholen. Innerhalb von vierzehn Tagen. Sonst stellen sie es raus auf die Straße.«

»Wahnsinn.«

»Was ich dir nur sagen will, Schwester: Die wirklich Harten, das sind die anderen.«

Sie öffnet die Arme und sieht zum Himmel hinauf: »Ganz ehrlich, Micha, das hab ich immer gewusst.«

Jul geht ins Haus und kehrt mit Wynton zurück. Der Bernhardiner hat einen gelben, luftleeren Ball im Maul, will aber nicht damit spielen. Er kommt direkt auf mich zu, knurrt noch einmal, drückt dann seinen festen Rücken an mein angewinkeltes Knie. Ich nehme seinen großen Kopf zwischen meine Hände und kraule ihm die Mähne.

»Schön, dass wir uns kennenlernen.«

Schwitzkasten

Ein Hallenturnier oder: Was ich alles nicht mehr kannte. Das hundertfach tumbe Geräusch, mit dem der neongelbe Filzball hinter dem Tor auf die Teppichwand prallt. Die permanent quietschenden Turnschuhsohlen. Meinen besorgten Blick hinauf zur vergitterten Anzeigetafel. Den dröhnenden Summer nach dramatischen zwölf Minuten Spielzeit, mal erlösend, mal enttäuschend.

Am Ende des ersten Turniertages kommt der Hausmeister der Halle auf mich zu. Er trägt einen blaugrauen Kittel, weil er Dienst hat, womöglich will er sogar zeigen, dass ihn Fußball überhaupt nicht interessiert. Er sagt aber:

»Sah ja wüst aus, der Knöchel.«

Er sagt das sogar einfühlsam.

»Stimmt, hoffentlich ist nichts gebrochen.«

»Aber er war ja ganz tapfer.«

Wir sprechen über Jonas Heintz, der im letzten Spiel umgeknickt ist, sein Fußknöchel war innerhalb von zehn Minuten angeschwollen wie der Kehlsack eines Fregattvogels. Oleg hatte unseren Jungen huckepack nehmen müssen und ist mit ihm ins Krankenhaus gefahren, also zurück in die Stadt.

Den anderen Jungs habe ich gesagt, sie sollen sich beim Duschen Zeit lassen, und sie waren wirklich langsam, sammeln sich jetzt aber auf dem Kabinengang, stülpen sich ihre Mützen über die nassen Haare. Die übrigen Mannschaften haben die gleißend helle Turnhalle bereits verlassen, der Hausmeister hält die Tür für uns auf, ich zähle durch. Achtzehn, vollzählig. Bis morgen dann.

Unwirklich fühlt sich der Moment an, als wir die Außenwelt wieder betreten. Vor der Halle herrscht völlige Dunkelheit, wir müssen den matschigen Feldweg erst suchen. Links winterhartes Getreide, von rechts duftet Porree, oben hauchzart die Mondsichel. Der Weg ist leicht abschüssig und führt auf den Parkplatz zu, und jetzt zücken alle ihre elektronischen Geräte, die sie am Heiligabend geschenkt bekommen haben, Smartphones und tragbare Bluetooth-Lautsprecher. Im nächsten Moment Musik. Das Hundebellen von Kendrick Lamar, ich kenne ihre Songs schon auswendig. *I said I'm geeked.* Es gibt keine natürliche Umgebung für den Menschen, es gibt nur verschiedene Arten von Laternenumzügen. Ich gehe ganz hinten und sehe die Displays leuchten.

Otterskirchen kommt mir vor wie der tiefste Punkt der norddeutschen Tiefebene, wahrscheinlich ist der Indoor Cup hier der Höhepunkt des Jahres. Aber wenn man schon nicht in die Sonne fährt, denke ich, was spricht dagegen, die kürzesten Tage unter dem künstlichen Licht der Sporthallen zu verbringen? Teams aus ganz Deutschland sind angereist und in den Schulen der Umgebung untergebracht, wir haben sogar zwei Mannschaften gemeldet, damit auch mal diejenigen spielen, die auf dem Rasen nicht so oft zum Einsatz kommen.

Unsere Schlafschule liegt drei Dörfer weiter gen Westen. Und beim Duschen haben wir nur deshalb gebummelt, weil kein fremder Betreuer unbedingt mitansehen soll, wie ich jetzt achtzehn Jungs in einem VW-Bus verteile. Zwei nach vorne zu mir, auf den Rückbänken gibt es ein sitzendes Fundament aus zweimal fünf Jungs, die die sechs Leichtgewichtigsten auf den Schoß nehmen sollen. Gerade als ich den Motor anlasse, simst Oleg aus dem Krankenhaus. Sie warten beim Röntgen. »Seine Eltern sind im Skiurlaub. Bringe Jonas dann nach Hause.«

Warum ich überhaupt von alldem erzähle: Weil die Meinungen über das, was an diesem Abend geschah, über das, was jetzt in den nächsten Minuten geschieht, weit auseinandergehen, beinahe unendlich weit. Wir starten noch einmal mit *Loyalty Loyalty Loyalty*. Ich spüre Erschöpfung, die Jungs nicht, es wird gesungen, geklatscht und gejohlt. Tobi zieht die Hosen runter und drückt sein blankes Hinterteil an die Seitenscheibe. Als wir das erste Dorf erreichen, testen sie an der einzigen roten Ampel die Stoßdämpfer, hüpfen wild auf und ab. Arne Keller reißt die Seitentür auf, tanzt auf der Straße. Ich brülle ihn zurück in den Bus.

So weit, so gut.

Nach vorne heraus nur Fuchs und Hase und gute Nacht. Das nächste Dorf heißt Stemmel. Scharfe Kurven führen durch den Wald. Ich fahre höchstens siebzig und fast durchgängig mit Fernlicht.

Zunächst ist es nur als Scherz gemeint, glaube ich: Zwei der Banksitzer rücken voneinander ab und lassen eine Lücke zwischen sich aufreißen, also rutscht einer, der auf dem Schoß saß, aufs Sitzpolster hinab, wird dort gequetscht und gerempelt und, indem der Schwitzkasten sich in eine Umarmung verwandelt, vom Fundament aufgenommen. Dasselbe passiert auch auf der zweiten Rückbank und hat zur Folge, dass nun einer, der gesessen hat, seitwärts aus dem Sitz hinaufgedrückt wird, sich nach dem Busdach streckt und sich selbst aufs obere Niveau stemmt. Die Ordnung ist zerstört, ich sehe durch den Rückspiegel, wie sich eine Art Sitzpogo in Gang setzt. Dazu grölt der ganze Bus *Worst Behavior* von Drake.

Das Bild hat einen tieferen Sinn. Diffusion, denke ich, Verbrüderung. Denn meine Mannschaft ist ein Gebilde, in dem Hierarchien zwar deutlich artikuliert, aber nicht immer akzeptiert werden, jeder Schwärmerei des einen – sei es für Mädchen, Filmserien, Fußballer oder Vereine – meint ein anderer widersprechen zu müssen. Zusammen Fußball spielen, ja, aber im Alltag gibt es ein starkes Bedürfnis nach Unterscheidung, die Mittel sind bekannt: Coolness und Ignoranz, Lautstärke und Musikrotation, Begrüßungsrituale und Tabubrüche etcetera.

Die Busfahrt geht darüber hinweg, sie zeichnet jetzt ein Leuchten in ausnahmslos alle Gesichter. Die Jungs sind unten und oben zugleich, werden waagerecht durch die Reihe gereicht oder nach hinten befördert. Yo, denke ich, Teambuilding ganz ohne Aufwand. Und natürlich singe ich mit. *Mothafucka never loved us,* der Bus, als fahrende Jukebox gestartet, ist jetzt ein Live-Konzert, ein Event, das durch den leblosen norddeutschen Winterabend rollt, Kurve, zweiter Gang, dritter Gang, wieder Wald, was ist das, *Do you think about me now and then, I'm coming home again,* Kanye, schreit irgendwer, alter Song, aber geil, schreit irgendwer, Kurve, durchgezogene Linie, zweiter Gang …

Als wir die Schule erreichen und davor parken, nehme ich schon keine Rücksicht mehr auf Zeugen. Ich öffne die Schiebetür gegen den Druck der Körper, gegen den Druck der Musik, auf dass alle herauspurzeln. Dabei zerfällt zwar das Gebilde, aber – wie die beiden folgenden Tage zeigen werden – nicht das Gemeinschaftsgefühl. Tobi haut mir mit beiden flachen Händen auf den Rücken, stößt mich von sich weg vor Begeisterung. »Geile Fahrt, T.!« Das ist neuerdings mein Spitzname bei den Jungs. Sie nennen mich englisch T., wegen T-Schürtz, weil ich ihnen immer die Trikots wasche. Das hat auch noch kein Trainer gemacht.

Der Rest des Turniers ist nebensächlich. Aber die Busfahrt ist noch nicht zuende. Ich habe anscheinend einen Traum erlebt, und nun muss noch über die *Wirklichkeit* gesprochen werden. Das ist Stockis Wort. Keine vierundzwanzig Stunden nach unserer Rückkehr (an Neujahr also) haben Oleg und ich schon die erste Mail im Posteingang, wenige Tage später sollen wir uns im ersten Geschoss des Vereinsheims einfinden. Zum Tribunal.

Stocki, Abteilungsvorsitzender Fußball, begrüßt uns, indem er vorrechnet, was den Verein diese Busfahrt kosten könne. Erst mal natürlich fußballerisches Talent. Rechtsanwalt und Notar Haskamp hat seinen Sohn abgemeldet, und Sidka auch. Für alle, die das Kaff nicht kennen: Die Elektroladenkette ist nach diesem Sidka benannt. »Einmal 200 im Monat, einmal 150 im Monat«, sagt Stocki, »da kommen wir im Jahr auf 4200 Euro Unterstützung für den Förderverein, mit dem wir die Gehälter der Ersten Herrenmannschaft zahlen. Wer von euch möchte das übernehmen, Oleg, Micha, wollt ihr das unter euch aufteilen, oder habt ihr euch schon umgeguckt, wo das Geld herkommen soll?«

Stille, wie sie nur eine Provokation herstellen kann. Stocki also weiter:

»Wir haben gerade mal den fünften Januar, ihr solltet euch zuerst mal schriftlich bei den Familien entschuldigen, da setzt ihr mir einen Brief auf: Wir verstehen Ihren Ärger, nicht alle angeschnallt, eine Gefahrensituation war gegeben, aber kommt nicht wieder vor, vielleicht doch überschnelle Reaktion Ihrerseits, wollen Sie sie noch einmal überdenken.«

Ich bin immer noch zu perplex, um zu widersprechen, kann mir aber den Kommentar nicht verkneifen, dass ich sowohl Haskamp (»Sie nehmen das wohl nicht so ernst«) als auch Sidka, der schon einmal schriftlich darauf insistiert hat, dass die Fußballschuhe nach dem Training direkt am Platz gesäubert werden (»vor allem im Bereich der Stollen«), schon vorher nicht zu meinen allerbesten Freunden gezählt habe. Damit bringe ich Stocki nur noch mehr in Rage:

»Pass auf, Micha Schürtz. So wie du hier auftrittst, hast du unseren Sportverein noch nicht ganz verstanden. Es interessiert mich nicht, ob diese Väter dein Typ sind oder nicht. Es sind genau diese Typen, denen wir keine Angriffsfläche bieten dürfen. Und wenn wir eine solche Sportfreizeit machen, dann gilt eure Loyalität nicht mir, sondern dem Verein, allen, die Mitglieder sind und die was beisteuern, und nicht zuletzt den besorgten Müttern und Vätern zu Hause, die nichts wollen, außer dass die Kinder bei euch in guten Händen sind.«

Es ist ein Moment, in dem Demokratie als die unmöglichste aller Staatsformen erscheint. Und es ist ja auch keine Demokratie mehr, meine Wahrnehmung (Verbrüderung, fahrende Jukebox) ist hier gar nicht mitteilbar. Die Kinder bei uns nicht in guten Händen? In schlechten also? Beschämt ist vielleicht das Wort, das mein Gefühl am besten trifft. Oleg erklärt sich bereit, den Brief zu schreiben. Und nachdem wir alle aufgestanden und die Stuhlbeine über den PVC-Boden geratscht sind, muss Stocki noch was loswerden:

»Willkommen in der Wirklichkeit, Micha.«

Frohsinn

Am ersten Weihnachtstag hatten wir Jul und Bea zum Mittagessen eingeladen. Ich wollte Grünkohl und Bregenwurst machen, aber sie essen beide kein Fleisch, also gab es eine Schwarzwurzel-Quiche. Tobi spielte im Zimmer auf der Xbox, für die ich ihm Spiele geschenkt habe, kam aber zum Essen an den Tisch. An Weihnachten hatte ich das Gefühl, zum ersten Mal die Fäden zu ziehen. Du weißt schon, Sigrid, *einer muss die Menschen ja zusammenbringen.*

Was ich da überhaupt erst erfahren habe: Jul hat nicht nur einen, sondern drei Jobs. Sie arbeitet für zwei Vereine und im Flüchtlingslager. Und dann wollte sie auch mal in die leitende Ebene des Lutherhauses aufrücken und hat dafür ein Fernstudium gemacht, Pflegemanagement. Ich hab ja immer geglaubt, niemand könne so viel, so effektiv, so rasch arbeiten wie ich, und sogar noch hier dachte ich so, mit meinem Bananenkarton voller Stundenzettel. Jeder andere würde unter der Last zusammenbrechen. Zu hören, was Jul alles anpackt, tut mir gut.

Wobei sie ja am liebsten gar nichts davon erzählen würde und es deshalb auch an Weihnachten zu absurden Dialogen kam. »Mit den Migranten? Da ist eigentlich nie klar, was der Tag bringt«, meinte sie. »Amtsgänge, Sprachkurse natürlich, Kleiderspenden abholen, Geburtshilfe …«

»Geburtshilfe«, rief ich, »wie das? Als psychiatrische Krankenpflegerin?«

Und Jul nur: »Wie? So. Mit den Händen.«

Ist das nicht zum Lachen? Carla meinte nachher, sie sei ja selbst keine Berufsfeministin, aber so eine Frau hätte sie noch nie bei Tisch erlebt, der die eigenen Verdienste derart peinlich seien. Meine Schwester. Mal sehen, was noch alles herauskommt.

Carla wartet unten auf mich, an der Kapelle. Sie hat sich auch in dieses Nest verirrt, wir sind zwei Vögel, die hier gar nicht hergehören, und die sich doch nur hier treffen konnten, Sigrid. Gerade haben wir unseren ersten großen Streit hinter uns gebracht. Ich habe für eine ihrer besten Freundinnen eine schöne Küche gebaut, danach aber die Konsequenz gezogen, keine weiteren Hamburger Königinnen mehr zu bedienen, die mich behandeln wie einen Bauern. Das war nicht zu Ende gedacht, und Carla sagte irgendwann zu Recht: »Du willst also, dass sie sich verleugnen und dich betrügen.« Nein, das will ich auch nicht.

Ich weiß genau, was du dazu sagen würdest, Sigrid. Ich bin naiv, irgendwann schlägt sie sich auf die Seite ihrer reichen Hamburgerinnen. Bauer bleibt Bauer und Königin bleibt Königin. So denkt man hier, so hast auch du immer gedacht. Ich werde dir beweisen, dass du Unrecht hast.

Jetzt gerade erinnere ich mich daran, wie du im Urlaub mit uns in Österreich teuer tafeln wolltest, vier Gänge, und dann deine schlechte Laune, weil der Kellner so eitel war. Da war ich vielleicht dreizehn. Ich hab dich noch genau vor mir, deine Entgeisterung, als er dir nicht einmal erklären wollte, was auf deinem Teller zu sehen war. Du dachtest, du seiest Kundin und das dürfe der doch gar nicht, so mit dir umgehen. Und im Gegenschnitt: deine Kuchentafeln, die immer gleichen zehn Sorten von Kuchen und Torten, mit denen ihr glücklich wart.

Man täuscht sich in Menschen, deshalb täuscht man sich schließlich auch selbst. Ich habe mir immer eingeredet, ich sei damals wegen meiner ersten Berliner Freundin so schnell wieder abgereist. Dass Liz damals eben wichtiger war, weil auch Sandra wichtiger gewesen war, weil alle anderen immer wichtiger waren. Aber das stimmt nicht. Liz ist nicht der Grund gewesen. Ich hatte einfach Probleme mit deinen Fans. Es war mir zu voll, es waren mir zu viele, Sigrid, wie sie da unten aus der Kapelle hinausquollen auf den Hof und standen noch zwischen den Tapeziertischen, auf denen die Kuchen aufgebahrt waren. Ganz vorne der Sarg, ganz hinten die Kuchentafel, und dazwischen war alles voller Menschen.

Dein Talent für die Menge, deine Zugewandtheit. Du hattest sie noch einmal alle zusammengebracht, die Ewigen von der Post, die Kegelgruppe, die Urlaubsgruppen, den Kaffeeklatsch. Und alle so stolz auf dich, alle so traurig.

Mich schnitten sie. Hatten dich in den drei Jahren davor ständig darauf angesprochen, warum und wohin ich plötzlich verschwunden bin und wie es mir geht. Meinten alle genau zu wissen, dass Micha Schürtz einen Fehler gemacht hatte, der nicht zu entschuldigen war. Deine Freundinnen und Freunde, die so posaunen konnten, so herzlich lachen, an deren Stimmenklang ich mich wirklich gern erinnere – auf der Trauerfeier verstummten sie, sobald sie auch nur in meine Nähe kamen. Die wenigen, die mir ihr Beileid aussprachen, pressten die Worte hervor, um mir unbedingt zu zeigen: Wir müssen uns überwinden.

Bestimmt hat mich die dumme Feindseligkeit noch weiter fortgetragen. Jetzt erst recht, nie mehr zurück. Mir hätte eine Trauerfeier im kleinen Kreis gutgetan, wenigstens Jul wäre ich dann nicht zwanzig Jahre lang ausgewichen. Du hast nämlich eine tolle Tochter. Mir ist schon klar, dass du das weißt. Aber ich habe es dir noch nie gesagt. Sie lernt zu reden, ich lerne zuzuhören. Jul meint, sie hätte schon all die Jahre und eigentlich immer mit mir geredet, und dass ich nur nicht direkt anwesend gewesen sei. Natürlich ist das Blödsinn und ich mach mich darüber lustig und alles. Aber wir haben was voneinander.

Einer muss die Menschen ja zusammenbringen, da hast du grundsätzlich Recht, Sigrid, aber hab ich dir von dieser Busfahrt und den Folgen erzählt? Der Brief, den Oleg und ich an die Eltern geschickt haben, hat rein gar nichts bewirkt. Dabei stimmt alles, was ich vor dem Vereinsgremium gesagt habe, dieser Kinderberg im Bus bestand aus nichts als Gesang und Frohsinn. Wie euer Kaffeeklatsch zu den allerbesten Zeiten, Sigrid, nur Heiterkeit. Das macht es gerade so schmerzhaft. Ich habe zwei Kindern durch eine Aktion, die ihnen Spaß gemacht hat, die

Chance genommen, weiter mit den Freunden Fußball zu spielen.

Was soll ich machen, sie auf dem Schulhof besuchen? Ihnen sagen: *Ihr könnt eine Gegenkraft sein. Ihr könnt Hungerstreiks und Sitzstreiks machen und allerhand schlechtes Benehmen zeigen, bis ihr zu Hause euren Kopf durchgesetzt habt und wieder mit euren Freunden kickt?*

Da freust du dich jetzt, Sigrid, dass ich das weder getan habe noch vorhabe, es zu tun. Selbst daran, den Vätern die Reifen ihrer Edelkarossen zu zerstechen, hab ich nur für einen Moment gedacht. Das ist noch keine Normalität, das sind Fortschritte, du weißt es.

Ich geh jetzt runter zur Kapelle. Ich kann mir vorstellen, dass dir zwei Kinder genug sind, die hier am Grab ihre Gedanken mit dir teilen. Jetzt sind wir alle drei in der Nähe. Ich weiß auch nicht, ob das gutgeht. Kümmer' dich nicht drum, Sigrid. Nimm es als Kompliment.

Spielfeld

In der vorletzten Nacht bin ich aufgeschreckt. Schüsse hallten vom Kalkbruchsee her bis hinunter in den Liebesgrund. Am Morgen wurden fünf Kormorane gefunden, so steht es jetzt im Käseblatt. Ich habe die Vögel mehrfach an den Bäumen und auf dem schroffen Felshang beobachtet, es sind hässliche Vögel, zu groß geratene Enten mit Köpfen wie Fragezeichen und einem zu langen Schnabel. Aber das ist ja kein Grund, ihnen den Fisch derart zu missgönnen, dass man sie abknallt. Fisch wäre ein Motiv, heißt es. Vielleicht nur das naheliegendste. Die Polizei führt jedenfalls Gespräche in den Anglervereinen.

Der Verein wollte unser Spiel nicht im Stadion austragen. Der Rasen müsse geschont werden, und auf dem Kunstrasenplatz finde ja durchgängig Jugendtraining statt. Was natürlich nicht stimmt, es hätte viele freie Termine an Freitagen und Samstagen gegeben. Ich nahm die Absage persönlich, als nachträgliche Strafe für den Partybus – während meine Schwester sie politisch deutete und sagte, dieser Verein sei nicht an einem Austausch mit den Migrantinnen und Migranten interessiert, und wir sollten es deshalb auf sich beruhen lassen.

Dass wir verschiedene Lesarten für die Absage hatten, machte es für uns beide etwas einfacher. Aber ich hatte ihr das Spiel ja versprochen.

Gut, sagte ich, ich mach's. Ich klemm mich dahinter. Aber nur unter einer Bedingung. Dass wir kein großes Bohei darum machen und das Käseblatt draußen halten, weil das Käseblatt gleich wieder von Integration schwafeln wird, und weil mir schon das Wort Freundschaftsspiel zu hoch gegriffen ist. Ein Freundlichkeitsspiel, das lasse ich gelten. Zugewandtheit, ja, so wie unsere Mutter Zugewandtheit verstanden hat. So ein Kick ist ja nicht mehr als der allererste Schritt, der im besten Fall die Erkenntnis freisetzt, dass man Menschen aus Fleisch und Blut vor sich hat. Echte Menschen, die wirklich da sind. Nichts sonst. Jul fand es grundsätzlich richtig, vorsichtig zu sein in der Außendarstellung, »aber Freundlichkeitsspiel«, sagte sie, »das klingt ja, als wolltest du dich selbst therapieren.«

Ich war also mindestens sechsmal im Bauamt (wo man sich an mich vor allem als »den Typen mit der Robinie« erinnerte), bis ich die Beamten endlich von unserem Weg überzeugte. Die Stadt hatte den Bruch zum Übergangslager umgewidmet. Aber das Lager ist, wenn auch nicht verschwunden, auf drei Großzelte zusammengeschrumpft, die allermeisten Neuangekommenen sind bereits im Winter auf Hausprojekte und leerstehende Kasernen verteilt worden, auch in Turnhallen lebt niemand mehr.

Auf meine Initiative wurde das Gelände offiziell geteilt, ein Drittel wieder dem Verein zugeschlagen. Wir durften die über mehrere Jahre ungemähte Wiese im Bruch dreifach und tief umpflügen, wenden und mit der Walze glätten. Der Plan, den ich im Verein und dann im Bauamt durchgesetzt habe: Wir führen das Spiel auf diesem platten Acker aus, säen im Anschluss daran Gras und können ihn im Herbst wieder als Fußballfeld nutzen. Wir richten den alten Trainingsplatz wieder her.

Vor ein paar Tagen standen wir noch einmal gemeinsam am hinteren Ende des Bruches zusammen. Wir, das sind Jul, Bea und ihr benachbarter Bauer Drews, Tobi und ich. Tobi hatte beide Arme in die Hüften gestemmt und war mächtig stolz auf sein Werk, denn nachdem Bauer Drews uns geduldig angelernt hatte, war ich noch einen halben Tag lang den Traktor gefahren, um den Fahrersitz danach Tobi zu überlassen. Er war immer erst abgesprungen, wenn die Sonne hinter die Bruchwälder sank. »Mach mal das Flutlicht an«, rief er dann sogar gegen den Motorenlärm, obwohl er wusste, dass wir keinen Zugang zu den Lichtschaltern hatten.

Jetzt war der März zuende, Tobis Frühjahrsferien auch. Alle fünf standen wir in Gummistiefeln auf dem Platz, die Regentage hatten bewiesen, dass es noch kleinere Vertiefungen gab, wir inspizierten die Pfützen. Wenige Tage blieben bis zum Spiel. »Wär ja gut, wenn man mit dem kleinen Radlader an den Pfützen bisschen Erde hin und her schiebt«, sagte Bauer Drews, »aber dann müssten wir auch die Reifenspuren am Ende wieder planieren.«

Daran hatten wir anderen nicht gedacht. Irgendwann war eine Fläche so hinreichend gut, dass man Verbesserungen in ihrem Inneren mit Verschlechterungen an ihrem Rand bezahlte. Vielleicht eine Metapher, ich musste darüber nachdenken. Fünf Pfützen zählten wir, und Bea las ihre Wetter-App vor. »Morgen soll es noch mal zwei Stunden regnen, dann bis zum Spiel nicht mehr.«

»Lass mal, T.«, sagte Tobi und beschloss die Diskussion: »Mit dem Platz kann man leben.«

Bauer Drews war kurz da, um mit mir die Tore aufzustellen und seinen Traktor abzuholen, jetzt bin ich wieder allein im Bruch. Ich stelle Holzplatten auf, um den Raum, der uns zur Verfügung steht, mit dem Laserpointer zu vermessen. Fußballfelder haben ja kein Einheitsmaß, ich entscheide mich für eine Länge von genau 100 und eine Breite von 55 Metern.

Dann schiebe ich die Karre mit der Flüssigkreide über den Acker. Zuerst die Torauslinien, dann Fünfmeterraum und Strafraum, danach die Außenlinien. Tobi hat Recht, die Beine kann man sich hier nicht brechen. Die Pfützen sind wieder ausgetrocknet. Ich muss lächeln bei dem Gedanken, dass meine Schwester die gegnerische Mannschaft coachen wird. Jetzt noch die flachen Halbkreise vor den Strafräumen gekreidet, die Elfmeterpunkte, die Viertelkreise an den Ecken. Das Spielfeld entsteht.

Die drei bewaldeten Seiten des Feldes sind auch von Maschendrahtzäunen umstellt, aber die Zäune bestehen mittlerweile mehr aus Löchern denn aus Material. Für die vierte Seite, die an das Zeltlager angrenzt, habe ich den ganzen Transporter mit Bierbänken vollgeladen. Bevor ich anfange, die Bänke rüberzutragen, mache ich eine kleine Pause. Wasser und Butterbrot, auf dem Beifahrersitz.

Zwei kräftige Schläge. Ich drehe mich zu den Bierbänken um, bin mir sicher, dass sich irgendwas verschoben hat. Noch zwei Schläge, toc toc. Ich springe aus dem Auto, vor mir steht Gerwin Münstedt, seine Krücke hochgestreckt in Richtung Autodach.

»Gerwin, willst du mich zu Tode erschrecken?«

»Dachte, ich komm mal vorbei.«

»Grüß dich, Mensch.«

Ich nehme ihn in den Arm wie einen Menschen aus Glas. Die Verabschiedung im Stadion liegt noch kein Jahr zurück, aber Gerwin ist dünn geworden und alt, beides in besorgniserregendem Maße.

»Ich hab mein Auto vorne auf dem Parkplatz. Nicht dass du denkst, ich bin hier ganz runtergehumpelt.«

»Wusstest du, dass ich hier bin?«

»Das hat mir Oleg erzählt.«

Ich gieße ihm eine Tasse Wasser ein, und er trinkt sie in einem Zug aus.

»Weißt du, dass der Prinz am Wochenende gestorben ist?«, fragt Gerwin.

»Nein.«

»Zuhause. Ganz in Ruhe. Am Donnerstag ist die Trauerfeier.«

Wir schweigen. Ich denke an den Prinzen. Dann auch an seine Ehefrau. Frage mich, ob sie am Ende an seiner Seite saß. Jedenfalls hatte sie ihn nach dem Koma und dem langen Krankenhausaufenthalt wieder bei sich aufgenommen, nachdem sich die beiden über zwanzig Jahre lang aus dem Weg gegangen waren. Zehn Jahre hatte der Prinz im Kabuff gehaust, danach noch mal so lange allein in einer winzigen Wohnung, die irgendwann wie ein Nachbau des Kabuffs gewirkt haben soll.

»Der ganze Schlamm hier unten«, sagt Gerwin schließlich.

»Komm mal mit!« Ich will ihm den neuen Platz zeigen, der mein alter Platz ist. »Oder soll ich dich unterhaken?«

»Wenn's dir nichts ausmacht, ja.«

Ich schiebe die Bierbank, die ich gerade herausgezogen habe, zurück in den Kofferraum. Dann gehen wir sehr langsam hinüber, ich mit meinem alten Masseur und Betreuer. Links stützt er sich auf die Krücke, rechts hält er sich an meinem Arm fest. Mit jedem Schritt wird mir klarer, dass man von dem Spielfeld kaum beeindruckt sein kann, wenn man den Urzustand nicht kennt. Es ist platte Erde, die sich von einem Stück Bauland nur dadurch unterscheidet, dass sie weiß liniert ist.

Gerwin Münstedt lässt aber nicht locker, er bleibt erst stehen, als wir die Seitenauslinie erreicht haben. Ich bin bewusst auf einen unserer drei schwarzen Klappstühle zugesteuert, und als Gerwin sich hinsetzen will, lässt er die Krücke los und fasst (sicher aus einer Gewohnheit) auch mit seiner zweiten Hand nach meinem Arm, in den er sich eingehängt hat. So zieht er mich beinahe mit hinunter auf seinen Schoß.

Lange sieht er geradeaus, auch nach links, nach rechts, und ich tue es ihm gleich.

»Ihr seid verrückt. Genau so hat es ausgesehen, als ich hier vor sechzig Jahren gespielt hab.«

»Ach ja?«

»Nur die Tore waren aus Holz. Und die Bäume sind gewachsen.«

Ich sehe über Gerwins Schulter ins kahle Geäst der Eichen. Er ist nicht deinetwegen hier, denke ich, er wollte den Platz sehen. Es ist gar nicht dein alter Platz. Es ist seiner. Also lass ihm den Stummfilm, lass ihn sinnieren, und hol du derweil die Bierbänke fürs Spiel.

Ich drehe mich um und bin schon drei Schritte entfernt, als mich Gerwins Stimme zurückruft.

»Hast du das geweißelt?«

»Ja, vorhin erst. Stimmt was nicht?«

»Nichts Schlimmes, aber du hast den Mittelkreis vergessen.«

Jan Böttcher
Am Anfang war der Krieg zu Ende
Roman
255 Seiten. Broschur
ISBN 978-3-7466-3422-7
Auch als E-Book erhältlich

»Dieser Roman ist ein Tanz der Lebenslust in Todesnähe.« Moritz Rinke

In Deutschland lernen sie sich kennen. Im kriegszerstörten Kosovo können sie nicht zusammenbleiben. Nur ihrem Sohn gelingt es, die alten Grenzen hinter sich zu lassen.
Jan Böttcher hat einen großen europäischen Roman geschrieben. Einen Roman, der einige der drängendsten Fragen unserer Zeit neu stellt: Wie frei können wir sein, ohne die eigene Herkunft zu verleugnen? Wie viel Verantwortung übernehmen wir im Leben – füreinander, für unsere Kinder, für die Gesellschaft? Und was macht uns eigentlich zu guten Eltern?

Regelmäßige Informationen erhalten Sie über unseren Newsletter. Jetzt anmelden unter: www.aufbau-verlag.de/newsletter

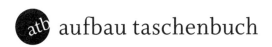

Esther Gerritsen
Der große Bruder
Roman
132 Seiten. Gebunden
ISBN 978-3-351-03702-4
Auch als E-Book erhältlich

Auf einem Bein kann man nicht stehen

Als Olivias großer Bruder Marcus sich nach Jahren wieder meldet, sind es nur noch fünf Minuten bis zu ihrem Gesellschaftermeeting. Er ist auf dem Weg in den Operationssaal, wo ihm das Bein amputiert werden soll. Bisher hatte Olivia alles unter Kontrolle. Eigentlich hatte sie immer die Rolle der großen Schwester gespielt. Doch nun muss sie das Meeting abbrechen, weil ihr die Sprache versagt. Kurz darauf zieht Marcus bei ihrer Familie ein und bringt alles durcheinander. Am Ende weiß sie nicht mehr, wer der Fremdkörper ist, wessen Leben gerade auf der Kippe steht, seines oder ihres.

Präzise und mit viel Humor erzählt Ester Gerritsen von den Geheimnissen und Missverständnissen, die eine Familie verkraften muss, und der Liebe, die trotzdem alles zusammenhält.

Regelmäßige Informationen erhalten Sie über unseren Newsletter. Jetzt anmelden unter: www.aufbau-verlag.de/newsletter

Nadja Spiegelman
Was nie geschehen ist
394 Seiten. Gebunden
ISBN 978-3-351-03705-5
Auch als E-Book erhältlich

Das Leben dreier Frauen

Wie einst ihr Vater Art Spiegelman in seinem berühmten Comic »Maus« spürt auch Nadja Spiegelman in ihrem Buch den Lebensgeschichten nach, die ihrer eigenen vorausgehen. In einzigartigen Bildern erzählt sie die Geschichte dreier Frauen, deren Schicksale kaum enger miteinander verknüpft sein könnten. Ein zutiefst aufrichtiges Buch über die blinden Flecken in Familien, über die Unzuverlässigkeit unserer Erinnerung und über die Kraft des Erzählens.

»Nadja Spiegelman hat ein leidenschaftliches, eindringliches, spannendes Buch über ihre Mutter, ihre Großmutter und sich selbst geschrieben. Ich bin stolz, eine kleine Rolle in dieser komplexen Liebesgeschichte zu spielen, die sich über drei Generationen von Frauen erstreckt.«
SIRI HUSTVEDT

Regelmäßige Informationen erhalten Sie über unseren Newsletter. Jetzt anmelden unter: www.aufbau-verlag.de/newsletter